EL PACTO DE LAS COLONIAS

LAURA AZCONA EGUINOA

EL PACTO
DE LAS
COLONIAS

PLAZA JANÉS

Papel certificado por el Forest Stewardship Council®

Primera edición: febrero de 2024

© 2024, Laura Azcona Eguinoa
© 2024, Penguin Random House Grupo Editorial, S. A. U.
Travessera de Gràcia, 47-49. 08021 Barcelona
Mapas: Isabel Loureiro

Printed in Spain – Impreso en España

ISBN: 978-84-01-03265-3
Depósito legal: B-20266-2023

Compuesto en Mirakel Studio, S. L. U.

Impreso en Black Print CPI Ibérica
Sant Andreu de la Barca (Barcelona)

L032653

Para Aritz

La vida solo puede ser comprendida hacia atrás,
pero únicamente puede ser vivida hacia delante.

SOREN KIERKEGAARD

Si hay dolor es que hay latido.

«Si no es contigo»,
SHINOVA Y VIVA SUECIA

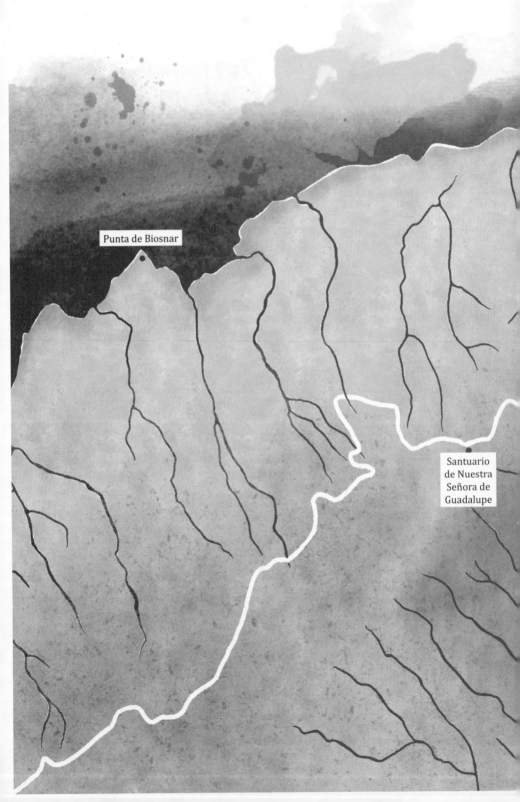

GOLFO DE BIZKAIA

Punta de Biosnar

Santuario
de Nuestra
Señora de
Guadalupe

Faro de
Higuer

Bahía de
Hondarribia

Playa de
Hondarribia

Colonias Blanca
de Navarra

Río
Bidasoa

Bahía de
Txingudi

Río
Bidasoa

Pamplona, 2 de agosto de 2022

Aitor detestaba los funerales. No es que en general un funeral sea plato de buen gusto para el común de los mortales, pero a él le traían recuerdos especialmente amargos. Tampoco había perdido a familiares ni amigos muy cercanos (aquel era el primero), pero su cabeza lo llevaba de vuelta a uno de los momentos más bochornosos de su vida. Que, dicho sea de paso, no eran pocos.

Hace un par de años, cuando el abuelo de Eva falleció, Aitor tuvo que asistir al funeral, cerca de Lesaka, en el norte de Navarra. Ella ni siquiera conservaba familia allí, pero el abuelo había dejado bien claro en el testamento que quería ser enterrado junto a su madre, en el panteón familiar. Lo que hacía harto probable que, independientemente de la época del año en la que el abuelo pasara a mejor vida, la lluvia fuera uno más de los asistentes al entierro. Y, desde luego, así fue.

Aquella zona ostentaba con creces el récord de ser la más húmeda de todo el territorio nacional. Así que, desde su salida de Pamplona, mientras Aitor conducía, el cielo se iba tornando cada vez más gris, más plomizo. A la altura de Santesteban, los parabrisas no daban abasto para descargar toda el agua del cristal. Aunque, sin lugar a dudas, lo peor estaba por llegar.

Eva, en el asiento del copiloto, miraba, taciturna, por la ventana. Era como si el paisaje supiera perfectamente cuál era el destino de la pareja y quisiera poner su granito de arena para componer el decorado ideal. Las gotas de lluvia recorrían el cristal de la puerta en una especie de carrera a varias bandas por llegar al otro extremo. Fuera, el ejército de robles y hayas se alzaba con solemnidad y, por momentos, parecían saludar al coche que zigzagueaba por la carretera meciendo sus copas al compás del viento.

El móvil de Eva emitió un sonido que la sacó de golpe de sus pensamientos.

—¿Todo bien? —preguntó Aitor, algo preocupado, al ver la cara de decepción de su novia mientras miraba la pantalla.

—Mi primo Jorge —suspiró—. No puede venir al funeral. Su mujer acaba de romper aguas.

—Bueno, cariño, no te preocupes. Seguro que va todo fenomenal —contestó, restándole importancia e intentando animarla—, hoy en día estas cosas están muy controladas y...

—No es eso —cortó, un poco arisca—. Jorge iba a ser uno de los portadores del féretro del abuelo. Ya sabes que mi padre es imposible que levante semejante peso. Así que creo que el siguiente en la lista eres tú.

Eva lo miraba con cara de consternación. Aitor supo entonces que no era cuestión de su primo. Era una preocupación genuina, una mirada que le pedía a gritos que no la liara. Y no le faltaba razón.

—Te prometo que tendré todo el cuidado del mundo —dijo, intentando transmitir una cantidad aceptable de seguridad.

Ella permaneció seria y, sin apartar la mirada de la carretera, asintió.

A su llegada al pueblo, varias decenas de paraguas se arremolinaban en la puerta del tanatorio. Un murmullo suave de pésames y palmadas en la espalda indicaba el lugar exacto donde se encontraba la familia del finado. La madre de Eva era menuda, como ella, pero con ese carácter fuerte que forja a la mayoría de las mujeres que han crecido entre caseríos y pastos.

Hacía muchos años que había abandonado el pueblo para irse a vivir a la ciudad, pues consideraba Pamplona una gran urbe en comparación con Lesaka. Allí no tardó en encontrar trabajo como secretaria en una gran constructora, donde poco después conoció a su marido, que regentaba el despacho de al lado y el cargo de director de la compañía. El resto de la historia se escribió sola: primero, una boda exprés y, tras eso, dos hijas con un futuro tan prometedor como acomodado, que únicamente fue perturbado con la llegada de los yernos. Aunque, en el caso de Aitor, ni siquiera podía llamarse *eso*.

Llevaba muchos años de relación con Eva, tantos como los que tenía la orla de Bachillerato que lucía en la pared de la casa de sus padres. Se conocieron justo antes de empezar la universidad y, desde entonces, para disgusto de la madre de ella, no se habían separado. Aitor era a sus ojos un pusilánime, alguien que pulula entre el estatismo y la acción. Nunca terminaba nada. Nunca se atrevía a ser nadie. Y prueba de ello era que, tras más de veinte años de relación con su hija, no se decidía a dar el paso de casarse. Eso irritaba hasta el extremo a la madre de Eva. Y Aitor no solo lo sabía, sino que lo percibía en cada visita parental y en cada mirada que su suegra le lanzaba, atravesándolo con sus azules punzones.

Esos mismos que ahora estaban anegados de lágrimas en el tanatorio. Aitor sintió que, por primera vez, su suegra lo miraba distinto. Algo así como un grito de socorro desde el dolor de la pérdida, solicitando el armisticio por un día. Seguía oscuro y lloviendo a mares, pero él tenía una oportunidad.

Y no pensaba desaprovecharla.

—Lo siento mucho, Rosa —dijo Aitor, abrazándola.

Ella asintió y él dejó paso al resto de las personas que hacían fila para dar el pésame a la familia del difunto. De repente, desde el otro extremo de la sala, vio que Eva le hacía un discreto gesto para que se acercara. Estaba rodeada de varios hombres: su tío Ramón y un par de primos.

—Aitor, dice mi tío que el personal del tanatorio se encarga de meter el ataúd del abuelo al coche, pero que al llegar al cementerio ya es cosa nuestra.

El tío de Eva asentía lentamente al lado, mirándolo de arriba abajo. Desde luego, era familia de pocas palabras.

—Vale, sin problema. Estaré atento.

Cuando la comitiva llegó al camposanto, la lluvia arreció. Aitor se colocó en la puerta trasera del coche fúnebre. Algunos familiares intentaban cubrir las cabezas de los portadores del féretro con sus paraguas, pero el esfuerzo era en vano. El viento hacía que lloviese de lado. Cuando levantaron el ataúd para colocárselo encima de los hombros, Aitor comprendió el significado de «pesa más que un muerto». No sin esfuerzo, llegaron a la zona del panteón familiar. El cura del pueblo pronunció un rápido salmo a los pies del sepulcro mientras las personas se afanaban por sujetar los paraguas para que no salieran volando. La madre de Eva, en primera fila, estaba arropada por sus hijas, que la agarraban de cada brazo. Aitor y el resto de los portadores sujetaban las cuerdas que iban a bajar el ataúd a la tumba. El enterrador del pueblo siempre se valía de los más jóvenes y fuertes del funeral para esta tarea, en la que él solo se dedicaba a dar la señal para ir soltando cuerda, como el capitán que pide a la tripulación que suelte amarras.

Cuando la señal llegó y comenzaron a aflojar los estribos, la caja empezó a bajar rítmicamente hacia el sitio de su descanso final. Los cuatro hombres movían los brazos de manera sincronizada mientras la lluvia seguía sin dar tregua. Aitor sentía los antebrazos doloridos y empapados. De repente, el cabo se le resbaló de las manos.

Y todo lo que vino después pasó en un segundo.

Con un movimiento casi grácil, el ataúd se tambaleó y cayó a la fosa acompañado de un terrible estruendo. El silencio, durante un momento, fue literalmente sepulcral. La madre de

Eva miraba atónita a Aitor. Había dejado de llorar y el color de la cara iba pasando del blanco pálido al rojo colérico.

Uno de los primos de su novia se asomó a la fosa.

—La tapa se ha abierto y el abuelo está fuera —anunció con cara de desconcierto.

Varios hombres del pueblo acudieron enseguida al socorro. El murmullo de la gente crecía como una ola en el camposanto. Las señoras más mayores se santiguaban. Que el muerto se salga del ataúd en el entierro es uno de los peores presagios para una familia.

Aitor estaba paralizado. No podía quitar ojo a su suegra ni a Eva. Recordó la conversación del coche y supo que esta vez había cruzado una frontera desconocida y temible. La madre abandonó el cementerio entre gritos de dolor acompañada por sus hijas. La cara de Eva, mirándolo desde lejos entre crucifijos y ángeles, no se le olvidará jamás. Era una mezcla de desesperación, de frustración, pero, sobre todo, de una profunda decepción.

Aquel día terminó de romperse algo más que la tapa del féretro del abuelo, y, semanas después, ella le anunció que se marchaba de casa.

El semáforo en verde lo sacó de sus pensamientos. Metió primera y continuó la marcha. Habían pasado casi tres años desde ese episodio, pero lo recordaba con una claridad que parecía no menguar con el tiempo. Ahora, camino del funeral de su amigo Mario, sintió algo parecido al alivio por no tener que repetir algo así. Para empezar, porque se trataba de una cremación; en segundo lugar, porque los últimos años de su vida lo habían distanciado progresivamente de él.

Casi al instante, Aitor se sintió culpable por pensar de aquella manera. Mario había sido un buen amigo desde aquel campamento en las colonias de Hondarribia. Entonces apenas tenían once años, pero su amistad se extendió mucho más allá del verano del 92, cuando llegaron a la universidad y poco a poco comenzaron a verse menos, a frecuentar grupos y locales diferentes y a olvidar que se extrañaban. A pesar de que los dos vivían en Pamplona, habían mantenido el contacto de manera muy esporádica. Un wasap por los cumpleaños, una felicitación de año nuevo y varios abrazos cuando coincidían con dos copas de más por el Casco Viejo, con la omnipresente promesa de tomar un café que nunca llegaba. Y que ya no llegaría, dadas las circunstancias, pese a que Mario le había escrito hacía un par de semanas insistiendo en cenar juntos.

¿Por qué le había dado largas? La pregunta le martilleaba la cabeza y le impedía dar con una respuesta. O, bueno, quizá sí que la tuviera, pero con el cóctel de emociones previo al entierro prefería no pensar en ello. Habían acabado quedando la semana siguiente. Por una parte, porque Aitor lo había estado postergando; por otra, porque su trabajo como ingeniero de molinos en una importante multinacional de renovables lo obligaba a viajar de vez en cuando y acababa de llegar de Sudáfrica. Sintió una punzada en el estómago y una nueva oleada de culpabilidad volvió a agitarlo. Ahora era demasiado tarde.

Otra de las cosas que le perturbaban era lo repentino de la muerte de su amigo. Era como decían las señoras de su pueblo: un día estás aquí y al siguiente en el otro barrio. Su hermana lo había encontrado fulminado en casa. Ataque al corazón, suponía Aitor, que no se había atrevido a preguntar, claro, ¿quién pregunta esas cosas por teléfono? Una auténtica tragedia. No somos nadie.

Para acceder al cementerio de San José, en Pamplona, hay que atravesar una carretera bastante estrecha y cubierta por una densa vegetación que se extiende de manera paralela al río Arga. Se trata de una vía de dirección única, como si hubieran querido dotar al recorrido de un sentido metafórico, de un camino sin escapatoria. Mientras aminoraba la marcha, Aitor se fijó en un grupo de jubilados que paseaba con las manos en la espalda y aire de despreocupación, señalando los tilos y los chopos que daban sombra. Era un día caluroso, con el cielo completamente raso. Aquella climatología rozaba la falta de respeto por parte de las nubes para celebrar un funeral. Resultaba casi irónico ver a aquellos octogenarios hablando de trivialidades, disfrutando del cobijo de los árboles y regocijándose de un camino que para ellos aún no había terminado mientras, unos metros más adelante, una familia despedía a alguien que se había marchado mucho antes de tiempo.

Lo primero que le llamó la atención fue la enorme cantidad de coches del aparcamiento. Mario no destacaba por ser una persona especialmente popular, al menos en el tiempo que habían compartido juntos. Varios niños correteaban cerca del muro del camposanto, ajenos a los rigores de los ritos en torno a la muerte. Uno de ellos sostenía una cochinilla mientras perseguía a los demás, que simulaban escapar del bicho entre risas, con pretendido disgusto.

Al llegar a la puerta del cementerio, Leyre fue precisamente una de las primeras personas a las que vio. Aitor la conocía bien. Aunque era un año menor, había acudido junto con su hermano a aquel campamento de verano de las colonias.

Tenía el pelo de color cobrizo. El fuego de la cabellera contrastaba con la palidez de la piel, pero el temperamento iba totalmente a juego con la melena. Unos ojos oscuros rematados por unas largas pestañas hacían que la mirada fuera firme y profunda. Estaba tal y como la recordaba, bajita, aunque con una gran presencia. Era tan noble como volátil, el tipo de persona con la que no te gustaría tener problemas.

Aitor no pudo evitar dibujar media sonrisa triste cuando Leyre se percató de su presencia y se acercó a darle un abrazo.

—Gracias por venir… Significa mucho para mí. Sé que Mario así lo habría querido.

—Yo también me alegro de estar aquí. O sea, no es que me alegre, es que temía que me mandaran de viaje de nuevo y…

—respondió Aitor, intentando salir del jardín en el que se había metido.

—Veo que sigues igual —respondió Leyre, sonriendo con nostalgia—. Tranquilo. Estamos todos muy nerviosos… Han sido días duros. Hemos tenido que esperar a la autopsia, pero por lo menos ya sabemos qué es lo que pasó. —La voz se le iba rompiendo por momentos.

—Eh… —Aitor quería preguntar, pero no sabía cómo hacerlo sin sonar fuera de lugar.

Un ángel de mediana edad le sacó las castañas del fuego. Una mujer se acercó a Leyre y le susurró algo al oído.

—Perdona, tengo que volver con la familia. Va a empezar la ceremonia —se disculpó.

Aitor emitió algo así como «Tranquila», pero nadie lo oyó.

Era verano y, aunque en Pamplona durante el mes de agosto te puedes encontrar con algún día infiltrado de noviembre, en aquella jornada el calor cumplía con su papel esperado para esa época del año. Aún no era mediodía, pero las chicharras se esmeraban en envolver el ambiente con ruido blanco, como para hacer más llevadero el incómodo silencio del ritual funerario. Familiares y conocidos de Mario se escondían tras las gafas de sol, apesadumbrados, con la maldita certeza de que los había abandonado demasiado pronto, demasiado joven. Sus padres lloraban discretamente, apoyados en un muro invisible de pena que los separaba del resto del universo.

Con las chicharras, el sermón del sacerdote y sus pensamientos de fondo, Aitor se dedicó a escudriñar con disimulo a los asistentes. Identificó a un grupo de *nerds* que seguro que eran compañeros de trabajo de Mario o miembros de alguna especie de club de *gamers*. Uno de ellos llevaba una camiseta de *The Legend of Zelda: Breath of the Wild*, un videojuego de aventura y acción de muchísimo éxito en los últimos años. Aitor pensó que molaba, pero no lo veía muy apropiado para acudir a un funeral. Se preguntó si podría ser un homenaje a los gustos de Mario o incluso un pacto entre caballeros.

Entre el tumulto destacaba también la cabellera de Leyre, que se encontraba con sus padres y el resto de la familia. Decidió que al terminar se acercaría a darles el pésame. Conocía a los padres de Mario desde el primer verano con él. A la vuelta de las colonias se las ingeniaron para seguir viéndose y, dado que Aitor vivía entonces en Caparroso, un pueblo a sesenta kilómetros al sur de Pamplona, fueron muchas las veces que la familia de su amigo lo recibió en casa. Además, teniendo en cuenta que su amistad se forjó en plena pubertad, los secretos, confidencias y gamberradas que habían escuchado las paredes de la habitación de Mario hacían que esa casa y esa familia formaran parte de la intimidad más profunda de Aitor.

«Joder, Mario, tío… Ojalá no hubiéramos sido tan imbéciles como para dejar escapar tantas cosas buenas por el camino», pensó con tristeza Aitor.

La nostalgia de estos recuerdos le había puesto un nudo en la garganta. En lugar de abandonarse al desconsuelo, decidió distraerse continuando el examen de los asistentes al funeral.

Varios grupos habían seguido llegando hasta formar una pequeña muchedumbre. Realmente se trataba de una cantidad de gente digna de mención. Puede que no fuera popular, pero, sin duda, Mario era generoso y sabía cómo cuidar de los suyos. Alguien en quien quizá no reparabas nada más llegar, pero que poco a poco iba ganando un papel fundamental en cualquier grupo.

De repente, Aitor se quedó petrificado.

No podía ser.

Ella estaba aquí.

Hacía treinta años que no la veía, pero no había olvidado esa cara.

Ella.

Blanca.

Blanca Pérez de Obanos.

Todos tenemos un flechazo de verano. Un idilio adolescente. Un amor platónico. Para Aitor, Blanca era todo eso y más. Con la pequeña salvedad de que, además de que nunca llegó a pasar nada, sospechaba que ella ni siquiera reparó lo suficiente en su existencia.

Blanca también fue a las colonias de Hondarribia en 1992 en su tanda. Qué gran suerte tener a semejante ángel al alcance de las manos. O, bueno, más bien de la mirada. Al mismo tiempo, se le encogió un poco el corazón al pensar en cómo comenzó y terminó la breve relación con ella durante aquel campamento. Fue tan fugaz como el paso de un cometa, pero, de la misma manera, su estela dejó un rastro de luz en la vida de Aitor durante mucho tiempo. Luego llegaron otros cuerpos celestes y el baile del universo continuó su marcha.

Aitor la observó con detenimiento desde el tumulto de gente que continuaba escuchando al sacerdote. Tenía el pelo rubio, una media melena que le caía sobre los hombros delicadamente, y la piel tirando a pálida, salpicada por algunas pecas. Las efélides que se repartían por nariz y mejillas le seguían dando un aspecto de niña, a pesar de que solo tenía un año menos que él. Sus ojos eran tan magnéticos que tambalearían el propio eje de la Tierra y de un color aguamarina que no había sido capaz de volver a ver ni en las aguas más bellas del Caribe.

Blanca estaba en el funeral de Mario.

Después del shock inicial, se preguntó qué haría ella allí. Él no había vuelto a verla desde entonces y, al menos durante los años posteriores a las colonias, estaba seguro de que Mario tampoco.

El calor seguía apretando mientras continuaba espiando desde su posición, absorto en sus propios pensamientos. En ese preciso instante, Blanca buscó algo en su bolso. Sacó una goma de pelo y, mientras improvisaba un rápido moño que le despejara la nuca, bajó la cabeza. Cuando volvió a levantarla, sus ojos se encontraron con los de Aitor.

Su cara era una mezcla de sorpresa e ilusión. Ella le sonrió a lo lejos y le hizo un discreto gesto para saludarlo al terminar el sepelio. Aitor, algo azorado por haber sido descubierto, le devolvió la sonrisa y asintió con nerviosismo desde el otro lado.

Entonces Blanca giró un poco la cabeza hacia su izquierda para decir algo al oído de un chico. Parecía su acompañante. Su cara le resultaba extrañamente familiar, pero no lograba ubicarlo con exactitud. Pensó, no exento de pena, que sería su pareja. El chico asentía, mirando al suelo, mientras Blanca le transmitía el mensaje. Cuando levantó la mirada, tenía un rictus serio. También la cruzó con la de Aitor, que intentaba hacer memoria a marchas forzadas y averiguar quién era aquella enigmática persona que ahora no le quitaba ojo.

Cuando el funeral terminó, la gente se fue encaminando lentamente hacia la salida del cementerio y se formaron algunos corrillos de amigos y familiares. Aitor se quedó a los pies de un ciprés, observando a Blanca acercarse seguida por su acompañante, aquella sombra que aún no tenía nombre. Cuando apenas quedaba distancia, ella no pudo contener la emoción, aceleró el paso y le dio un sincero abrazo.

—Aitor Luqui… No me lo puedo creer —dijo, separándose un poco, mirándolo a los ojos y sonriendo con nostalgia—. Estás igualito.

—Hola, Blanca… —contestó, algo ruborizado—. Tú sí que estás igual.

—¿Cuánto tiempo ha pasado?

—¿Treinta años…? —preguntó Aitor, intentando disimular, aunque llevaba la cuenta muy bien.

—De hecho, yo diría que literalmente… No te veía desde las colonias. Parece increíble, ¿verdad? Y que tengamos que vernos por un motivo como este… —respondió, entristecida, bajando la voz.

—No sabía que aún mantenías relación con Mario —soltó Aitor, sin pensarlo mucho.

—Bueno, en realidad no nos habíamos visto hasta hace poco —contestó Blanca—. Coincidí hace un par de semanas con él, en Hondarribia precisamente, en una exposición. Estuvimos tomando algo. Cuando vi la esquela en el periódico, no podía creerlo… Sentía que tenía que estar aquí hoy…

—Claro, por supuesto —respondió él, temiendo haberla incomodado.

Acto seguido, no pudo evitar posar la mirada en la persona que acompañaba a Blanca.

—¿Te acuerdas de Raúl? —preguntó ella.

Aitor parpadeó un par de veces, sorprendido cual conejo que se queda cegado ante los faros del coche, mirando al extraño, que por fin parecía revelar su nombre.

Raúl era otro de los chavales que asistieron al campamento de Hondarribia aquel verano de treinta años atrás. Sin embargo, él se encontraba en otro ámbito bien distinto. Podría decirse que formaba parte de la pandilla de idiotas que intentaron hacerles la vida imposible durante las colonias. El tiempo no lo había tratado mal, pero lo recordaba como una persona enjuta y desgarbada, y, a simple vista, parecía que conservaba ese halo. Tenía el pelo castaño, recogido en una coleta baja, y por las sienes escapaban algunas canas que le daban un aspecto algo desaliñado. La nariz era ligeramente aguileña y servía como soporte a unas gafas de corte redondo, al estilo de John Lennon.

—Hola, tío. Vaya palo… —dijo Raúl intentando romper el hielo—. Parece increíble que se nos haya ido…

Aitor musitó algo como «Sí…» mientras intentaba salir de su asombro. ¿Qué cojones hacía este allí? ¿Cómo que «se nos haya ido»? Eso sonaba extrañamente cercano para alguien a quien no había visto en treinta años. Y dudaba mucho de que su amigo hubiera alternado desde entonces con él.

—Sí..., ya lo creo —acertó a responder, aunque la cabeza le iba a diez mil revoluciones.

Raúl pareció percibir esa mezcla de sorpresa y hostilidad.

—Aitor, yo... —comenzó a explicar.

Una melena color fuego interrumpió las explicaciones.

—Veo que esto se ha convertido en un encuentro improvisado de antiguos campistas —dijo Leyre con ironía triste, dándole un par de palmaditas en la espalda a Aitor—. Gracias por venir a todos —añadió, solemne.

Blanca y Raúl asintieron, trasladándole el pésame con una mirada.

—Aitor, ¿puedo comentarte una cosa? —preguntó Leyre, agarrándolo del brazo y apartándolo un par de metros.

Él asintió mientras salía de aquel atolladero. Bendita la gracia de algunas personas para saber huir de situaciones como esa.

—Hay una cosa sobre Mario que quería compartir contigo... —comenzó a explicarle con tono de preocupación—. No sé si estás al corriente de cómo ha sucedido todo...

—No somos nadie, Leyre... Un golpe así, tan joven... —se inventó Aitor, mirando al suelo y balbuceando imprecisiones para no revelar que no tenía ni idea de cómo había muerto su amigo—. A mí no me había comentado nada de nada... Fue el corazón, ¿no? —aventuró.

Leyre le hizo un gesto seco con la mano para que dejara de hablar.

—Mario ha sido asesinado —dijo con la voz rota—. Alguien lo ha matado, Aitor. ¡Joder! —Elevó el tono y rompió a llorar. Algunas personas de otros corrillos miraron con disimulo por un momento—. Lo han asfixiado... Lo encontré en la cama, pero no fue un infarto ni nada similar. Tenía marcas en el cuello y en las muñecas... Estaba todo revuelto... Y luego está lo de los números —dijo mirándolo fijamente, más serena, pero con los ojos llenos de lágrimas.

El corazón se le detuvo por un momento.

—¿Qué números…? —respondió, paralizado.

Leyre sacó su móvil y buscó en el álbum de fotos. Cuando encontró lo que buscaba, le tendió el teléfono sin mediar palabra.

Aitor tomó el aparato con el corazón a mil. En la imagen solo se veía lo que parecía ser la muñeca y parte del antebrazo de Mario. Un escalofrío lo recorrió entero y agradeció no tener que ver más allá de aquella delimitada zona del cuerpo de su amigo. Presentaba una marca transversal de color morado en las muñecas, como si hubiera llevado una pulsera apretada durante mucho tiempo. Algo más difuminadas, se apreciaban unas precarias señales de lo que parecía ser tinta de bolígrafo. Sin duda, se trataba de unos números. Cuando Aitor amplió la imagen, las piernas estuvieron a punto de ceder al peso del cuerpo y sintió que se desvanecía.

37735050371573

Mario le había dejado un mensaje desde el más allá.

Hondarribia, 25 de julio de 1992

Aitor sacó la cabeza por la ventanilla. La brisa, cargada de salitre, le azotaba la cara. Sentía el cambio de humedad a través de cada poro de las mejillas. Era pleno mes de julio, y pensó que aquel clima era muy distinto del que tenían en Caparroso. El verano en su pueblo era más bien seco, algo propio de tener el desierto de las Bardenas Reales a tan solo un par de kilómetros, donde el sol caía a plomo. Se alegró al pensar que iba a dormir tapado con un edredón durante algunos días o incluso a ponerse una sudadera por la noche.

Sus padres se habían empeñado en acercarlo ellos mismos hasta las colonias de Hondarribia, prescindiendo del autobús que proporcionaba la organización. Él habría preferido ir con todo el mundo, aunque en parte le aliviaba no tener que pasar por el trance de montarse en un vehículo lleno de extraños. Socializar no era lo suyo. Aun así, tenía por delante dos semanas de campamento con las que lidiar. Era casi como una tradición familiar no escrita. Su madre había asistido años antes a este mismo lugar y su abuela fue una de las primeras promociones de unas colonias veraniegas que llevaban funcionando desde 1935.

Su padre, al volante, subió el volumen de la radio. Aquel era el día de la ceremonia inaugural de los Juegos Olímpicos de Barcelona, y, aunque los actos no comenzaban hasta bien entrada la tarde, el despliegue informativo llevaba días asomando por la tele, la radio y los periódicos. Aitor sabía que iba a perderse la mayor parte del evento por culpa del campamento, y eso le fastidiaba bastante.

Una vez en el pueblo, el coche giró suavemente por una curva cercana al puerto y comenzó a subir por una calle empinada.

—Mira, hijo, la torre —anunció su madre, entusiasmada.

Se refería a una de las principales obras del arquitecto Víctor Eusa y, sin duda, el emblema más famoso de las colonias infantiles de Blanca de Navarra en Hondarribia. Se encontraba situada en el centro de un edificio en forma de F y en su fachada sostenía un escudo de Navarra hecho con cadenas de hierro. Además del bloque principal, donde se encontraba la torre, el recinto contaba con un patio, una zona de árboles y una antigua casa donde se alojaba el conserje. Según lo que le había contado su madre, en el interior de las instalaciones había cuatro dormitorios enormes, un comedor y varias salas de juegos. Además, en su época estaba lo que se conocía como «la sala noble», un lugar que antiguamente se reservaba para diputados navarros que querían ir de visita y pernoctar en la localidad costera guipuzcoana. Pero, claro, vete tú a saber qué ha sido de eso, decía.

Al aparcar y bajar del coche, Aitor sintió una mezcla de excitación y miedo. La algarabía de las decenas de niños y niñas que bajaban de los autobuses era contagiosa. Él tenía once años y estaba acostumbrado a correr a sus anchas por el pueblo, pero para muchos de los que estaban allí era la primera experiencia fuera de casa, la primera vez que dormían solos. Los monitores trataban en vano de apaciguarlos y contar con tranquilidad a los presentes.

—¿Quieres que te acompañemos? —le preguntó su madre, aunque ya conocía la respuesta.

—No, entro yo solo, mamá. Gracias —respondió él rápidamente.

Ella sonrió y lo abrazó.

—Nos vemos en un par de semanas, hijo —dijo besándolo en la cabeza.

El padre apuró un pitillo, tiró la colilla al suelo, la pisó y farfulló una despedida corta mientras echaba el humo de la última calada.

—Pásalo bien y ten cuidado, ¿eh?

Aitor asintió. Su padre era parco en palabras y algo bruto, pero sabía que esa no era la medida del amor que se profesaban. Era así, sin más.

—Gracias, papá.

Mientras se dirigía hacia la recepción, sintió la mirada de sus progenitores en el cogote. Sabía que si se giraba se iba a encontrar a su madre emocionada, previsiblemente llorando, y a su padre con cara de prisa. Quería llegar a tiempo a casa para ver la penúltima etapa del Tour de Francia, aunque lo de «ver» fuese algo relativo. El hombre no aguantaba ni cinco minutos despierto en la sobremesa. Con el Tour en la tele, el tiempo se reducía a menos de uno.

Aitor se situó cerca de la puerta de entrada. La muchedumbre se agolpaba alrededor de los monitores, que iban pasando lista y asignando a cada persona su correspondiente grupo. Lo primero era trasladar a los más pequeños a sus habitaciones. Eso permitía aliviar parte de la concentración humana. Después, Aitor comenzó a fijarse en los que quedaban allí. Eran chicos y chicas más o menos de su edad. Reparó en una que tenía el pelo de color rojo. Pensó que seguramente tendría algún mote tipo la Zanahoria y se compadeció de ella. Estaba al lado de un chico rubio bajito, con gafas.

—¡Aitor Luqui! —vociferó uno de los monitores.

La Zanahoria lo observó con detenimiento mientras él se colocaba al lado del monitor.

Los nombres seguían sonando por la explanada.

—¡Carlos Gutiérrez! ¡Lorea Alonso! ¡Víctor Pérez! ¡Mario Sánchez! ¡Leyre Sánchez!…

La chica pelirroja dio un codazo a su hermano y ambos se colocaron al lado de Aitor. Sin dejar pasar un segundo, espetó:

—¡Hola! Yo soy Leyre y este es mi hermano, Mario. ¿Cómo te llamas?

Incluso siendo la persona más extrovertida del mundo, la chica acababa de pulverizar el récord de comenzar a hacer nuevos amigos. Tenía una energía desbordante.

—Aitor.

—¿Y de dónde eres?

—De Caparroso.

—¿Y eso dónde está?

—En la Ribera de Navarra.

—Nosotros somos de Pamplona. La Ribera queda bastante lejos, ¿no?

Mario miró tímidamente por encima de sus gafas a Aitor y le sonrió, como disculpándose por la verborrea de su hermana. Supo de inmediato que ese chico le caería bien.

—Bueno, depende del punto de referencia —contestó Aitor.

—¡Hombre, si sabes hablar! —contestó irónicamente Leyre, sonriendo—. Nosotros no tenemos pueblo, así que nuestros padres han decidido mandarnos aquí este verano.

—Y porque tú te has empeñado —soltó de repente Mario en voz muy baja.

Su hermana le devolvió una mirada envenenada por el desplante. Aitor se echó a reír.

—No me cabe la menor duda —les dijo, divertido.

El monitor que estaba pasando lista se aproximó.

—¡Hola! Mi nombre es Fran. Por favor, acompañadme. Los chicos, conmigo; las chicas, con María —dijo señalando a una monitora que se aproximaba saludando.

Aitor y Mario caminaban cerca y entraron al edificio junto con el resto de los chavales. Los recibió un imponente mural que representaba varios caballeros en su montura atravesando las ciudades más importantes y algunos de los principales monumentos de Navarra. El suelo estaba cubierto por unas baldosas con formas geométricas y la mayoría de los muebles eran de madera. El conjunto rezumaba historia y dotaba al lugar de un aspecto rústico. Aitor se fijó en el enorme mapa de la comunidad que había en otra pared. Parecía antiquísimo. Para su sorpresa, su pueblo era de los pocos señalizados en él. Después de dejar atrás la recepción, comenzaron a subir por unas escaleras hacia las habitaciones.

—Mi hermana puede ser un poco pesada a veces —se excusó Mario, que seguía caminando al lado.

—¡Qué va! Me ha parecido simpática —respondió Aitor.

—¿Tú tienes hermanos o hermanas?

—No...

—Pues no sabes de lo que te libras —rio Mario, aunque en realidad sabía que no lo decía en serio.

—¡Voy a pasar lista de los que se quedan en la habitación verde! —vociferó el monitor de repente, deteniéndose en una puerta—. ¡Jaime León! —Continuó diciendo nombres, pero no mencionaba los suyos.

—Igual nos toca juntos —comentó Mario.

—Estaría guay, la verdad —respondió Aitor, esperanzado. Aquel chaval le caía bien.

—¡Mario Sánchez!

Este lo miró y le guiñó un ojo y entró a la habitación. La lista de nombres se acabó.

—¡Los demás, seguidme hacia la otra habitación! —indicó a voces Fran.

Aitor no pudo ocultar una mueca de decepción y se despidió con la mano de Mario. Unos metros más allá llegaron a la otra habitación, de similares características a la anterior. Se trataba de una estancia enorme, con forma rectangular y ventanas a ambos lados. Contó aproximadamente unas cuarenta camas. Estaban dispuestas en dos hileras, con los cabeceros apoyados en un pequeño murete hueco con puertecitas que hacía las veces de armario corrido para cada una de las camas y de separador entre ambos lados de la habitación. Cada una de las puertas de los armaritos tenían el nombre de un animal. El suelo, al igual que en el resto del edificio, era de baldosas con figuras geométricas.

—Dejad vuestras cosas y nos vemos en diez minutos en el patio —les dijo el monitor—. Tenemos un acto de bienvenida.

Todos se apresuraron a meter el equipaje en sus respectivos armarios. Aitor vio a los de su alrededor saludarse poco a poco, hablando entre ellos, presentándose. Él odiaba aquellas convenciones sociales. Se le daban fatal. Pensó en la suerte que había tenido con Leyre y Mario.

Cuando bajaron al patio, localizó una melena roja entre la muchedumbre y se puso a su lado y al de su hermano, sin mediar palabra. Ella sonreía, divertida.

—Bienvenidos a las colonias de Blanca de Navarra —dijo, solemne, una mujer—. Soy Carmen, la directora. El objetivo de esta institución es que paséis dos semanas divertidas, de aprendizaje, y que conozcáis los valores que nos definen y nos representan: el esfuerzo, la colaboración, la convivencia y el respeto. Muchos recordaréis este verano durante toda vuestra vida. Entre todos trataremos de que sea inolvidable.

—Sabemos que dar los primeros pasos puede ser costoso para algunas personas —intervino un monitor, sonriente—. Por eso hemos preparado unos juegos de bienvenida para romper el hielo. Os vamos a dividir en cuatro equipos. No se trata de una competición, pero los ganadores elegirán la peli que proyectaremos esta noche.

Unas risas y un murmullo recorrieron la masa de chavales allí presentes. Los monitores comenzaron a separar los grupos. Aitor, Mario y Leyre no dijeron nada, pero se mantuvieron conscientemente a corta distancia para caer en el mismo equipo. Cuando todos estuvieron listos, comenzó la yincana. Se trataba de un circuito en forma de relevos en el que había que guiar a unos compañeros que debían permanecer con los ojos cerrados a través de un recorrido de obstáculos. Como segunda prueba, una carrera de sacos y, para terminar, la clásica contienda en la que había que transportar con la boca un huevo en una cuchara. El equipo que completara todo el circuito primero ganaba.

Aitor se colocó estratégicamente para la primera prueba. No estaba dispuesto a que su torpeza natural le jugara una mala pasada nada más comenzar. Para el juego había que formar una fila india de cuatro personas, cada una con las manos apoyadas en el hombro de la que estaba delante. Todos permanecían con los ojos cerrados salvo el último de la fila, que iba guiando a través de toquecitos en el hombro a la persona que tenía justo delante, la penúltima, y así sucesivamente. El grupo debía sortear los obstáculos y llegar a buen puerto. En este trenecito ciego, Aitor eligió ser el vagón de cola. Aunque con alguna dificultad, su ferrocarril llegó más o menos bien posicionado a la siguiente prueba. Comprobó que Mario y Leyre también lo habían logrado en sus respectivos trenes y eso le animó.

Tocaba carreras de sacos. Con los primeros saltos, Aitor se creció. Parecía que estaba en racha. Saltaba rítmicamente y las rodillas lo seguían como nunca. Sin embargo, la emoción le duró poco. A escasos metros de la meta, tropezó y aterrizó en el suelo de gravilla. Sin querer, había apoyado de manera instintiva las manos para amortiguar el golpe. Una monitora se aproximó corriendo.

—¿Estás bien…? ¿Quieres que vayamos a la enfermería? —preguntó, preocupada.

—No, no; estoy bien, gracias —contestó, algo azorado.

Cuando comprobó los daños, observó un pequeño reguero de sangre que le caía por las palmas de las manos. Se incorporó rápidamente, se limpió en el pantalón y continuó la marcha. Había perdido unos segundos preciosos, pero por lo menos había logrado llegar antes que el último de su mismo grupo.

La siguiente y última prueba era la carrera de cucharas con huevo. Aitor completó el recorrido con bastante rapidez, lo que permitió a su equipo recuperar algo de tiempo. Al fijarse en sus compañeros, vio que Mario tenía dificultades con el equilibrio. A mitad de camino, el huevo se le cayó y el chico se quedó mirando la mezcla de clara, yema y cáscara del suelo, decepcionado.

Un chaval enorme que pasaba a su lado se paró y se sacó la cuchara de la boca durante un momento para espetarle:

—¡Eh! ¿Qué pasa, que has perdido el único huevo que te quedaba?

Varios de los que estaban alrededor rieron con ganas.

Mario lo miró con una expresión serena.

—Veo que tú te has tenido que sacar uno de la boca para preguntármelo, así que dime si lo has encontrado tú.

El tiarrón se quedó congelado ante el desplante. Era obvio que no estaba acostumbrado a que le respondieran así. La cara se le tornó de color rojo y las aletas de la nariz parecieron ensancharse el doble.

—Vaya, parece que tenemos un valiente. Ten cuidado, el cementerio está lleno de ellos —escupió con rabia.

—Déjalo, Berni. Estamos perdiendo tiempo —le dijo uno de los que estaban con él.

La mole adolescente se giró y continuó la marcha con el huevo. Resultaba casi cómico ver a alguien de su tamaño transportando algo tan delicado.

Mario llegó a la línea de meta con la cuchara en la mano. Allí lo estaba esperando Aitor.

—¿Estás bien...?

—Sí, gracias —respondió Mario tranquilamente.

—Ese tío debía de pesar por lo menos setenta kilos —calculó, exagerando—. Yo no me habría atrevido a responderle así —dijo con cierta admiración.

Mario sonrió y se encogió de hombros.

Definitivamente, aquel chaval le caía bien. Muy bien.

Los equipos continuaron con la competición. Al final, en el grupo que estaba más alejado del de Mario, Aitor y Leyre, se oyeron risas y vítores. Ya había un ganador.

Después de la celebración, los monitores acompañaron a los grupos al comedor. Estaba claro que Leyre no había perdido el tiempo, porque ya estaba sentada con un grupo de chicas con las que charlaba animadamente. Aitor no había visto semejante animal social en toda su vida. Él se sentó al lado de Mario y continuaron hablando durante toda la comida.

El susodicho le contó que su hermana y él estudiaban en los jesuitas, en Pamplona. A su padre le encantaban los cachivaches y, por lo que se veía, él había heredado esa pasión. Había oído que acababan de inventar una cámara que te permitía sacar un montón de fotos sin usar carrete, ni revelarlas ni nada; y además podías ver las imágenes al instante, después de disparar. Cámara digital, la llamaban. Lo malo era que costaba más de dos millones de pesetas y al parecer solo la estaban usando algunos periodistas en la guerra del Golfo. Le habló también de la *world wide web*, de internet y de una red de ordenadores que se comunicaban entre sí que iba a cambiar el mundo. Aitor escuchaba a aquel retaco con gafas fascinado y se preguntaba si algo así podría llegar a Caparroso algún día. Ya hacía dos años de la aparición de nuevos canales en la tele y él solamente oía de la programación de Antena 3 y Telecinco por lo que contaba algún pariente que vivía en Madrid.

Leyre era solo un año menor, aunque acumulaba más experiencias que Mario en muchos aspectos. Era muy directa, sociable y, según él, tenía «muy mal genio». A ella no le interesaban los trastos ni los cables: le encantaba pintar. Estaba en la edad de suplicar a su madre quedarse cinco minutos más con sus amigas a cualquier precio. Era ella precisamente la que había pedido a sus padres ir de campamento porque todas sus amigas se iban al pueblo en estas fechas. Y así habían llegado allí, muy a pesar de Mario, que habría preferido quedarse hundiendo la nariz en revistas de tecnología y tebeos todo el verano.

Se les pasó la tarde entre charla y charla, con algún taller de manualidades en medio. Aitor le contó cosas de su vida: jugaba al fútbol en el equipo local, el Azkarrena. No tenía hermanos y, en parte por eso, se aburría bastante. Aún no sabía qué quería estudiar, pero estaba deseando que llegaran los años de universidad para vivir en Pamplona, en la ciudad, aunque le daba reparo pensar en el esfuerzo social que aquello iba a requerir. Por mucho que estuviera deseando salir de allí, también le gustaban los veranos en el pueblo porque venían los «forasteros», las caras nuevas. Por las noches solía salir a la fresca con sus amigos. A veces jugaban a polis y cacos por todo el pueblo en dos equipos multitudinarios, con chavales de todas las edades. Él tampoco había elegido ir a Hondarribia, era como una especie de norma familiar no escrita.

—¿Tu abuela estuvo en estas mismas colonias? Ostras, este edificio tiene que tener por lo menos mil años y un par de fantasmas —rio Mario.

—No me gustaría cruzarme con nadie de noche por los pasillos, la verdad —bromeó Aitor.

Un chico que estaba sentado al lado los oyó.

—Más os valdría no bromear. ¿Es que no habéis oído hablar de la leyenda de Clara? —dijo en bajito, como si alguien pudiera oírlo.

Ambos se miraron, interrogativos, volvieron a mirar a aquel chico y negaron al unísono con la cabeza.

—Clara es una chica que murió aquí —relató con semblante sombrío—. Estaba de campamento, como nosotros; dicen que era sonámbula y que un día se lanzó desde la torre...

Una monitora que estaba al lado sirviendo macarrones agachó la cabeza hasta ponerla a la misma altura de aquel narrador infantil de historias de terror.

—Pero ¿queréis dejar de contar la misma chorrada todos los años?

El chaval asintió, agachó la cabeza y, cuando aquella desapareció, volvió a levantarla para mirarlos y susurrar algo que ninguno de los dos entendió.

Tras la cena, el equipo ganador de la yincana eligió la peli que iban a proyectar. Después de algo de debate vieron *Los Goonies* y, al terminar, Aitor y Mario subieron hacia las habitaciones riendo e imitando a Sloth. Se despidieron en el pasillo y cada uno entró a su habitación, felices por haberse encontrado y haber pasado un día así.

Cuando las luces se apagaron y llegó el silencio, Mario sintió unos pasos que se acercaban a su cama.

Lo siguiente que recuerda es un fuerte impacto en la cabeza y restos de clara y yema resbalándole por la cara.

Hondarribia, 26 de julio de 1992

—¿En serio? ¡Ese tío es completamente idiota! —exclamó Aitor, sorprendido, mientras se limpiaba con la manga los restos de colacao.

Algunos compañeros miraron con disimulo aquel arrebato, pero estaban demasiado dormidos como para reaccionar. Era todavía muy temprano y en el comedor estaban repartiendo magdalenas en unas mesas donde se contaban más legañas que niños. El prometedor olor a repostería se colaba por todo el edificio y había sido el reclamo perfecto para sacar de la cama a una marabunta de jóvenes a la que le esperaba un largo día de deporte por delante. El ritmo a esas horas era pausado, pero tardaba en romperse lo mismo que las galletas que flotaban en la superficie de los vasos.

—Sí, pero no te preocupes. No me da miedo —respondió Mario, dando vueltas a la cucharilla con total calma.

Aitor parecía algo más alterado.

—¡Pero esto no puede quedarse así!

—¿Y qué quieres que haga? ¿Que lo zurre? Entre los dos no podríamos ni con una pierna suya.

—No lo sé, pero ya se nos ocurrirá algo —reflexionó Aitor.

—Ese «idiota» está en mi habitación, Aitor. Me conviene llevarme bien con él.

Los chicos continuaron desayunando pensativos, masticando en silencio. El comedor tenía un ventanal acristalado desde el suelo hasta el techo que permitía contemplar la bruma mañanera que envolvía al edificio. La neblina, que comenzaba a disiparse con los primeros rayos de sol, tenía un efecto anestésico sobre aquel ejército de pijamas, que poco a poco iba despertando y subiendo los decibelios.

Una monitora se aproximó a ellos.

—¿A qué vienen esas caras tan largas? —preguntó, sonriente—. Venga, id terminando el desayuno. Nos vemos en quince minutos en la puerta. Hoy tenemos clase de vela y juegos en la playa.

Aitor suspiró, resignado, y apuró el vaso. Si en la yincana había terminado con las manos llenas de gravilla y sangre, lo más probable era que con la vela acabase en el fondo del mar. Además, lo que Mario acababa de contarle le había dejado un poso de rabia interna que intentaba digerir a la par que el desayuno.

Después de recoger sus cosas y encontrarse con los demás, el grupo comenzó a bajar andando en dirección a la playa. El día se presentaba caluroso, aunque la brisa aún era fresca. Aitor percibió que eran varias decenas de chicos y chicas de distintas alturas y pelajes, típico de la edad en la que estaban. Con once y doce años, había gente que aún no había dado el estirón y otros parecían casi estudiantes universitarios. Aitor y Mario caminaban diluidos en aquella multitudinaria convención de hormonas. Unos metros atrás, el tal Berni armaba el jaleo propio de un futuro macho alfa, haciéndose notar, acompañado por un par de secuaces que le reían las gracias.

Al llegar a la playa, un instructor los recibió en la orilla. Rondaba los veinte años e iba ataviado con un neopreno. Tenía el pelo rubio, un poco largo y lleno de salitre. Los saludó, sonriente. Algunas de las chicas allí presentes parecían mirarlo con especial interés.

—¡Hola a todos! ¡Bienvenidos! Mi nombre es Ander y voy a ser vuestro instructor de vela hoy. ¿Habéis desayunado bien? —dijo, dejando entrever unos dientes blanquísimos.

Le respondió un murmullo perezoso.

—Veo que aún os estáis despertando —contestó, divertido—. No os preocupéis, en cuanto pongáis un pie en el agua se os pasa el sueño de golpe —añadió maliciosamente.

Un grupo de chicas cuchicheaban entre ellas mientras lanzaban tímidas miradas al monitor. Aitor pensó que no sabía cuál era la gracia. El chiste no era tan bueno.

—Las embarcaciones que veis detrás de mí se llaman Optimist y están pensadas para un único tripulante. Son del tipo que usamos siempre para dar vuestros primeros pasos en vela ligera —anunció.

Los Optimist eran de uso individual, pequeños y muy manejables. Tras unas rápidas lecciones sobre las partes del barco, la dirección del viento y el rumbo, se lanzaron al agua.

—Recordad: tened mucho cuidado para no recibir ningún golpe de la botavara en los virajes. Es una maniobra que dura un par de segundos y es muy fácil despistarse. El viento puede ser traicionero y no queremos ningún naufragio —advirtió el instructor.

Aitor estaba nervioso. Era su primera experiencia con la vela. Lo más parecido que había visto era un pedalo en la playa de Cambrils. Mario estaba como una balsa de aceite.

—Tranquilo —le dijo sin mirarlo—. Lo vas a hacer fenomenal.

Aitor se sorprendió. Parecía haberle leído el pensamiento.

«Y encima tiene poderes psíquicos —pensó—. Qué tío».

Cuatro monitores apoyaban al instructor para agrupar a los chicos y chicas y ayudarlos a introducir los barquitos al agua. Leyre se acercó. La seguía un grupo de nuevas amigas que parecía haber doblado su tamaño desde anoche.

—Este es mi hermano Mario —dijo, girándose hacia su pequeño séquito—. Y este es Aitor. Lo conocimos ayer. Viene de Castejón.

—Caparroso —corrigió él.

En el grupo de chicas se oyeron unas suaves risas.

Él pensó que tampoco sabía cuál era la gracia esta vez.

Y entonces fue cuando la vio.

A Aitor Luqui no le había gustado nunca una chica hasta ese momento. Tampoco un chico. Simplemente, el mundo de la atracción no había llamado aún a su puerta. Hasta entonces, claro.

Una de las nuevas amigas de Leyre tenía una risa que parecía hecha de cascabeles. Le recordaba al sonido que hacían algunos instrumentos en Navidad. Tenía la nariz y las mejillas cubiertas por unas pecas que no llegaban a ser oscuras, sino pequeñas manchitas pardas que hacían que la cara tuviera cierto aire travieso. El pelo dorado se le arremolinaba con la brisa de la playa. Pero lo que realmente hacía bajar cualquier guardia eran aquellos ojos. Comparándolos con el mar que se abría a su lado, aquel par de esmeraldas eran capaces de hacer que nadie le sostuviera la mirada más de dos segundos. Aitor agachó la cabeza y sintió una punzada en la boca del estómago. Se preguntó si el colacao que le habían dado en el desayuno estaría en buen estado.

—Ya habéis oído a Ander —dijo Leyre, pronunciando este nombre con retintín y provocando las risas de sus acompañantes—. Cuidado con la botavara.

El grupo de chicas se alejó en dirección al agua y poco a poco fueron subiendo a sus respectivos barquitos y entrando al mar.

—Tío, te has quedado pasmado —soltó Mario con una carcajada—. Por lo menos disimula un poco.

—¿Yo? ¿Qué dices…? —contestó él, parpadeando y saliendo del trance.

—Te has quedado mirando como un bobo a la rubia.

—¿Qué rubia?

Mario le dio una palmadita en la espalda, riendo.

—Anda, vamos al agua —respondió, sonriente.

Los veinte minutos siguientes pasaron como una nebulosa ante él. No podía quitarle ojo a aquel ángel rubio que parecía manejarse a la perfección en el límite entre el mar y el cielo. Era como si hubiera nacido para surcar las olas. Los cascabeles de su garganta sonaban con gracia en cada maniobra. Sonreía y animaba a sus compañeras para mantener el rumbo, corregir la postura o hacerse mejor con el timón. Se le daba realmente bien.

Mario se defendía con bastante decencia pese a tener las gafas llenas de agua y salitre. Cuando tomaba una ola un poco más grande de la cuenta, su pequeño cuerpo se despegaba del asiento y parecía estar a punto de salir volando. Aunque por el momento conseguía evitar mojarse.

En el transcurso de la clase, varios chicos y chicas cayeron al agua. Los chalecos salvavidas les proporcionaban la flotabilidad necesaria para no correr peligro, pero, aun así, los monitores permanecían atentos, por si había alguien que no sabía nadar o se agobiaba en exceso. En general, las caídas provocaban más risas que llanto.

Aitor navegaba con cierta seguridad, aunque el viento soplaba racheado y eso se traducía en tirones esporádicos. Controlar el timón era más sencillo de lo que pensaba; sin embargo, la cantidad de embarcaciones y el ligero oleaje hacían de esa primera experiencia navegando un pequeño desafío. De cualquier manera, se sentía satisfecho, porque había logrado unos cuantos virajes bastante limpios. En un momento dado, cuando estaba maniobrando para probar su primera trasluchada, oyó un sonido parecido al de unas campanillas a su espalda.

Era ella.

Para cuando quiso darse cuenta, estaba tragando agua y con una fuerte contusión en la cabeza.

La botavara no perdonaba ni una.

—¡Socorro! —oyó, algo aturdido, desde el agua—. ¡Está sangrando! —gritó la chica rubia desde su barquito.

Ander se acercó a toda prisa. Aitor sentía escozor en la frente y veía unos pequeños destellos parpadeantes, una mezcla de los reflejos del sol en el agua y del tortazo.

—¿Estás bien? —preguntó, preocupado, el instructor.

—Sí, ha sido sin querer —replicó Aitor, sin pensar.

Ander soltó una carcajada.

—Esa es la respuesta que daría la botavara —dijo, algo más despreocupado—. Ven, vamos con el socorrista y que te cure esa herida. Seguro que no es nada.

Aitor subió a la embarcación del monitor y este se encargó de remolcar el Optimist hasta la orilla. Se sentía algo más avergonzado de lo normal de aquella torpeza tan natural y habitual en él. En parte, porque hasta ese instante se le estaba dando aparentemente bien, pero también porque esa chica había sido testigo de su falta de pericia. La parte que más le pesaba, aunque él aún no se diera cuenta, era la segunda.

Un socorrista se acercó corriendo cuando pusieron los pies en la arena. Apenas había sangre, pero el chichón ya comenzaba a asomar en medio de la frente. Se afanaron en limpiar bien la herida y aplicar Thrombocid en la incipiente hinchazón. A Aitor el olor de aquella pomada le recordaba a una hermana de su abuela, que se untaba las piernas llenas de varices con aquel ungüento. Olía un poco a rancio, a domingo por la tarde.

—Quédate aquí sentado, ¿vale? —pidió el socorrista—. Enseguida vuelven tus compañeros a la orilla.

Poco a poco, los distintos grupos fueron dejando las embarcaciones en tierra y formando corrillos en la arena. Aitor prefirió evadirse de su pena y su vergüenza cogiendo una ramita seca y dibujando líneas en la arena.

«Pero ¿por qué seré tan torpe?», pensó, apesadumbrado.

Mientras divagaba con una mano apoyada en la mejilla, oyó:

—¡Vaya golpe te has dado! Te está saliendo un buen chichón.

Al levantar la cabeza, allí estaban los cascabeles de nuevo. Solo que esta vez casi oía su corazón bombeando a todo ritmo por encima de aquel sonido.

—Sí... Gracias —acertó a decir, algo abrumado.

—Me llamo Blanca y soy de Pamplona —dijo tendiéndole la mano, sonriente.

—Aitor, de Caparroso —contestó estrechándosela, intentando aparentar firmeza.

—Espero que esto no te desanime para seguir practicando. La vela está muy guay, es muy divertida.

—He visto que se te daba bastante bien —se atrevió a decir.

—Tiene truco, no era mi primera vez —respondió ella guiñándole un ojo—. Al principio no me gustaba, pero mis padres se empeñaron en apuntarme a un curso cuando era más pequeña. Solemos veranear en Palma. La verdad es que con el tiempo me ha ido gustando cada vez más.

Una chica la llamó a gritos desde el otro extremo de la playa.

—Tengo que irme. ¡Nos vemos!

Aitor sintió que le palpitaba la boca del estómago y estaba ligeramente mareado. Ya no sabía si era el calor, el golpe, la pomada o aquella inesperada visita. En ese momento, Mario se le acercó.

—Parece que te ha salido rentable el chichón, ¿eh? —dijo riendo—. No quería acercarme hasta que se hubiera marchado por no fastidiar.

—¿Fastidiar? No hay nada que fastidiar —respondió intentando disimular su interés.

—¿Qué pasa, capullos? —oyó a sus espaldas.

Cuando se giraron, se encontraron con la mole llamada Berni.

El tiarrón puso cara de sorpresa y, divertido, señaló la frente de Aitor.

—¡Pero si hemos encontrado el huevo por fin! Lo tenía tu amiguito —dijo con sorna, mirando a Mario.

Los dos chicos que estaban con él le rieron la ocurrencia.

—¿Por qué no te vas y nos dejas en paz? —pidió aquel.

—Porque no me da la puta gana —respondió, amenazante, inclinándose levemente sobre él.

Mario confirmó que el sonido que emitían las aletas de la nariz era tan amenazante como la expresión corporal. Aquel proyecto de hombre se asemejaba más a un toro que a una persona.

—¿No lo has oído? Déjanos en paz —intervino Aitor en un arrebato de valentía.

—¡Un huevo que habla! Esto sí que no me lo esperaba —replicó Berni poniendo voz de fingida sorpresa.

—Vamos a ver. Berni, ¿no?… Solo queremos que…

El susodicho le puso las manos sobre el pecho y lo empujó violentamente hacia atrás.

—Pero ¿quién cojones te crees que eres? ¡Tú no puedes llamarme así, idiota! —bramó con ferocidad.

El empujón había desplazado medio metro hacia atrás a Aitor, que lo miraba con cara de incredulidad. Un grupo de chicos se había acercado a curiosear qué ocurría y los rodeaba contemplando la escena.

—Pero… yo… he oído que… —acertó a decir, descolocado.

—¿Qué está pasando aquí? —intervino Ander, que llegó corriendo—. Javier, coge tu embarcación, te toca ahora —ordenó firmemente mirando a Berni—. Aitor, acompáñame a la enfermería. Los demás: no hay nada que ver aquí, volved con vuestros respectivos grupos —añadió.

Aitor y Mario se miraban desconcertados. Uno de los chicos que se había acercado a curiosear, antes de irse, pasó al lado de ambos.

—Se llama Javier Ochoa, es de Pamplona, viene a mi cole. Lo llaman Berni porque es tan grande como un San Bernardo, pero solo deja que lo llamen así los de su círculo de confianza. Y a veces ni eso —explicó el chico con una mueca—. Yo en vuestro lugar intentaría no cruzarme con él. El año pasado le rompió un brazo a uno un año mayor. Estaban jugando al fútbol. Él dice que le hizo una mala entrada, pero la realidad es que ni siquiera lo tocó, lo tenía enfilado desde hacía tiempo —añadió.

—Gracias… —respondió Mario procesando aquella información.

Aitor se quedó pensativo, con el ceño fruncido y la rabia contenida, mirando a la orilla, donde otros compañeros suyos continuaban maniobrando con las embarcaciones. Pero ¿qué narices quería aquel tío? ¿Iba a ser así durante todo el campamento?

—¡Aitor! —Ander le hacía señas algo más adelante para que lo acompañara.

Él echó a correr hasta alcanzarlo. Caminaban en paralelo, dirigiéndose a la enfermería. La arena quemaba bajo los pies, pero pensó que era una especie de penitencia merecida por su torpeza.

—El mundo está lleno de gilipollas como estos, ¿sabes? —soltó de repente el instructor, manteniendo la vista al frente.

Aitor parpadeó, sorprendido. Ander lo miró y le sonrió.

—Sé que no es políticamente correcto que te diga esto —prosiguió aquel—, pero ese chaval es uno de esos gilipollas que te encontrarás en la vida. Te lo digo por experiencia.

—Yo creía que se llamaba Berni y…

—El motivo no importa. Lo que importa es que este tipo de personas se alimentan del miedo y suelen estar rodeadas por otras que aún las temen más. ¿Has visto a los dos que iban con él?

—Sí…

—Pues a ellos tampoco les depara un buen futuro si continúan con compañías como esa.

Aitor dirigió durante un momento la mirada hacia los pies.

—Gracias, Ander.

—De nada, chaval. Y ahora entra y que te miren ese huevo. Yo creo que ya estás listo para la batalla otra vez —lo animó.

El trámite en la enfermería fue rápido. La hinchazón había bajado bastante, no tenía ningún otro síntoma preocupante y Aitor tenía ganas de reincorporarse a los juegos de playa. Cuando volvió con su grupo, vio como Mario le alzaba un pulgar en señal de victoria, sonriente.

«Qué tío más majo», pensó.

Apenas llevaban veinticuatro horas juntos y ya sentía como si lo conociera de toda la vida. Mientras se sumaba al torneo de palas de playa, localizó a Berni riéndose de otro pobre chico que no daba una con la pelota.

Aitor se prometió a sí mismo que no iba a dejar que ese imbécil le amargase el verano. Ni a él ni a Mario.

Mario no sabía lo que era tener un amigo de verdad. Quizá por eso estaba tan ilusionado con haberse topado con Aitor. Su hermana, aunque era un año menor, solía hacer siempre de *partenaire* en cualquier tipo de convención social: un encuentro familiar, en el colegio… Si se trataba de entablar nuevas amistades, Leyre tenía un don natural, un magnetismo irresistible que la ponía en el centro de todas las miradas. Mario, en cambio, tenía «urticaria social». Pero no por convencimiento, sino por puro accidente. Él no quería ser así. Por lo que fuera, su habilidad para tejer conversaciones era limitada. Sabía que era extremadamente tímido y en parte lo achacaba a eso. En clase, además, situarse en el círculo de empollones tampoco ayudaba mucho. Sin embargo, sospechaba que había algo por encima de todo aquello que le impedía estar en paz con el mundo. Le daba miedo mirarse por dentro, tratar de averiguarlo y encontrar algo que no le gustara, que no encajara. Y esa terrible sospecha iba creciendo como un tumor, como un abismo insalvable que ya no podía obviar y que lo separaba cada vez más y más del resto.

Mario tenía miedo a sentir en la dirección «equivocada».

Este compendio de «virtudes» lo había llevado en numerosas ocasiones a ser objeto de burlas, empujones o lo que era casi peor: sufrir una indiferencia supina por parte de cuantos lo rodeaban.

Quizá por eso encontró el mejor refugio entre sus cómics y las revistas de su padre, al cobijo del hogar y a salvo del resto del mundo. Fuera hacía frío, pero no de ese que te eriza la piel, sino aquel que te pone los pelos de punta cuando sabes que en el recreo o a la salida del colegio van a ir a por ti.

Al principio trató de defenderse con uñas y dientes de las garras de los halcones que intentaban darle caza. Niños más mayores, más pequeños o de su misma edad que veían a través del cristal de las gafas de Mario el miedo y la desesperación por querer encajar y no saber cómo, por anhelar salir de allí. Todos eran igual de cobardes, solo cambiaba el peso y la altura de cada uno de los que se ensañaban con él. Con el tiempo, aprendió a sobrevivir en aquella jungla de patadas e insultos. Dejó de ser la presa para convertirse en un camaleón: discreto, sigiloso y camuflado en el ambiente para pasar desapercibido. Dejó de llorar. Se convirtió en ese tipo de personas que están al lado, pero que nadie ve; gente de relleno, como un extra en la película de su propia vida.

También había aprendido a llevar con estoicismo los ataques aleatorios de algún cazador que sí se percataba de su presencia. El miedo había dejado paso a una resignación decidida. Aprendió a no mirar atrás, dejó de ser una estatua de sal. No había dolor físico ni mental, solo tránsito; una especie de sala de espera oscura que no llevaba a ninguna parte. Tampoco le importaba responder verbalmente a las amenazas del agresor de turno, en función del humor que tuviera ese día. Él elegía qué tipo de víctima ser según la ocasión.

Y eso, en cierta medida, reconfortaba.

Encontrar un ápice de control y de elección personal dentro de aquel caos le tranquilizaba de una manera algo retorcida. Y así habían transcurrido los últimos años de su vida, entre tebeos, patadas, esperas y mucha oscuridad.

Mario reflexionaba en la habitación de casi cuarenta camas, con la luz apagada, envuelto en una oscuridad bien distinta. Oía la respiración rítmica de los compañeros de alcoba, que dormían tranquilos. También alguna risa furtiva de los que intentaban estirar el día y comentar las mejores jugadas. Salvo aquello, solo se oían los grillos, ocultos en la espesa vegetación que rodeaba el recinto de las colonias.

Se acordó por un momento del episodio nocturno del huevo. Había tenido que levantarse en mitad de la noche a limpiarse la porquería del pelo y de la cara en el baño. Gracias a Dios, apenas se habían manchado las sábanas. La funda de la almohada presentaba un lamparón reseco de un naranja pálido que le recordaba aquella batalla perdida. Había decidido que no diría nada a los monitores. Total, para qué. Seguramente las consecuencias de su chivatazo serían bastante peores que pasar el resto de la semana con la almohada del revés.

Lejos de dar vueltas sobre su suerte, sus pensamientos lo llevaron a Aitor. Desde el primer momento, le había caído muy bien. Tenía la sensación de conocerlo de mucho antes, como si sus almas fueran viejas amigas del pasado. Pero, cuando alguien te importa, también te preocupa. Mario lo había visto sufrir y tragarse su orgullo a paladas en la yincana del primer día y, posteriormente, en el encontronazo de la playa. Veía en sus ojos la rabia con la que contestaba sin palabras al matón de Berni, y aquello le inquietaba. No quería que Aitor sufriera. Sintió que necesitaba transmitirle algo de su reducto de paz, del acomodo que había encontrado a través de la experiencia con el paso de los años. Pero ¿cómo ayudarlo? Mario sabía que los consejos pueden ser bastante volátiles. Lo mejor era ofrecerle su apoyo incondicional ante cualquier envite. Juntos podrían crear una fortaleza más grande que un castillo y, desde luego, más resistente que cualquier huevo.

En medio de estas cavilaciones, la modorra se iba apoderando de él. De repente, en ese lugar mágico entre la vigilia y el sueño, donde mezclamos pensamientos y conciencia, se le ocurrió algo. Puede que fueran las referencias de *Mortadelo y Filemón*, los dos agentes de la T. I. A., mezcladas con algún reportaje de las revistas de tecnología de su padre, pero lo cierto es que tuvo una revelación: debía estar al lado de Aitor para mostrarle su apoyo y transmitirle su aliento incluso cuando no pudieran estar físicamente cerca. Tenían que conseguir comunicarse entre ellos sin ser vistos, avisarse de los peligros, comentar las oportunidades. Y eso solo podía conseguirse compartiendo información de una manera muy particular: a través de un lenguaje propio. Notas codificadas que solo ellos comprendieran con el objetivo de salvaguardar el culo en el caso de que cayeran en líneas enemigas. Además, este sistema les permitiría comunicarse de forma asíncrona y anónima. Mario lo vio claro: necesitaban un lenguaje en clave. Y creía conocer uno que podía servirles.

Pamplona, 2 de agosto de 2022

La inspectora Julia Arrondo detestaba el calor. Ella, que se había criado en Pamplona y estaba acostumbrada a inviernos recios, pasados por agua y nieve, no soportaba que agosto fuera agosto. Preferiría que agosto fuera noviembre.

Era de las pocas personas que pasaban el verano entero en comisaría. Le gustaba irse de vacaciones en septiembre u octubre a algún sitio de montaña o a una playa, pero buscando un ambiente más fresquito. En su equipo se peleaban por coger fiesta después de Sanfermines. Para ella, ir a cualquier otro lugar de temperatura igual o superior en aquellas fechas era una auténtica tortura. Además, mientras que para muchos la temporada estival era sinónimo de descanso y familia, a Julia no hacía más que recordarle que para escaparse a cualquier sitio este año tendría que tirar de agenda una vez más.

Quizá pensar en esto es lo que la tenía de un humor de perros. Puede que fuera eso, sí. Dormir poco tampoco ayudaba. Hay que reconocer que tener la cama entera para ti es toda una ventaja en verano. Pero eso no quiere decir que tu cabeza esté tan sola como tu cuerpo. De hecho, suele ser al contrario. El insomnio había venido a visitarla hacía un par de semanas y amenazaba cada día con ampliar su estancia. Ahora, entre el cansancio, la letanía del sacerdote y el incipiente bochorno, su mente estaba luchando por no entrar en un estado catatónico.

Había decidido ir al sepelio sola. Bastante tenía con aguantarse a sí misma como para arriesgarse a que cualquiera de sus compañeros pagara el pato. No podía permitírselo. Además, pese a que la presencia policial en los funerales es más habitual de lo que pudiera parecer, siempre se intenta dejar espacio a la familia desde el más absoluto respeto. Eso significaba que cuantos menos estuvieran allí dando el cante, mejor.

Por suerte, ella siempre trabajaba de paisano. Había elegido un conjunto claro de lino que la ayudaba a mantener una posición discreta y le permitía sobrellevar aquellas temperaturas. El pelo, color chocolate y amarrado en un moño bajo, le habría dado un toque distinguido si no llega a ser por el *frizz* que la acompañaba de manera permanente. Siempre había pensado que el pelo rizado hace instantáneamente menos seria a la persona que tienes delante. En su caso, resultaba difícil moldear la mata desordenada de rizos, en especial cuando no tienes ni tiempo ni ganas.

Mientras soportaba el calor como podía a la sombra de un ciprés, intentaba concentrarse en la escena y repasar lo que sabía del caso hasta la fecha. Miró a su alrededor. Había bastante gente joven, *demasiada*. La mayoría rondaban su edad: treinta y muchos, cuarenta y pocos.

A un par de metros de su posición, la mujer del pelo rojo rompía a llorar mientras hablaba con un hombre alto, moreno y delgado. Le mostraba algo en su móvil. En este tipo de ocasiones Julia se sentía un poco *voyeur*, una intrusa dentro del dolor ajeno.

Intentó alejar ese pensamiento. No era voyerismo. Era su trabajo.

«Punto número uno: la pelirroja es Leyre, la hermana del difunto. Fue ella la que lo encontró», pensó.

A Mario Sánchez lo encontraron tumbado boca arriba en su cama, con las manos una encima de la otra reposando sobre el estómago y la cabeza ladeada en la almohada. Tenía los ojos cerrados y la cara con aspecto reposado. Si no llegan a tomarle el pulso, a simple vista podría haber pasado por estar durmiendo plácidamente.

Era una persona joven, podría decirse, de apenas cuarenta años. Trabajaba como desarrollador de software en una empresa pública del Gobierno de Navarra. No era muy deportista, pero tampoco llevaba una vida sedentaria. No tenía pareja conocida ni hijos.

Aquel día, Leyre entró al apartamento con su propia llave y lo encontró tendido en la cama. Habían quedado para cenar. Estas citas entre hermanos eran bastante habituales, solían verse más o menos una vez al mes. Mario había encargado sushi y Leyre se extrañó al encontrar el pedido en el felpudo de casa.

«Puede que estuviera esperando al repartidor y fuera él mismo el que abrió la puerta —pensó la inspectora—. Por eso la cerradura no estaba forzada».

Repasó mentalmente el informe del forense. Todo indicaba que el corazón de Mario se había parado debido a una asfixia. Presentaba erosiones en los antebrazos y unas marcas transversales en las muñecas y en los tobillos. Parece que podría haber estado atado de pies y manos momentos antes de su muerte. Además, estaban aquellos extraños números garabateados en el antebrazo derecho. Aparentemente, no tenían ningún sentido.

37735050371573

No parecía un número de teléfono. Podría ser una contraseña, algo relacionado con su trabajo de programador… La Brigada de Delitos contra las Personas de la Policía Foral de Navarra era el equipo del que Julia formaba parte y, pese a estar en cuadro por las vacaciones estivales, estaban centrando todos sus esfuerzos en investigar su posible significado. Sus compañeros de la científica habían comenzado con el análisis del móvil de Mario y del Macbook Pro M1 de dieciséis pulgadas que habían encontrado intactos en su domicilio. Curiosamente, el piso no estaba demasiado desordenado y había varias cosas de valor que nadie se había llevado.

Julia seguía dándoles vueltas a aquellas pesquisas cuando algo le llamó la atención. El chico que estaba con Leyre parecía nervioso en exceso. Andaba en círculos, echándose las manos a la cara. Tenía los ojos llenos de lágrimas y estaba muy alterado. Negaba con la cabeza. Ella sostenía su móvil y miraba al suelo, queriendo contener las lágrimas.

—No… No puede ser… —oyó decir a Aitor, visiblemente afectado—. Es un mensaje para mí, Leyre. ¡Es para mí! —exclamó un poco más alto de lo que le habría gustado.

La otra lo miraba y negaba con la cabeza. Parecía muy cansada.

Julia pensó que acababa de encontrar al primer candidato para unas preguntas en comisaría.

Echó la mano a la placa que llevaba en el bolsillo, cogió aire y se dirigió hacia ellos.

Agradeció de nuevo no llevar uniforme.

Pamplona, 2 de agosto de 2022

Era la primera vez que estaba en una comisaría. No es que fuera un sitio acogedor, pero se lo había imaginado distinto. Le pareció mucho más luminoso de lo que pintan en las pelis. Eso sí, el trajín era bastante similar. Había agentes de policía con paso presuroso de un lado a otro. Olía a café de máquina, a tinta de fotocopiadora y a prisas. En cierto sentido, era una mezcla de olores bastante similar a la de la biblioteca de la universidad.

Aitor esperaba impacientemente en una silla. Estaba nervioso, todo había sido demasiado atropellado. El funeral, enterarse de cómo murió Mario, el encuentro con Blanca, lo de los números… En especial, esto último. Seguía en shock. Mario había intentado comunicarle algo en su último aliento. Estaba claro que era un mensaje para él. Pero ¿por qué? ¿Acaso tenía algo que ver con su muerte? ¿Qué había descubierto?

La cabeza le daba vueltas. No entendía nada. Se sentía mareado y tenía sed. Todo era surrealista. Y hacía mucho calor.

Cuando comenzó a abanicarse infructuosamente con su lánguida mano, la puerta que estaba frente a él se abrió y apareció una mujer de porte firme. Tenía aspecto atlético, el pelo castaño y rizado, recogido en un moño bajo, y los ojos marrones y profundos.

—Gracias por la espera y disculpe el calor. Ayer dejó de funcionar el aire acondicionado. Estamos esperando al técnico.

Aitor asintió despacio. Estaba pálido.

—¿Quiere un botellín de agua…? —preguntó Julia al ver la tonalidad de su cara.

—Sí, por favor, sería genial. Gracias.

Ella hizo un gesto a un compañero que estaba cerca y le pidió dos botellines.

—Por favor, acompáñeme.

Recorrieron el pasillo en silencio y se detuvieron junto a una puerta. Julia la abrió y cedió el paso a Aitor para que entrase primero. Era una sala completamente vacía, salvo una mesa con una silla en un lado y otras dos situadas enfrente. Una de ellas estaba ocupada por un agente que repasaba algunos papeles.

Aitor se sentó delante de aquel hombre que concentraba todo el Rh negativo del mundo en la cara. Se asemejaba a la caricatura que un andaluz dibujaría de un vasco. Ojos pequeños y juntos, nariz prominente, rasgos afilados y cejas pobladas. Parecía no haberse percatado de su presencia. Solo levantó la cabeza cuando Julia comenzó a hablar.

—Este es el agente Mikel Beloki. Es uno de los compañeros que está llevando el caso. Intentaremos ser breves, necesitamos que responda a algunas preguntas. Usted no está aquí detenido. Solo necesitamos un poco de colaboración.

—Claro —respondió Aitor, nervioso, mientras daba un sorbo al botellín de agua.

—¿De qué conocía a Mario Sánchez? —preguntó Julia.

—Era mi amigo… —respondió con tristeza. Aquello le parecía absurdo—. Nos conocimos cuando teníamos once años en las colonias de Fuenterrabía.

—¿Cuándo fue la última vez que lo vio?

—Hará seis meses… Coincidí con él en un concierto en el Garazi.

—¿Solían quedar?

—Los últimos años nos distanciamos bastante. —Aitor notó que pronunciaba aquellas palabras como disculpándose—. Entre el trabajo, los viajes y mi pareja no me daba para mucho más. Ya saben, al final entras en una rutina y…

—Ya —cortó abruptamente el agente Beloki.

Aitor se calló de repente. No supo interpretar si aquello era hastío o falta total de empatía.

—Habíamos quedado la semana que viene —continuó, pronunciando despacio, como dándose cuenta de que aquella cita jamás se produciría.

La inspectora Arrondo y el agente Beloki se miraron durante un segundo y clavaron la vista en los papeles.

—Entonces, ¿dice que ya no tenían relación? —preguntó Beloki.

Aitor frunció un poco el ceño.

—Ahora estoy soltero y últimamente estoy saliendo algo más; me lo encontré por el Casco Viejo un par de veces. No solíamos quedar, pero las últimas semanas me había insistido mucho y nos íbamos a ver el jueves que viene —respondió, algo molesto.

¿Por qué demonios se estaba poniendo tan nervioso? Ni siquiera sabía por qué había mencionado lo de Eva.

Él no había hecho nada. Estaba igual de desconcertado.

—¿Qué ha ocurrido antes en el cementerio? —soltó de repente Julia.

—¿A qué se refiere?

—A su reacción cuando estaba con la hermana del difunto.

Aitor tragó saliva.

A Julia no le pasó desapercibido aquel movimiento de nuez.

—Estaba… estaba nervioso. Me acababa de enterar de cómo murió. Yo no sabía nada de todo esto hasta hoy. No sabía que él… que alguien…

—¿Y qué hay del móvil?

—¿Qué móvil?

—El de Leyre Sánchez. Le ha enseñado algo y usted se ha alterado mucho. ¿Qué es lo que ha visto?

Aitor agachó la cabeza. Se había metido en un buen lío.

—Los números… Leyre me estaba enseñando los números —reconoció, cabizbajo.

—¿Puede decirnos algo de esos números?

Aitor no contestó.

—Oiga, no sé si es consciente de que estamos investigando un homicidio —le indicó con dureza Beloki—. Agradeceríamos su colaboración, por si puede arrojar algo de luz sobre esto.

—«El tesoro existe» —murmuró muy bajito Aitor.

Beloki miró a Julia, extrañado.

—¿Cómo dice?

—«El tesoro existe» —repitió algo más alto.

—¿Qué quiere decir con eso? —preguntó Julia.

—Es lo que significan los números. «El tesoro existe»… Mario y yo teníamos un lenguaje en clave de críos. Utilizábamos números. Y creo que se refiere al diario que encontramos en las colonias. Dios… Todo esto es increíble —respondió Aitor negando con la cabeza.

Julia parpadeó un par de veces. El interrogatorio había dado un giro de ciento ochenta grados y, de repente, se abría un nuevo camino totalmente inesperado en la investigación. ¿Qué cojones era todo aquello?

—Aitor, necesitamos que nos cuente a qué diario se refiere y qué es eso de los números. ¿Le importaría empezar por el principio? —preguntó.

—Claro —suspiró, resignado—. Pero creo que voy a necesitar otro botellín de agua.

Hondarribia, 30 de julio de 1992

Aitor se despertó sobresaltado cuando notó una mano que le agitaba ligeramente el hombro.

—¡Mario, tío! ¡Qué susto me has dado, macho!… —exclamó.

—Lo siento… —se disculpó—. Es que he tenido una idea y quería contártela cuanto antes.

Era ya entrada la noche y todo el recinto estaba a oscuras. Dormían hasta las paredes. Mario estaba de pie al lado de su cama, con un papel, un boli y un ansia que se transmitía a través de su amplia sonrisa. No podía parar quieto, se movía como un pequeño junco, emocionado.

Un compañero en la cama de al lado de Aitor gruñó en sueños. Si seguían con ese nivel de intensidad, iban a despertar a todo el mundo.

Mario lo captó al vuelo.

—¿Puedes salir un momento? —preguntó—. Conozco un sitio al que podríamos ir.

Aitor frunció el ceño.

—¿Salir? ¿A dónde?

—Aquí mismo, al fondo del pasillo. Hay una especie de salón grande.

Él lo pensó un momento. Aquello estaba fuera de toda norma, pero le podía la curiosidad. Si un chaval como Mario acudía en medio de la noche a despertarlo, debía de ser algo importante.

—Pero sin hacer ruido, ¿vale?

Salió de la cama, se puso las chanclas, y ambos salieron con sigilo de la habitación. La luna y las farolas del edificio arrojaban una tenue luz blanca a través de las ventanas que los ayudaba a guiarse por el pasillo. Aquellas farolas eran realmente curiosas. Eran de forja, estaban ancladas a la pared y cada una de ellas tenía en la parte superior un pequeño dragón que parecía estar sosteniéndola con las garras. Esto, sumado a las paredes de piedra de la torre, hacía que el recinto tuviera un aura bien distinta a la que tenía por el día. Con la luz, el recinto de las colonias tenía aspecto de gran baserri. La fachada se componía de una base de piedra vista que soportaba una parte superior de muros de color crema. Este lienzo hacía vibrar aún más el azul de las finas vigas exteriores de madera y el dintel de los balcones.

Al llegar al fondo del pasillo, encontraron una puerta cerrada.

—He visto a la chica de la limpieza entrar aquí esta mañana y no le ha hecho falta llave. Con un poco de suerte, estará también abierto ahora —explicó Mario.

Agarró el picaporte, apoyó el hombro y empujó suavemente, rezando para que no chirriara demasiado.

El olor a historia es lo primero que les llamó la atención. Un olor indescriptible que activaba ciertos receptores neuronales y que te hacía darte cuenta de que ahí habían pasado cosas. Cosas en genérico, buenas o malas. Se trataba de ese tipo de estancias reservadas para las personas que toman decisiones. Habitaciones que se convierten en testigos mudos de acontecimientos que cambian el mundo o a las personas.

Aquel era un sitio de esos.

Solo que aún no lo sabían.

Pese a la oscuridad, la suave luz que se filtraba hacía ver que la estancia que se abría ante ellos era una biblioteca de corte clásico y elegante: los muebles eran de madera y parecían antiguos, de aspecto caro; contaba con chimenea, alfombra y una butaca que seguramente hizo las delicias de todo aquel que se sentó a leer junto al fuego; las paredes estaban revestidas con estanterías de madera repletas de libros; en un extremo de la sala había un escritorio con una pequeña lamparita y una silla de trabajo; en el otro, un sofá de dos plazas forrado de una tela verde botella; y del techo colgaba una lámpara de araña sencilla, aunque bastante elegante.

En general, parecían haber retrocedido cincuenta años en el tiempo. Años más tarde se enterarían de que aquel salón se reservaba a políticos y personalidades que visitaban las colonias y como lugar de reuniones de importante calado.

Los chicos estaban bajo el marco de la puerta, boquiabiertos, temiendo profanar aquel sitio si ponían un pie dentro.

—¿Entramos? —susurró Mario tras unos segundos de silencio.

Buscaron el interruptor de la luz junto a la puerta. La lámpara de araña iluminó la estancia con una luz dorada. Los dos recorrieron el camino hacia el escritorio sin poder evitar mirar hacia todos los lados, sintiéndose indignos de los libros, que observaban desde las paredes.

—¿Para qué crees que usan este sitio…? —preguntó Aitor.

—No lo sé. Pero esto como poco debe de pertenecer a algún ministro —respondió Mario deslizando los dedos sobre la superficie del escritorio.

Con un saltito, se sentó en la silla del escritorio y sacó un papel que tenía doblado y pillado con la goma del pantalón del pijama. Lo extendió sobre la mesa. Aitor reconoció unos números garabateados.

41705

—Cuatro, uno, siete, cero, cinco. Ajá —leyó Aitor en voz alta.

Mario rio ante el desconcierto de su amigo.

—Míralo bien, Aitor. No son números. Es una palabra.

—Pues yo solo veo números.

—Pone «Aitor».

—¿Cómo que...?

—El cuatro es una «A». ¿Lo ves? Tiene forma parecida. La «I» es un uno, el siete una «T»...

—¿Cómo que el siete es una «T»?

—Es el número que más se le parece. Déjame que termine. La «O» es un cero, obviamente, y la «R» es un cinco. Aunque también podría ser una «S».

—«Aitos».

—Haz un poco de esfuerzo. Hay que echarle imaginación. Se trata también de sacar la palabra por contexto. Puede que haya letras o números que queden un poco forzados, pero por lo menos el resto te dan pistas. Por ejemplo, en este caso, conociendo cuatro de cinco letras, está chupado.

—¿Ah, sí? ¿Y cómo sería tu nombre, listillo? —preguntó Aitor sonriendo, con cierto retintín.

—Tres, cuatro, cinco, uno, cero.

—¿El tres es una «M»? Vamos, hombre.

—Si te fijas, es una «M» de pie. Aunque por norma general el tres suele ser una «E».

Aitor miraba a su amigo como las vacas que ven pasar el tren.

—¿Y por qué me cuentas todo esto ahora, Mario?

Este comenzó a garabatear la esquina del papel con el bolígrafo, sin levantar la mirada.

—Porque veo que el matón de Berni puede traernos problemas y no quiero que tenga ninguna excusa para zurrarnos si nos oye decir cualquier cosa. No quiero que te pase nada por mi culpa —confesó, levantando la cabeza y mirándolo directamente a los ojos—. Si conseguimos avisarnos ante las situaciones de peligro sin que ellos se enteren, juntos seremos más fuertes.

Aitor notó subir por la boca del estómago una mezcla de pena y cariño.

Mario intentaba protegerlo.

Quizá de una manera un poco infantil y poco útil, pero estaba claro que con todo el amor del mundo. Aquel chaval tenía el corazón de oro.

Aitor cogió un bolígrafo del escritorio y escribió en el papel:

34510

—¿Así?

Mario asintió, entusiasmado.

—Supongo que con la práctica refinaremos un poco la técnica —respondió Aitor riendo—. Porque ¿cómo escribirías la palabra «elefante»?

El otro se quedó mirando al frente, pensativo.

—Anda, vamos a la cama —respondió finalmente, sonriendo.

Tras la consolidación de su alianza, Mario y Aitor se habían vuelto dos personas inseparables. Tanto que algunos compañeros los llamaban de forma cariñosa Zipi y Zape. Lo cierto es que el apelativo les venía al pelo. Literalmente: aunque no tenían la misma complexión y altura, el cabello rubio de Mario y el pelo negro de Aitor contrastaban de una manera casi cómica. Cuando estaban juntos, se palpaba una complicidad envidiable. Reían tanto que parecían conocer algún secreto fuera del alcance de los demás. Jugaban al fútbol con el resto de los chicos y les encantaban las veladas, ese rato después de cenar en el que los monitores siempre organizaban algún juego del estilo «batalla de galos contra romanos».

Berni y sus secuaces seguían haciendo de las suyas. De vez en cuando alguien terminaba llorando y recurriendo a algún monitor. Los instructores tenían calado a ese pequeño grupo de abusadores y ya les habían hecho llegar más de una advertencia. Sin embargo, parecía no importarles mucho.

Aitor y Mario estaban logrando esquivarlos milagrosamente y, aunque aún no habían necesitado tirar del lenguaje en clave inventado por Mario, a este le encantaba llevar siempre encima un boli y algún trocito de papel por si las moscas. En ocasiones, Aitor se lo quitaba del bolsillo, bromeando, y le escribía alguna tontería para hacerle ver los numerosos agujeros que tenía su teoría numérica para representar palabras.

El grupo de amigas de Leyre había ido en aumento y ella parecía tener siempre un pequeño ejército a su alrededor. Las chicas solían tardar una eternidad en salir de las habitaciones por las mañanas, y más de una vez los monitores tuvieron que llamarles la atención para poner fin a los cuchicheos y las risas por la noche. Para estos casos, se valían de un ventanuco que conectaba cada uno de los enormes dormitorios comunes con la habitación de los instructores, de tal manera que casi se podría decir que tenían ojos y oídos en todas partes.

Dentro de aquel pequeño ejército femenino estaba Blanca. Aitor era consciente de que no era capaz de quitarle ojo. De hecho, no era el único. Varios chicos se mostraban claramente interesados por ella. Algunos buscaban captar su atención haciendo el burro; en otros se percibía un nerviosismo y una timidez galopantes cuando ella pasaba cerca. Empujones, codazos… Era evidente que aquella chica tenía un magnetismo especial y estaba causando estragos en sus compañeros. Cuando había algún juego por grupos o por parejas, era un auténtico espectáculo ver la reacción y las estrategias de acercamiento que decidía emprender cada uno. Aitor era de los que preferían quedarse al margen, mirando los toros desde la barrera. Podría decirse que casi estaba enfadado consigo mismo por sentirse así de vulnerable ante alguien. Mario notaba la tensión en su amigo y, cuando sorprendía a Aitor observando disimuladamente a Blanca, dibujaba un corazón en uno de sus papelitos y se lo pasaba con una risa burlona. Él enseguida se daba cuenta de su torpeza, enrojecía de vergüenza y le soltaba algún que otro puñetazo (cariñoso) en el hombro a su amigo.

Aquel día tenían prevista una excursión a la punta de Biosnar. Los monitores habían preparado una ruta de senderismo algo exigente para poner a tono aquellos cuerpos rebosantes de energía. La idea era trasladarse en autobús a la zona, hacer una caminata por los acantilados de Jaizkibel y terminar bajando a alguna playa para refrescarse antes de volver.

Era un día caluroso, de esos que el norte parece tomar prestados de otro lado. El autobús esperaba en la explanada del aparcamiento a que las decenas de jóvenes subieran. Cada uno de ellos llevaba una mochila con un bocadillo, agua, fruta y protección solar. Aunque acababan de terminar de desayunar, el día se presentaba largo y cualquiera de los víveres se iba a cotizar caro conforme avanzara la jornada.

Aitor subió al autobús seguido de Mario. La ebullición de gritos, cánticos, risas y cuchicheos hacían merecedor de un Premio Nobel a la Paciencia al conductor. Al fondo, Berni y los suyos vigilaban lo que consideraban sus dominios y su coto de caza. Aitor y Mario se colocaron a mitad de autobús, junto a otros chicos con los que últimamente se estaban juntando bastante en el comedor: Jon, de Alsasua, y Carlos, de Tudela. Los cuatro charlaron, animados, sobre las últimas noticias de las Olimpiadas y del recién finalizado Tour de Francia. Miguel Induráin había ganado por segunda vez consecutiva la competición, y Jon decía que había oído que tenía el corazón más grande de lo normal y que por eso era capaz de hacer lo que hacía.

—Mi padre dice que tiene veintiocho pulsaciones por minuto —comentó Carlos.

Inmediatamente y de manera infructuosa, los cuatro chicos intentaron medirse las suyas.

—Estamos llegando —anunció al cabo de un rato María, la instructora.

El autobús los dejó a los pies de un sendero que serpenteaba por la parte alta de los acantilados. Fue un pasco de casi tres horas transitando por una lengua de tierra y roca y donde apenas pararon a beber agua. A cambio, las vistas eran impresionantes. El mar había tallado de forma caprichosa la orilla, dando lugar a unas formas tan abruptas como psicodélicas. Olía a salitre y el viento a esa altura les refrescaba la cara, que permanecía parcialmente protegida tras las viseras.

Carlos llevaba una gorra de Caja Rural en color verde y con la espiga estampada en amarillo, igualita a la que tenía el abuelo de Aitor en casa. El de Tudela había traído la cámara de fotos de sus padres, y los cuatro decidieron inmortalizar el recuerdo de aquellas vistas ocupando una plaza en el carrete de treinta y seis fotografías.

Ya era casi hora de comer cuando el grupo comenzó a descender la ladera. Iban por un camino cubierto de vegetación hacia una zona donde el mar había conseguido ganar unos metros a la tierra, formando una diminuta bahía.

—¿Sabéis dónde estamos? —preguntó de pronto Fran, el monitor.

El grupo de chicos que estaba cerca de él negó con la cabeza.

—Se dice que esto era un antiguo puerto —comenzó a explicar, sonriendo con picardía—. Un puerto de contrabando.

Los chicos y chicas comenzaron a mirar con curiosidad a la formación rocosa.

—Si os fijáis bien, todavía se aprecia alguna huella. Veréis restos de argollas y una zona donde las rocas forman una especie de plataforma. Ese es el lugar que se usaba para cargar y descargar la mercancía —continuó—. Al parecer, este puerto estuvo activo durante cientos de años. Solo que con unos fines que no abrazaban estrictamente la legalidad.

María, la monitora, sonreía, divertida. Era de Hondarribia de toda la vida y había oído aquella historia a sus mayores muchas veces. El puerto de Biosnar guardaba leyendas de todo tipo, pero todas tenían como denominador común contrabandistas, mercenarios y corsarios.

—Son muchos los hondarribitarras que salieron de forma clandestina a través de este puerto buscando hacer las Américas o escapando del asedio de las tropas de Carlos V. Eso fue hace quinientos años, nada más y nada menos —explicó Fran.

Aitor, Mario y el resto de los chicos escuchaban con atención. Mario parecía completamente fascinado por aquella historia. Su mente lo ayudaba a terminar de imaginar aquel lugar lleno de galeones y txalupas. Casi podía dibujar los barriles que se cargaban en las naves rodando por los vestigios de la antigua plataforma.

—Seguro que Clara se marchó en uno de esos barcos —se oyó decir a un chico del grupo.

La masa adolescente emitió un murmullo de risas.

Fran decidió continuar con la broma.

—Podéis pensar eso… o podéis intentar no mirar atrás en el pasillo cuando os levantéis al baño de noche —respondió con malicia.

El murmulló cesó casi de forma automática y Fran soltó una carcajada.

—Fran, que luego nos vienen a nosotras con las pesadillas —lo reprendió cariñosamente María—. Chicos, los cuentos son cuentos y las leyendas, leyendas.

—Pero, entonces, ¿lo del puerto es cierto? —preguntó una chica.

—Lo del puerto es totalmente cierto. En el pueblo tenemos documentos en la biblioteca que así lo atestiguan. Pero las historias de fantasmas, piratas y corsarios..., mejor las dejamos para los alevines —sentenció María, intentando dar por finalizada la conversación—. ¿Es que nadie quiere bañarse?

El grupo, que había permanecido parado hasta entonces, se activó de repente. Los chavales comenzaron a soltar las mochilas, desvestirse y lanzarse al agua. La marea estaba todavía baja y dejaba al descubierto grandes piedras en la orilla y todo tipo de hendiduras en las paredes de roca que enmarcaban aquel particular puerto.

Algunos habían comenzado ya a dar buena cuenta del bocadillo; otros estaban aprovechando para darse un baño antes de comer. En el caso de Aitor y Mario, observaban tranquilamente a los distintos grupos jugar a cartas, tomar el sol o, los más atrevidos, trepar por las rocas.

Berni y su séquito estaban en el extremo más alejado de aquella rocosa playa. Se lanzaban en bomba al agua y reían con la actuación de aquel que salpicara más. El grupo de chicas que tenían cerca los miraba con cara de desaprobación. Salpicaban, sí, pero con todas las ganas del mundo de fastidiar. Blanca estaba en aquel corro y Aitor no podía evitar desviar la mirada hacia allí de vez en cuando.

En una ocasión, casi como si pudiera leerle el pensamiento, Blanca se giró y miró en su dirección. Los ojos de ambos se encontraron, pero él agachó la cabeza rápidamente y comenzó a disimular dibujando formas con un palito en la piedra.

«Mierda», pensó.

Cuando se aseguró de que había pasado el tiempo suficiente como para que ella hubiera dejado de mirar, Aitor volvió a levantar la cabeza. Esta vez sus ojos se encontraron con los de Berni, que lo miraba, desafiante, desde el agua. ¿Se había percatado de la escena? Si era así, ¿por qué lo miraba con cara de malas pulgas?

Aitor supo en aquel preciso instante que un simple cruce de miradas con Blanca le iba a traer más de un quebradero de cabeza.

El rato que continuaron en aquella playa fue divertido y agradable. El sol ya no caía a plomo, la marea había subido un poquito más y muchos habían improvisado varios juegos acuáticos. María y Fran se tomaban un tiempo de descanso también. Aún podían aprovechar antes de volver hacia el autobús, que los esperaba ladera arriba.

Mario le propuso a Aitor hacer «chipichapa». Tras una breve discusión sobre cuál era la palabra correcta para designar el acto y el efecto de hacer rebotar piedras sobre la superficie del agua (hacer sopas, hacer la rana...), se dispusieron a la tarea. Lo cierto es que Mario era bastante ducho y conseguía enviarlas a toda velocidad a mucha distancia. Varios curiosos se fueron acercando a aquella competición improvisada entre dos y otros tantos quisieron sumarse. Cuando ya eran un buen número y Aitor estaba en su turno, una de las piedras voló realmente lejos, con la mala suerte de que terminó deteniéndose por el impacto en la espalda de una mole llamada Javier Ochoa, alias Berni.

El grupo de chavales que se encontraba en la orilla se disipó a toda velocidad, huyendo como gacelas despavoridas que ven a un depredador en plena estepa. Berni emitió un grito más de sorpresa que de dolor y salió del agua a toda velocidad, bramando. Enseguida detectó a Aitor con una piedra en la mano, que miraba, paralizado, en su dirección.

—¡¿Pero de qué cojones vas!? —le espetó gritando, a escasos cinco centímetros de su cara.

Aitor no se inmutó.

—Lo siento. Ha sido sin querer. Estábamos jugando a las sopas y...

—¡Me la suda! Me has dado. Y estoy seguro de que lo has hecho aposta.

—Te he dicho que ha sido sin querer —respondió Aitor, con cierto halo de hartazgo.

Mario observaba la escena y se giró hacia donde estaban los monitores, que acababan de percatarse y ya se dirigían allí.

A Berni no se le pasó por alto la inminente amenaza de amonestación, por lo que rebajó el tono, se acercó un poco más a Aitor y le pasó el brazo amigablemente por encima del hombro.

—Si tienes narices, te espero al otro lado de la playa. Tenemos una cosita ideal para valientes como tú —le dijo al oído mientras forzaba una sonrisa, mirando a los monitores que se acercaban—. ¡Bueno, tranquilo! ¡No pasa nada! —gritó algo más alto, en fingida aceptación de disculpas, para que el resto lo oyera.

Acto seguido, le dio una palmadita con aflicción en la espalda y se marchó. Los que estaban con él lo siguieron como la sombra que acompaña siempre a los grandes campanarios.

—No se te ocurrirá ir, ¿verdad...? —preguntó, preocupado, Mario.

—Ya veremos —respondió entre dientes, masticando la rabia—. Igual lo mejor es que le plantemos cara de una vez por todas, ¿no?

—¿Todo bien por aquí? —preguntó María, que ya había alcanzado la posición de los chicos.

—Sí, muy bien —contestó automáticamente Aitor—. Le he dado con una piedra sin querer y ya hemos hecho las paces.

María y Fran fruncieron el ceño. No eran tontos, pero tampoco querían problemas.

—Está bien... Pero, si pasa algo, no dejes de avisarnos, ¿vale?

—Vale.

Al cabo de un rato, Aitor se levantó y comenzó a andar en dirección a Berni y los suyos. Sentía que se metía en la boca del lobo, pero, al igual que Ulises en la *Odisea*, creía que engañar a Polifemo sería cuestión de habilidad y palabra. Había aprovechado que Mario estaba en el agua con Jon y Carlos. De lo contrario, habría sido un dolor tratar de convencer a su amigo de su misión suicida. Al pasar por delante del grupo de Blanca, esta lo miró seria, como sabiendo hacia dónde se dirigía y con qué propósito. Esta vez Aitor no agachó la cabeza, aunque tampoco le sostuvo la mirada más de un segundo.

—¡Mirad quién viene por ahí! —gritó uno de los amigos de Berni.

Aquel chaval parecía ser la mano derecha del matón. Siempre estaba cerca de él. Llevaba el pelo largo, recogido en una coleta baja, sucia y lacia por el agua de mar. Aitor pensó que parecía una cola de rata y tuvo que disimular una mueca de asco.

Berni sonrió con verdadera maldad.

—Raúl, ¿por qué no le enseñas a nuestro amigo lo que hemos encontrado? —dijo, dirigiéndose al chico de la cola de rata—. Si es tan valiente, seguro que encuentra la ocasión perfecta para hacerse el machito delante de los demás.

A Aitor no se le escapó la fugaz mirada de Berni hacia el grupo donde estaban Blanca y sus amigas. Estaba claro que no solo le había dolido la pedrada en la espalda.

—Mira, tío, yo simplemente he venido a hablar contigo para pedirte que nos dejes en paz.

—¿Yo...? —preguntó con sobreactuada sorpresa—. ¡Pero si somos amigos! Y, como buenos amigos, queremos compartir contigo algo que hemos encontrado. ¿Ves esa roca? —Berni señaló hacia la pared. Había un agujero, una grieta vertical que formaba lo que parecía la entrada a una cueva—. Raúl ha estado dentro. Dice que es una cueva y que da mucho cague. Yo digo que eso es porque es un cagao. Pero tú no eres ningún cagao. ¿Verdad?

Aitor lo miraba en silencio; no sabía muy bien a dónde quería llegar.

—Demuéstranos que no eres un cagao. Demuestra lo valiente que eres y os dejaremos a ti y a tu amigo el listillo en paz. Si aguantas dentro de la cueva hasta que te hagamos una señal, no habrá más problemas de ahora en adelante.

Aitor no se fiaba.

—¿Y qué pasa si no me da la gana?

—Pues no pasa nada, naturalmente. A ti no te tiene por qué pasar nada. Pero puede que lo más blando que le estampemos contra la cabeza a tu amiguito sea otro huevo.

Aquella sí que no la vio venir. Él había acudido a la boca del lobo dispuesto a plantarle cara, no a poner en peligro a nadie. Mario no tenía nada que ver. Él solo trataba de protegerlo. No podía permitirlo.

Le costó tres segundos tomar una decisión que cambiaría el resto de sus vidas.

—Vamos —dijo Aitor avanzando hacia la grieta.

Las paredes y el suelo de la cueva estaban cubiertos de esa especie de musgo resbaladizo que deja el mar en algunas rocas. Olía a una mezcla de humedad y algas, semejante a cuando cueces huevos. Aitor no imaginaba que aquella grieta se abriría tanto en el interior como para albergar una cavidad con forma de pasillo de unos cinco metros de largo, apenas dos de ancho y tres de alto.

Tal y como le habían exigido en las condiciones del trato, se había colocado al fondo y llevaba ya un buen rato esperando la señal para salir fuera. En aquel sitio, aunque llegaba luz, lo hacía de una forma mucho más tenue. En cambio, el sonido de las olas rompientes se acrecentaba y tronaba con cada embestida. La marea, que había comenzado a subir hacía un par de horas, ya inundaba buena parte de la cueva. Al parecer, aquella gruta permanecía oculta cuando la marea estaba alta y se llenaba y vaciaba de agua con gran rapidez.

Aitor se afanaba en mantenerse de pie asiéndose con ambas manos a la vez a las paredes rocosas, al más puro estilo del *Hombre de Vitruvio*. En el punto en el que se encontraba, la cavidad se estrechaba un poco, y eso le permitía mantener el equilibrio en esta incómoda posición y evitar mojarse. Había perdido la cuenta de los minutos que llevaba ahí dentro. Reflexionaba sobre si estaba siendo un idiota o si lo habría sido al negarse a tan dudosa hazaña. Mientras, la marea seguía subiendo. Y con ella, la certeza de que se la estaban jugando.

En un momento dado, Aitor resbaló y trató de compensar el equilibrio con un movimiento rápido, reflejo, colocando la mano izquierda muy cerca de donde tenía la otra apoyada en la pared. Se agarró a una roca saliente, pero esta cedió y tanto la piedra como él terminaron en el suelo de aquella cueva, aunque Aitor con el culo mojado. Al incorporarse, se dio cuenta de que la roca había dejado al descubierto un hueco en la pared. Para su asombro, le pareció ver algo que emitía destellos y, aunque su instinto le pedía a gritos que no metiera la mano en aquel orificio, la curiosidad pudo al asco y al miedo. Introdujo el brazo un poco más allá de la muñeca y palpó algo con forma y tacto de botella. Inmediatamente pensó que aquello formaba parte de una broma, otra de las jugarretas macabras de aquel grupo de imbéciles, pero, para su sorpresa, cuando extrajo el vidrio de la pared, se encontró con una botella verde de aspecto bastante antiguo con unos papeles semienrollados en su interior. El recipiente estaba cerrado y sellado gracias a un corcho y a una sustancia con aspecto de cera.

Aitor movió con cuidado la botella hasta la altura de los ojos y la giró para observarla al trasluz. Parecía realmente vieja. Los papeles que contenía eran de un color pardo tirando a oscuro. Se le aceleró el corazón cuando pensó por un momento que Berni y los suyos no podían estar detrás de aquello. ¿Para qué tomarse tantas molestias? ¿Cómo habían llevado la botella hasta allí?

Decidió que ya era hora de salir y pedir explicaciones. Con el agua a la altura de las rodillas, recorrió los metros hacia la salida. Estaba ansioso. Respiraba con rabia y con dificultad, pensando en todo lo que iba a decirle a aquella panda de energúmenos. En el instante en el que puso un pie fuera, lo cegó la luz del sol e, instintivamente, escondió la mano que portaba la botella detrás de la espalda.

Buscaba respuestas, pero lo único que encontró fue una playa vacía.

Pamplona, 2 de agosto de 2022

Mikel Beloki daba vueltas al café expreso de máquina lentamente con un palito de plástico. Miraba la superficie del líquido negro en aquel vaso marrón mientras pensaba en sus vacaciones. Ahora mismo, Nekane, su mujer, estaría poniendo a punto sus maletas y las de sus hijas. Los cuatro habían decidido pasar unos días en Salou. A él le daba mucha pereza, pero tenía dos chicas en la edad del pavo que se morían por ir a la costa de Tarragona. Algunas de sus amigas estaban veraneando allí y al parecer era asunto de Estado coincidir la misma semana.

Suspiró.

Sabía que aquella tarde iba a alargarse.

Estaban en medio de la investigación de un asesinato y tenían a un chalado sentado delante que les hablaba de cuevas, botellas y tesoros.

Aitor llevaba más de una hora en aquella sala, contando con todo lujo de detalles lo que ocurrió en la playa aquel día.

Julia lo miraba absorta y tomaba algunas notas.

—Lo cierto es que salir de allí no fue fácil —comentó Aitor con tristeza—. No entendía nada. No sabía cómo podían haberse olvidado todos de mí, por qué me habían dejado allí. Mario me explicó más tarde que lo habían arrastrado entre varios al autobús y allí lo mantuvieron callado a base de palos. Nadie más se percató de que yo no estaba —añadió.

Una especie de calor le recorrió las entrañas a Julia. No soportaba escuchar aquello. El tema del *bullying* era algo que le repateaba las tripas. Pensó en si en realidad la naturaleza humana escondía algo tan oscuro como para dejarse llevar por aquel horrible impulso.

Ella lo había vivido en sus propias carnes. Pensó en todas las personas de su generación que habrían pasado por aquello sin ni siquiera poder hablarlo con sus padres o algún amigo. Eran otros tiempos, decían. Son cosas de críos, ya se les pasará, recordaba haber oído a su madre. En su caso, solo se pasó cuando una profesora vio a dos niñas arrastrándola por el pelo. La llamaban la Escoba, porque un pelo como el suyo no pasa desapercibido. En la tómbola de la violencia, un apellido curioso, una peca en un lugar desafortunado o un aparato en los dientes son boletos perfectamente válidos y sellados para obtener premio. Por suerte, Julia supo sobreponerse. Pero se prometió a sí misma que trataría de barrer del mundo todos los abusos que pudiera. Y cumplió su promesa ingresando en la academia.

Después de algunos años, había descubierto que iban a hacer falta muchas «escobas» para limpiar tanta mierda.

—Llegar a las colonias fue una mezcla de suerte, memoria y mucho esfuerzo —continuó Aitor—. Recorrí por pura intuición un sendero que me llevó hasta el santuario de Guadalupe, a medio camino entre Biosnar y las colonias. A partir de ahí solo tuve que bajar por el camino del calvario, que conecta la ermita con el recinto del campamento. En total fueron más de tres horas a pie, con sus consiguientes rozaduras y quemaduras por el sol. Cuando llegué, varios monitores habían dado la voz de alarma y la policía me estaba buscando. Mario había conseguido zafarse de Berni y los demás, y habló con Fran y María al llegar. Al parecer estuvieron buscándome por los acantilados y por el resto del camino.

—¿Y qué pasó con el tal Berni?… —preguntó Julia, totalmente inmersa en aquel relato.

—Estuvieron a punto de mandarlo para casa. Y digo «a punto» porque, cuando llamaron a sus padres, su madre suplicó perdón de parte de su hijo y el padre movió un par de hilos. No sé qué contactos tenían. La cosa se quedó en otra amonestación y la promesa de que una más y se marcharía para casa.

El agente Beloki apretó los dientes. Aitor interpretó aquello como un atisbo de empatía hacia aquella injusticia.

—¿Y qué pasó con la botella? —prosiguió Julia.

—Mario estaba muy afectado. Estuvo llorando un buen rato cuando volví con él. Me dijo que lo habían llevado en volandas hasta el autobús y que, una vez en las colonias, aprovechó el momento de las duchas para correr a dar el aviso a los monitores. Se sentía muy culpable.

Aitor se detuvo un segundo y reflexionó acerca de Mario. Había conocido a una de las personas más nobles de su vida y tenía la certeza de que no le había prestado la atención que se merecía. Él era el único culpable de dejar que su amistad se marchitara. Sintió una punzada en el pecho y una lágrima comenzó a bajarle por la mejilla.

Julia le acercó un dispensador de pañuelos de papel que estaba encima de la mesa. Aitor se sorbió los mocos y continuó hablando muy despacio.

—Yo le dije que no había sido culpa suya. Y que en la cueva había encontrado algo rarísimo. Aquello sirvió para despertar su curiosidad y aliviar un poco la pena con la que cargaba. Le dije que pasaría a buscarlo por la habitación de noche. Y así fue. Fuimos a la biblioteca y, con ayuda de un abrecartas, retiramos el corcho. Los papeles que había en su interior estaban en un estado asombroso. Eran cinco cuartillas. Tenían pinta de ser realmente antiguas. Además, estaban escritas en un castellano distinto, como con palabras de otra época.

Beloki levantó la vista de su café y por primera vez en el interrogatorio lo miró con cierto interés.

—Aquella noche apenas pegamos ojo —prosiguió Aitor—. Recuerdo que tratamos de descifrar el contenido de esos papeles como buenamente pudimos.

—¿Qué es lo que decían? —preguntó Julia, sin disimular ni un ápice su interés. Le brillaban los ojos.

—No lo sé… Sé que tenía algo que ver con barcos…, con un viaje…, algo así. Era una especie de diario. La escritura y las palabras eran rarísimas. Éramos unos críos, no podría asegurar siquiera si entendimos bien el mensaje. Pero de lo que estoy cien por cien seguro es de que hablaban de un tesoro.

Beloki levantó las cejas sin disimulo alguno y estrujó levemente el vaso de plástico, ya vacío.

—Sé cómo suena —se justificó Aitor—. Yo tampoco creía en tesoros ni piratas… De hecho, no creo que exista ningún botín. Pero aquí estoy, hablando de un verano de hace más de treinta años, y ni siquiera sé qué quería decir Mario con ese mensaje…

—Pero… ¿dónde están esos papeles? —preguntó Julia, desconcertada.

—Mario y yo nos repartimos las cuartillas cuando el verano acabó. Creo que… yo me llevé las mías a casa y Mario hizo lo propio con las suyas. Nos prometimos descifrarlo y volver para buscar el tesoro cuando fuéramos mayores y tuviéramos medios. Era nuestro pacto. Pero los años fueron pasando y nos acabamos olvidando de aquella promesa. Fue una fantasía de niños, nada más. Creo que, simplemente, dejamos de creer en cuentos.

Aitor esbozó media sonrisa triste durante una fracción de segundo que desapareció tan pronto como Beloki abrió la boca.

—¿Y dice que aún conserva los papeles?

—Supongo que sí… No recuerdo haberlos tirado, aunque tampoco los he visto en muchos años…

—¿Y dónde están, si puede saberse?

—Deben de estar en mi casa, en el pueblo, en Caparroso.
—Un calambre helado le recorrió de repente la espina dor-
sal—. ¡Joder! —dijo levantándose como un resorte—. ¡Están
en mi casa! ¡Mis padres!

Aitor estaba de pie frente a los agentes, con todo el cuerpo
en tensión y los dedos de las manos aferrados como escarpias
a la mesa de la sala de interrogatorios.

—Cálmese, por favor —dijo Julia incorporándose también—. Beloki, avisa a Aguirre. Necesitamos una patrulla en
Caparroso ahora mismo.

El susodicho salió de la sala y sacó su teléfono móvil. Abrió
WhatsApp y buscó el número de su mujer.

No me esperéis
La cosa se ha complicado
Nos vemos en Salou

Hondarribia, 30 de julio de 1992

La luz de la biblioteca de las colonias creaba el aura perfecta para aquel escenario. Un brillo tenue y dorado que, unido a los oscuros muebles de madera de roble y una especie de leve mareo producto de la adrenalina, les hacía sentir que iban a bordo del mismo barco de aquellas páginas.

Nada más llegar al campamento, Aitor había escondido la botella en el fondo del pequeño armarito de su habitación. Cada uno de los guardarropas tenía escrito el nombre de un animal en una plaquita de la puerta, mayoritariamente, mamíferos de la península ibérica. A él le había tocado la jineta. Pensó que no tenía ni idea del aspecto de aquel bicho y se prometió a sí mismo buscarlo en la enciclopedia al volver a casa.

Por la noche, a pesar del agotamiento acumulado por el sol y los kilómetros recorridos, esperó con paciencia a que sus compañeros de habitación se quedaran totalmente dormidos. Se destapó, salió de la cama con sigilo y pasó a buscar a Mario a hurtadillas. Juntos entraron en la biblioteca, nerviosos, con la certeza en la piel de que algo grande estaba a punto de suceder. Aquel lugar volvía a ser testigo de otra importante reunión, aunque esta vez había por medio un hallazgo formidable.

Con mucho cuidado y valiéndose de un abrecartas, retiraron la mezcla de corcho y cera de aquella vieja botella de vidrio verde y los papeles se deslizaron con asombrosa facilidad fuera del recipiente. Palparon aquellas hojas que nadie había tocado en quinientos años y las desdoblaron con la delicadeza de unos dedos inexpertos, aunque respetuosos. La caligrafía era de tinta negra y estaba sorprendentemente bien conservada. El papel, una suerte de textura mezcla de tela y celulosa reciclada. Aunque la escritura presentaba los ornamentos típicos de otra época y muchas palabras anacrónicas, intentaron no desanimarse para tratar de descifrar el texto de aquellas cuartillas.

Aitor y Mario contuvieron la respiración y sumergieron la nariz en la primera hoja:

27 de setiembre de 1522

Escríbase este relato de mi puño y letra para dejar constancia de los hechos acaecidos siendo julio de 1522...

—Se han dejado una «p» —observó Aitor.

—¿Qué?

—Que falta la «p» en «septiembre». Pone «setiembre».

—Es verdad. Bueno, supongo que no tendrían goma de borrar por aquel entonces —comentó Mario encogiéndose de hombros.

—¿Qué es «acaecidos»? —preguntó Aitor.

—No sé... —respondió, pensativo. Miró a su alrededor, se levantó y se dirigió a las estanterías—. ¡Ajá! —exclamó extrayendo un libro de baldas—. Vamos a ver...

Mario tenía entre sus manos un ejemplar del *Diccionario histórico de la lengua española*. Sus pequeños dedos volaban entre las páginas y sus ojos escaneaban con rapidez los términos, hasta que dieron con el adecuado.

—Aquí —señaló—. Dice: «acaecido. (De *acaecido*, p. p. de *acaecer*). Acaecimiento, suceso».

—¿Qué quieres decir con esas dos pes?

—Pues serán las que le faltaban a «septiembre» —respondió Mario, divertido—. No lo sé. Pero «acaecido» parece que puede ser «sucedido».

—Creo que esto nos va a llevar un buen rato —suspiró Aitor.

Los chicos continuaron leyendo.

Sucedió que rindiose la noble villa de Fuenterrabía al asedio del emperador al cabo de diez meses sin ser abastecida. Tenían los franceses dos armadas en el mar, con deseo de meter socorro a los de Fuenterrabía. La una se había armado en Burdeos y la otra, en la Rochela. Los de la Rochela, al mando del tal capitán Jean Fleury, recorriéronse la villa con una disposición distinta a la del socorro o la guerra...

—«Jean Fleury» —leyó en voz alta Aitor, pronunciando la jota tan fuerte como en «jarrón».

—Se pronuncia con una especie de i griega. «Jean Fleury» —corrigió Mario, con un francés digno de colegio de pago.

—Eso mismo.

—Mi abuela también dice «Fuenterrabía» en lugar de «Hondarribia».

—Puf, esta letra es rarísima, tío. Hay un montón de palabras que no entiendo —resopló Aitor.

—Venga, vamos a leer un poco más, que igual por contexto...

—Como con los números, dices, ¿no? —se burló, divertido, aquel, y le dio un pequeño empujón.

Mario sonrió mientras se recolocaba la gafas.

—A ver —dijo carraspeando, tomando impulso para impostar la voz—: «Teniendo el propósito Fleury de...»

... interceptar un navío procedente de las Américas, consiguió reclutar a veinte hombres de la villa para unírsele en aquella temeraria empresa. Siendo poca la ventura que quedaba a la resistencia frente a las tropas imperiales, acudí a dicho llamado, enrolándome ante la promesa de grandes riquezas y un retorno seguro.

Partió el barco de Fleury del puertucho de Biosnar con fecha de setiembre deste año, con la fortuna de no encontrar ningún contratiempo en tierra ni en el mar, gozando de buena salud la tripulación e inquebrantable ánimo para enfrentar una incierta travesía. Atrás quedáronse mi amantísima madre y Sabina de Ugarte, mi amada señora y futura esposa. Que Dios las tenga en su gloria.

Sirvan estas líneas como bitácora de viaje y mi testimonio ante Dios, tras tres días en alta mar.

MARTÍN ZARAUZ Y GAMBOA

—¡Martín! Se llamaba Martín —exclamó Mario, emocionado—. ¿Cómo crees que era…?

—No sé, pero desde luego tenía una caligrafía espantosa —respondió Aitor chasqueando la lengua—. No entiendo ni la mitad.

—¡Mira! Habla de riquezas. —Aquel pegó un salto y se puso a andar en círculos con el papel en la mano—. ¿Crees que podría tratarse de algún tesoro…? ¡Seguro que son cofres y cofres de oro, plata, rubíes y esmeraldas!

—¿Acaso dice aquí algo de eso?

—¡A lo mejor sí! —respondió Mario, levemente indignado—. Quizá podríamos pedir ayuda a Fran para traducir el texto del todo. De los monitores, es el más enrollado y…

—¿Y que nos quiten el diario y los adultos se lleven el mérito y el tesoro? ¡De eso nada!

—Cuál es tu plan entonces, a ver, lumbreras.

—Pues guardarlo nosotros hasta que podamos investigar.

—¿Y mientras tanto?

—El tesoro lleva escondido cientos de años, seguro que puede esperar unos pocos más.

—¿Te refieres a esperar… años? —Mario no daba crédito a las palabras de su amigo.

—Sí —respondió Aitor con una rotundidad pasmosa—. Y si quieres lo firmamos aquí y ahora.

—¿El qué?

—El pacto. Yo te prometo que volveremos a buscarlo cuando seamos mayores. Solo hay que esperar un poquito —dijo aquel, guiñándole el ojo, mientras se escupía en la palma de la mano y se la tendía—. ¿Hay trato?

Mario dudó un segundo, más por asco que por precaución.

—Trato hecho —dijo, por fin, sonriendo y estrechándole la mano.

Hondarribia, 31 de julio de 1992

—¿Quieres otro batido? —preguntó la monitora que estaba al cargo del comedor.

Desde su vuelta a las colonias tras haber vagado horas solo por el monte, Aitor notaba las miradas y los cuchicheos en la nuca. Sabía que no eran malintencionados, más bien, todo lo contrario. Aquello le incomodaba. No le gustaba ser protagonista de nada y menos por un motivo como ese.

—Gracias, pero estoy bien —respondió educadamente.

Dos mesas atrás, en una esquina, el grupo de Berni masticaba sin ganas unos cereales que sabían a victoria, aunque algo rancia. Algunos miraban hacia Mario y Aitor y sonreían con la malicia de una hiena. De vez en cuando, era el propio Berni el que clavaba la vista y la sostenía durante varios segundos. Parecía estar muy lejos de allí, con la cabeza vete tú a saber dónde, pasando por alguna remota galaxia de pensamiento.

Aitor evitaba cruzar la mirada con nadie de ese grupo. Todavía valoraba si guardaba más rencor a Berni o al tipo de la cola de rata. Había descubierto que se llamaba Raúl y que también era de Pamplona. Le parecía despreciable que existieran matones como Javier Ochoa, pero todavía entendía menos que hubiera gente que los siguiera ciegamente, hasta el punto incluso de olvidarse de ellos mismos. Le entró un escalofrío al pensar en qué podría haber pasado si no hubiera encontrado el camino a casa, si no se hubiera acordado de que el santuario de la Virgen de Guadalupe quedaba cerca de las colonias o si se hubiera echado la noche en el monte Jaizkibel.

Mario dio un bocado a un sobao pasiego mientras miraba al infinito. Aitor supuso que estaba repasando el contenido de las cuartillas. Habían dejado los papeles ocultos entre las hojas de un libro de la biblioteca. Sabían que allí estaban a buen recaudo, pero no podían evitar sentir cierta sensación de inseguridad similar a la de aquel que sabe que tiene algo de incalculable valor en su poder.

Una melena de color zanahoria se abrió paso entre las cabezas de Mario y Aitor, que continuaban desayunando en silencio.

—Ayer nos diste un buen susto —espetó de golpe, sin dar siquiera los buenos días—. Esa banda de imbéciles no tiene perdón —dijo, girándose para mirar a la mesa donde se sentaban, sin ningún pudor.

Aitor daba vueltas a su colacao, callado.

—Tierra llamando a Caparroso. ¿Estás bien? —preguntó Leyre zarandeándolo de un hombro.

—Sí, perdona. Es que esta noche no he dormido muy bien —se excusó.

En realidad, su falta de sueño se debía más a sus excursiones nocturnas que a la resaca de su reciente desaparición.

—Bueno, hoy nos quedamos todo el día aquí. Puedes aprovechar para descansar —intentó animarlo.

—Sí…, gracias.

—Oye —continuó Leyre—, luego os busco en el patio. Se me ha ocurrido una idea para darle su merecido a ese orangután —dijo entrecerrando los ojos maliciosamente.

Mario conocía aquella mirada. Era sinónimo de problemas.

—Leyre… —comenzó a decir.

Ella se incorporó, le dio una suave colleja a su hermano a modo de despedida y volvió hacia la otra punta de la mesa, donde aguardaba su pequeño séquito.

A Aitor no se le había pasado por alto la presencia ni las miradas de Blanca. Había algo de compasión y de culpabilidad en esos ojos que se encontraban con los suyos entre charla y charla con las chicas que tenía a su alrededor.

Cuando terminaron de desayunar y de prepararse, los monitores los citaron en el patio.

—Hoy esperamos tener un día *más tranquilo* —enfatizó Fran, mirando abiertamente al grupo de Berni, con un gesto de desaprobación—. Vamos a hacer algunos juegos por la mañana y manualidades por la tarde. Por favor, colocaos en posición. Vamos a jugar al «mira cómo vuela».

Había un círculo dibujado en el suelo. Era lo bastante grande como para que todos los jugadores se situaran bordeando la circunferencia con los brazos abiertos. La dinámica del juego consistía en que una persona debía salir del círculo y empezar a dar vueltas a su alrededor sosteniendo una pelota. En un momento dado, esa persona debía tirarla al aire gritando el nombre de uno de los jugadores. Si el elegido corría y cogía la pelota antes de que tocara el suelo, ganaba un punto. Si no, se le restaba. El turno siguiente era él quien lanzaba la pelota. Ganaba el que más puntos tuviera al final de la partida.

Hubo varios turnos. En un momento dado, alguien gritó el nombre de Blanca, que, con la agilidad de una gacela, corrió y saltó para coger la pelota en el aire sin aparente esfuerzo. Teniendo ella la pelota entre las manos, comenzó a dar vueltas. Cuando pasó a la altura de Aitor, este sintió un roce en la espalda.

«¿Qué carajo ha sido eso?», pensó, sorprendido.

De repente, desde la distancia, Blanca le guiñó un ojo e, inmediatamente, gritó:

—¡Javier Ochoa!

A Berni el grito lo pilló por sorpresa. Además, debido a su gran estatura y a una musculatura hipertrofiada para su edad, no era tan ágil como otros chicos, por lo que no supo reaccionar a tiempo. Intentó correr para atrapar el balón, pero solo alcanzó a llegar para el segundo bote.

Hubo un murmullo de risas en el círculo y el monitor decidió que era un buen momento para terminar el juego.

Javier Ochoa, alias Berni, que no estaba acostumbrado a perder ni a las tabas, había sido eliminado. Y encima por la chica más guapa del campamento.

Aitor nunca supo cómo interpretar aquello ni que la respuesta tardaría treinta años más en llegar.

La mañana continuó con más juegos. Algunos de ellos incluían globos de agua o manguerazos por parte de los monitores que, además de refrescar la temperatura, hacían estallar las risas o bajar los humos a más de uno. Mientras estaban en la ronda eliminatoria, a algunos les tocaba esperar turno. En un momento dado, Aitor y Mario estaban apoyados en la pared del patio cuando Leyre se aproximó con aire despreocupado.

—Hey —susurró—, acompañadme a la zona de árboles.

Ellos se miraron y, sin pensarlo dos veces, se escabulleron detrás de ella.

Se habían apartado apenas veinte metros de la pista principal del patio. Era una zona arbolada que durante el día proporcionaba una espesa sombra. Por la noche, aquel lugar tenía peor pinta. Aunque los mayores del campamento no pensaban lo mismo y solían pasar bastante rato allí cuando ya estaba todo oscuro. Lo cierto es que daba muy mal rollo.

—He descubierto la lavandería —anunció Leyre en voz baja mientras los tomaba por los hombros y aproximaba la cabeza a la de ellos.

—Bien por ti, ya era hora —respondió Mario, burlón.

Ella le dio otra colleja.

—Escucha y cierra el pico —continuó—. Todas las mañanas, mientras estamos desayunando, el personal de limpieza lleva las sábanas y toallas sucias a la lavandería. Ponen todo eso a lavar mientras estamos en las actividades y recogen la ropa limpia del día anterior. He interceptado un carrito con sábanas sucias antes de que entre a la lavandería.

Aitor hizo un mohín de asco.

—¿Para qué quieres una sábana sucia?

—Para dar un escarmiento —sonrió Leyre, mostrando todos los dientes.

Durante un buen rato, los tres permanecieron en la arboleda, ellos escuchando el detallado plan de la pelirroja. Cuando todos tuvieron claro su papel en la misión para que la orquestación fuera perfecta, se dispersaron y volvieron al patio con el cosquilleo en el estómago del que se sabe a punto de crear un recuerdo memorable.

Durante la cena, se activó el primer protocolo.

Leyre estaba en la mesa de siempre, con sus amigas, comentando las jugadas y los momentos del día. Eran una auténtica explosión de risas y alegría. Daban muchas ganas de sentarse con ellas para participar del festín de carcajadas. Mientras una explicaba con aspavientos cómo había procedido en un juego de la mañana, Leyre miró de frente a la mesa de su hermano y asintió levemente. Acto seguido, Mario la imitó. Era la señal.

Ella se incorporó mientras algunas de las chicas de su mesa la miraban con cara de extrañeza. Era bastante obvio quiénes estaban avisadas del plan. Las risas habían cesado de golpe, sustituidas por cuchicheos. A Aitor le sorprendió ver que Blanca era una de las pocas que parecía estar al tanto de sus intenciones.

Leyre se aproximó a la mesa de Berni y sus amigos, que miraban completamente descolocados cómo alguien penetraba en sus dominios con total atrevimiento y despreocupación.

—¡Hola! Tú eres Javier, ¿verdad? —dijo esbozando la mejor de sus sonrisas.

—Eh… Sí… —contestó Berni, todavía sin saber muy bien cómo afrontar aquella osadía.

—Una amiga mía me ha dado esto para ti —dijo tendiéndole un papel doblado con cuidado.

Los chicos de la mesa comenzaron a reír y a soltarse algún codazo.

—Por favor, no lo abras hasta que estés solo —añadió misteriosamente Leyre mientras Berni comenzaba a desdoblarlo.

Él asintió, mirándola como si estuviera bajo algún hechizo ancestral.

Mientras la pelirroja se alejaba de aquella mesa, oyó al orangután intentar apartar las manos y las cabezas de sus amigos de aquel papel para ponerlo a salvo en su bolsillo.

La fase uno había sido completada con éxito.

Aquel día proyectaban una peli después de cenar en una de las salas. Al terminar, todo el mundo fue marchando lentamente hacia la cama. Cuando las luces se apagaron, se activó el segundo protocolo.

Había que darse prisa.

Leyre se incorporó de la cama como un resorte. La luz de los farolillos del exterior del edificio reflejaba la humedad adherida a los cristales de las ventanas y se colaba en la habitación, iluminándola de manera muy tenue. Se oía la respiración profunda de la mayoría de las niñas, que caían rendidas antes de contar la primera oveja. Algunas seguían despiertas, pero no podía perder ni un minuto. Se arrodilló en el suelo, introdujo la mano debajo de la cama y sacó la sábana sucia que había birlado del carrito por la mañana. Era perfecta. Tenía manchas de tierra y tomate de algún descuidado que había decidido ir a dormir sin lavarse las manos ni los dientes.

Salió de la habitación de puntillas. El suelo de baldosa del pasillo estaba frío. Pensó que aquello la ayudaría a meterse en el papel.

Al llegar al fondo, llamó a la puerta de la forma en la que habían acordado.

Mario le abrió con una reprimenda.

—Eran tres toques y uno doble al final.

—Pues eso es lo que he hecho.

—No. Has dado dos dobles y luego…

—Aparta, anda.

Leyre se abrió paso en la estancia y se quedó mirando un momento a su alrededor. Aquella biblioteca tenía un aura mágica, algo que atrapaba. Olía a historia y a secreto, a grandes conspiraciones. Como la que ellos tramaban.

—Vaya…, así que aquí es donde venís a jugar por las noches, ¿eh? —dijo, mirando con cierta envidia a su alrededor—. Sí, señor. No está nada mal.

Aitor la observaba algo tenso. No le habían comentado nada acerca del diario. Simplemente le habían dicho que habían descubierto aquella habitación y que se habían reunido un par de noches allí para hacer el cafre. Pero Leyre era muy lista y no tardaría en sacar sus propias conclusiones.

—Bueno, ¿qué? —apremió Aitor alzando la bolsa de plástico que sostenía—. ¿Empezamos?

Dentro había varios elementos que los iban a ayudar en su hazaña: un bote de colacao, vinagre, arándanos, tomate, un saquito con restos de café, tijeras, algo de cuerda y unas grasientas cadenas que habían extirpado de las bicis del patio.

Leyre cogió las tijeras y cortó algunos jirones de sábana. Se encargó de conservar las partes en las que había manchas. Se la colocó encima, sin ningún atisbo de repulsión, y comenzó a anudársela a la cintura con la cuerda.

—Venga, os toca, pero no os paséis. Que te veo con ganas —añadió mirando a su hermano.

Mario y Aitor tenían los distintos alimentos de la bolsa preparados. Comenzaron a manchar cuidadosamente la sábana con el tomate y añadieron algo del cacao en polvo para matizar el blanco nuclear de la tela. Después se impregnaron las manos con el vinagre para dar ligeros toquecitos que aportaban una oscuridad extra en ciertas partes. Hicieron lo mismo con el café y los arándanos. Por último, con las manos llenas de ese mejunje, le frotaron la cara y el pelo a Leyre.

—No sabes cuánto estoy disfrutando con este momento —comentó Mario entre risas mientras le pasaba su apestosa mano por la nariz a su hermana.

Ella suspiró.

—No, si al final voy a terminar arrepintiéndome de ayudaros, verás.

Su hermano la abrazó de repente durante un par de segundos y se manchó parte del pijama.

—Gracias —le susurró.

Ella pareció recobrar la energía con aquel gesto.

—Bueno, venga, va, quitad. Ya es suficiente. —Leyre se agachó para recoger las cadenas de bici del suelo—. Y ahora, el toque final. —Se las colocó en el cuello, enroscándose una parcialmente—. ¿Qué tal estoy? —preguntó.

—Es justo lo que necesitamos —contestó Aitor, sonriente.

—Vamos —dijo ella—. Activamos la fase final del plan.

Los tres se dirigieron a una de las paredes de la biblioteca, donde había una hilera de balcones que daban acceso a una amplia terraza. Se trataba del mirador situado en la primera planta, sobre el comedor, desde donde se veía la explanada del aparcamiento. La terraza limitaba en uno de sus lados con la famosa torre, que se erigía, vigilante, sobre todo el recinto de las colonias. Respiraron hondo, abrieron el balcón más próximo al torreón, intentando no hacer ruido, y salieron al exterior en cuclillas.

La noche, como la mayoría en un típico verano del norte, era fresca. Cualquier persona sin una sudadera estaría pasando frío, pero ellos no. La adrenalina se encargaba de mantener su temperatura a tono. Leyre iba en cabeza, caminando agachada para no ser vista. Se dirigía al murete de piedra que tenía delante y hacía las veces de quitamiedos en la terraza. Una vez ahí se colocó en el extremo derecho, el que limitaba con la base de la torre. De allí pendían unas enormes cadenas de hierro que provenían del escudo de Navarra forjado e incrustado en la pared.

Estar atentos a los sonidos era clave para que el plan saliese como esperaban, aunque por el momento solo se oían algunos grillos, el sonido de las hojas empujadas por la suave brisa y el ulular lejano de un búho. La luz del ambiente era añil, recordaba al azul oscuro de los jerséis marineros. Leyre se giró para mirarlos, con el dedo índice sobre los labios, pidiendo silencio. La imagen que proyectaba realmente ponía los pelos de punta. Era una mezcla de pelo sucio, harapos y ojeras. Lo bueno de aquel lugar es que permanecía mucho más en la penumbra que el resto de la terraza; en primer lugar, porque se trataba de una esquina; y en segundo, porque el farolillo más próximo estaba alejado unos cuantos metros.

Era el escondite perfecto para ver sin ser vistos.

Permanecieron ahí, en silencio, durante un par de minutos. Solo oían sus respiraciones entrecortadas. De repente, Aitor oyó el sonido de la gravilla del aparcamiento y les hizo un gesto con la cabeza para ponerse en posición. Acababa de llegar el invitado especial de la velada.

Berni caminaba lentamente, mirando en todas las direcciones. Sostenía en la mano el papel que Leyre le había entregado en la cena. Lo había leído y releído decenas de veces.

> *Reúnete conmigo esta noche en la explanada del aparcamiento, bajo la torre. Espera a que todo el mundo esté en la cama después de la peli. Tengo que decirte algo.*
>
> *BLANCA*

Evidentemente, Berni no podía declinar semejante invitación. En un primer momento había pensado en acudir solo a la cita, pero un hito como este necesitaba espectadores para poder fardar como Dios manda. Por eso había pedido a Raúl y a otro de sus feligreses que lo siguieran a una distancia prudencial. Y ya de paso estaba acompañado ahí fuera, porque, la verdad sea dicha, de noche, el silencio del recinto imponía bastante.

Desde el extremo opuesto a la torre, dos cabezas y dos pares de ojos se asomaban torpemente para contemplar la hazaña de su amigo. La grasienta coleta de uno de ellos no dejaba lugar a muchas dudas. Mientras, Aitor, Mario y Leyre permanecían agazapados en la terraza del piso superior.

Había llegado el momento.

La chica se quitó una de las cadenas del cuello y comenzó a arrastrarla por el suelo. El sonido del hierro contra las baldosas producía un repiqueteo metálico extraño.

Berni dio un respingo. ¿Qué narices había sido eso?

Miró en varias direcciones. No lograba identificar aquel estridente ruido ni su procedencia exacta. Se giró, interrogativo, hacia sus compañeros, que ahora se asomaban también un poco más desde su esquina. Estos se encogieron de hombros, dando a entender que ellos tampoco eran capaces de identificar *aquello*.

De repente, el soniquete cesó.

Berni comenzó a impacientarse. No estaba para jueguecitos. Además, ya tenía una amonestación bastante grave por lo de Biosnar.

Decidió darse un minuto más. Si no, volvería a su habitación maldiciendo su suerte y la de Leyre por haberle pasado ese estúpido papel.

Mierda. Ahí estaba el ruido de nuevo. Y esta vez sonaba más alto, más claro, más cerca… Eso eran… ¿grilletes?, ¿cadenas?

El búho ululó a lo lejos. Una ráfaga de viento fresco le acarició la nuca y le erizó el vello.

De pronto, se oyó una risa. Era traviesa, pero tétrica al mismo tiempo. Más cadenas. ¿Puede ser que vinieran del piso superior…?

Para cuando Javier Ochoa procesó lo que veían sus ojos, los gritos de sus compañeros habían despertado a medio recinto.

Clara, el fantasma de la niña que murió en el campamento, se retorcía compulsivamente en la base de la torre del piso superior. Tenía el cuello rodeado por cadenas manchadas de sangre y ella intentaba zafarse de un ahorcamiento que parecía causarle una risa macabra y nerviosa.

La actuación de Leyre estaba siendo digna de la antesala de los Óscar. Desde la terraza, Mario y Aitor permanecían agachados sujetando las cadenas que le cubrían el cuello, rezando para no producirle ningún destrozo. Pero ella se había tomado muy en serio su papel y estaba al otro lado del murete, de puntillas en el alero del tejado, retorciéndose como una desgraciada que se debate entre la vida y la muerte y emitiendo unos sonidos cuando menos desagradables.

Javier Ochoa salió corriendo a tiempo, más rápido que los latidos de su propio corazón. Sus amigos habían abandonado su posición varios segundos antes.

Por su parte, Leyre, Mario y Aitor efectuaron con éxito su plan de fuga. Ella volvió rápidamente al dormitorio femenino, antes incluso de que se encendieran las primeras luces del pasillo. Los otros dos llegaron jadeando a la puerta de sus respectivas habitaciones, contiguas, pero situadas algo más lejos que la de la pelirroja. Se detuvieron un segundo para despedirse.

—Ha sido lo mejor que he hecho nunca —dijo Mario, sonriente, recuperando todavía el aliento.

Y antes de que Aitor respondiera, lo besó en la mejilla y desapareció de puntillas en la negrura de su dormitorio.

Cuando los monitores llegaron a la escena del crimen encontraron una sábana manchada y el olor a escarmiento flotando en el aire.

Pamplona, 2 de agosto de 2022

El agente Pablo Aguirre había recibido una llamada de su compañero Beloki justo cuando estaba terminando el último expediente antes de marcharse a casa. Aunque no entendía ni una sola palabra del contexto, Mikel le pedía acudir de manera urgente a Caparroso.

«Te lo cuento por el camino», había dicho.

Aguirre se preguntó qué podría pasar en un pueblo anodino de la Ribera de Navarra en medio del verano, a cuarenta grados y sin que fueran fiestas patronales. Además, su compañero parecía nervioso. Y eso que Beloki solo se inquietaba en algunas finales de manomanista. Cerró la sesión en el ordenador, cogió las llaves del coche y recogió a su compañero en el garaje.

A la altura de Tafalla, a Aguirre no se le ocurrían más preguntas que hacer y seguía sin terminar de entender del todo la situación.

Por su parte, la inspectora Arrondo se había encargado de tranquilizar a Aitor y había logrado que no cogiera el coche en aquel estado de histeria. En su lugar, Julia le había ofrecido que la acompañara en su vehículo. Él quería llegar cuanto antes a casa de sus padres. Estaba quemando el móvil de su madre a base de llamadas y wasaps sin respuesta alguna. Sabía que intentarlo con su padre no tenía ningún sentido. Se dejaba siempre el teléfono en casa y, aunque estuviera en el sofá, no se levantaba nunca a cogerlo: «A ver quién me va a llamar a mí a estas horas». Aun así, lo intentó. Nada. Al décimo tono, colgó.

De camino al pueblo pasaron algunos minutos en los que tanto Julia como Aitor recorrían los kilómetros en silencio. Ella repasaba mentalmente los nuevos datos, tratando de alejar de la cabeza cualquier atisbo de incredulidad. Era desde luego la historia más bizarra a la que se había enfrentado en su carrera por ahora. Daba por hecho que Aitor no mentía, pero le resultaba cuando menos extravagante todo aquello.

Él miraba por la ventanilla. Tenía el móvil sujeto con ambas manos y jugueteaba dándole vueltas con nerviosismo. Ella lo observaba de reojo y decidió posponer su repaso silencioso para ayudar a aquel manojo de nervios distrayéndolo un poco.

—De Caparroso era Joaquín Luqui, ¿no? —preguntó Julia intentando parecer interesada.

Aitor la miró, sorprendido.

—Sí... ¿Lo conocías?

—Hombre, en persona no, pero la gente de nuestra generación que haya escuchado mínimamente la radio recuerda eso de «¡Hola, hola, hola!» o «Tres, dos o uno, tú y yo lo sabíamos».

Estas últimas frases le salieron con una imitación forzada y lamentable del famoso locutor, a lo que Aitor no pudo responder más que con una carcajada.

—Te sale fatal —respondió con una amplia sonrisa.

Julia le devolvió la sonrisa y el alivio de ver que había logrado sacarlo de su preocupación por unos segundos la ayudó a sobreponerse a la tremenda vergüenza.

—Además, compartes apellido con él... ¿Erais familia? —preguntó Julia—. Bueno, disculpa si te tuteo...

—No pasa nada, de hecho, se me hace raro que me traten de usted —respondió Aitor. El móvil ya no giraba en las manos—. Qué va, no somos parientes. Pero la verdad es que me hubiera encantado conocerlo. Alguna vez aparecía por el pueblo, aunque, desde que murió su madre, cada vez menos. Me dio una pena terrible el día que dijeron que Luqui había muerto. Es como si se terminara una era, como si diéramos portazo a nuestra niñez y a una época dorada en la historia de la radio a la vez.

A Julia le sorprendió aquel comentario lleno de sensibilidad. Aitor parecía un tío en sus cabales, sensato y, por lo que había podido comprobar en comisaría, sin miedo a llorar o a expresarse. Desde luego, no era algo muy habitual en los hombres que ella conocía.

—Estamos llegando —dijo Aitor, con el móvil a doscientas revoluciones en la mano de nuevo—. Gira a la izquierda, es la segunda casa nada más entrar en esta calle.

Beloki y Aguirre estaban en la puerta. A su lado, una mujer apoyaba una bicicleta verde de paseo algo descacharrada en la pared del garaje y se atusaba el pelo mojado. En la cesta de la bici, un bolso del que asomaba una toalla. La mujer se movía con un halo de desconcierto mientras hablaba con los dos agentes.

En cuanto Julia aparcó, Aitor saltó del coche.

—¡Mamá! —gritó, y corrió a darle un abrazo—. ¿Estás bien?

—Cla-claro, hijo —respondió, aturdida—. ¿Qué es lo que pasa…? Vengo de la piscina —se excusó, intentando apañarse infructuosamente el pelo mojado.

—Me has dado un susto de muerte —volvió a decir Aitor abrazándola.

La madre no parecía entender nada de la situación.

—¿Qué hacen estos policías aquí, Aitor? ¿Qué pasa?

—¿Está el papá en casa?

—No lo sé, iba a ir al campo, a recoger algunos tomates. Ya sabes que nunca lleva el móvil encima… —Se quedó congelada durante un momento—. Dios mío, ¿dónde está? ¿Le estáis buscando? —preguntó de repente, aún más nerviosa.

—Tranquila, señora, vamos a localizarlo —intervino Beloki.

—Soy la inspectora Julia Arrondo. ¿Le importa si entramos un momento a su casa? —dijo, mirando a las cabezas que ya asomaban entre las cortinas de las ventanas de enfrente—. Nos gustaría hacerle unas preguntas.

La madre de Aitor asintió y, sin pensarlo y por costumbre, los hizo entrar a través del garaje.

Los agentes se encontraron con un espacio lleno de aperos de labranza y un tractor. Estaba claro que en aquella casa vivían del campo. En los laterales, pegadas a las paredes, multitud de barquillas llenas de pimientos, pepinos, melocotones y, sobre todo, tomates. Julia y sus compañeros pensaron en la suerte que tenían en aquella casa. Eran tesoros que viajaban del campo al plato, sin paradas y sin intermediarios. Dentro de la casa, la madre de Aitor los acomodó en el salón y les ofreció café o cerveza, que declinaron educadamente.

—Lo siento, no esperaba visita —se excusó, como suelen hacer la mayoría de las mujeres de su edad. Llevaban aquel ritual de la perfecta anfitriona en el ADN—. De haberlo sabido, habría comprado algún refresco…

—No se preocupe —respondió Julia con ternura—. Queríamos saber si en los últimos días ha recibido alguna visita inesperada de alguien o ha notado alguna presencia distinta de gente por el pueblo o en las inmediaciones de su casa.

La madre de Aitor dijo que no, pero aquello la dejó asustada durante el resto del interrogatorio. A mitad de la batería de preguntas de rigor, su hijo se levantó y entró en su antigua habitación, dejando a los agentes y a su madre en el salón.

Entrar allí era como abrir un corredor temporal al verano antes de la universidad. Fue el último año completo que vivió en aquella casa, en aquella habitación, en aquella cama. Su madre seguía manteniendo todo exactamente igual, incluidos la colcha y los pósteres, descoloridos tras más de veinticinco años forrando aquellas paredes. Kurt Cobain y Miguel Induráin pugnaban por el protagonismo en apenas ocho metros cuadrados. Dicho así, parecía una auténtica fantasía.

Aitor se subió a la cama para alcanzar una enorme caja que reposaba en el techo del armario. La puso sobre la colcha y comenzó a sacar a toda prisa recortes, fotografías y otras decenas de recuerdos.

Palpó una funda de plástico, de esas que usaba para entregar los trabajos en el cole.

Tuvo una especie de *déjà vu*, una corazonada.

La sacó de la caja.

Allí no había nada.

Chasqueó la lengua, decepcionado. Tenía la extraña sensación de que estaba necesariamente ahí.

Cuando hubo vaciado todo el contenido, se quedó pensativo mirando todos aquellos pedacitos de su vida que reposaban encima de la cama. Un dibujo que le regaló la primera chica que le gustó, entradas de conciertos, fotografías antiguas, un colgante de un puesto ambulante que compró la primera vez que acudió a las fiestas patronales del pueblo de al lado… y, por supuesto, papeles y más papeles. Pero ni rastro de *esos* otros.

Se fijó en una de las fotos que asomaba del montón. Estaba algo descolorida, pero recordaba a la perfección aquel momento. La tomaron el día de la excursión a la punta de Biosnar, desde los acantilados. Jon de Alsasua, Carlos de Tudela, Mario y él. Carlos había tenido el detalle de enviársela por correo al terminar el campamento. Se preguntó qué habría sido de su vida, si estarían bien, si tendrían familia…

Se estremeció al pensar de nuevo en Mario.

Respiró profundamente y se aguantó las lágrimas. Tenía que centrarse. Si su amigo había estado en peligro por algo relacionado con ese diario, puede que sus padres también lo estuvieran. Y no podía permitir eso.

Se sentó en la cama y apoyó la cabeza entre las manos. Dios. Estaba seguro de que tenía que estar allí. Pero ¿dónde?

Decidió recurrir al comodín del público.

Volvió al salón y encontró a su madre mucho más calmada, parloteando sin parar con los agentes de policía.

—... porque, claro, yo ya le decía que esa muchacha no era de fiar, pero él erre que erre. Y no hablemos de su madre. Una auténtica bruja que...

—Mamá —interrumpió Aitor—, ¿se puede saber de qué estás hablando?

—Ay, hijo, pues estoy dando contexto a la policía de tu vida. Es lo que hay que hacer, ¿no?

Él suspiró, intentando inhalar toda la paciencia suspendida en el aire de la habitación.

—¿Y qué es lo que necesitan saber de Eva, exactamente?

—No lo sé, pero en estos casos es mejor pasarse que quedarse corta. Además, les estaba diciendo que hacía y deshacía lo que quería contigo. La verdad es que yo me alegré mucho cuando...

—Mamá, ya vale, por favor.

Su madre paró de hablar en seco cuando vio el rictus de su hijo. Pareció comprender que quizá se había extralimitado.

—Voy a traer un poco de agua y café, que veo que aún les queda un rato por aquí —dijo, poniéndose de pie y dirigiéndose a la cocina, antes de que ninguno replicara nada.

Julia miraba a Aitor, divertida.

—Tranquilo —lo animó—. Nos ha servido para conocerte un poco mejor.

Beloki seguía con su semblante serio, tomando algunas notas. El tercer agente, un tal Aguirre, le sonreía también.

—Ahora vuelvo —se excusó Aitor.

Entró a la cocina con los brazos cruzados.

—Mamá, te he dicho cien veces que lo que pasó entre Eva y yo es cosa de dos: de ella y mía. No hace falta que vayas contándoles mi vida a las primeras personas con las que te encuentras.

—Son agentes de policía, Aitor.

—Ya, mamá, pero hay detalles que… Bueno, es igual. Venía a preguntarte por la caja que tengo encima del armario de mi habitación.

—¿La de los recuerdos?

—Sí.

—¿Qué pasa?

—¿La has tocado últimamente?

—No.

—¿Seguro?

—Solo metí mano ahí cuando a la tía Conchi se le estropeó el móvil, para dejarle el tuyo antiguo.

—¿Y eso cuándo fue?

—Uy, pues igual hace dos años.

—¿Y solo cogiste el móvil?

—Bueno, el móvil, el cargador…

—¿Nada más?

—Nada más.

Aitor tamborileó con los dedos la encimera de la cocina, meditativo, preocupado.

—A ver —prosiguió ella—, había un sombrero perdido de cuando te disfrazaste de medieval y unos papeles viejos que bajé al trastero con los disfraces. Que al final lo dejas todo por ahí y luego…

No le dio tiempo a terminar la frase. Aitor salió disparado escaleras abajo.

Abrió la desvencijada puerta del trastero mientras oía a su madre arriba gritándole instrucciones sobre qué caja en qué estante.

Retiró la cinta adhesiva a toda prisa mientras le subía un cosquilleo desde la boca del estómago hasta la punta de los dedos. Sacó un par de piezas de un disfraz y palpó un plástico similar al que había encontrado en la caja de su habitación.

La sangre le latía fuerte en los oídos.

Lo extrajo con cuidado.

Allí estaban después de treinta años aquellas hojas, intactas.

Aitor notó que le temblaban las manos y sintió como si estuviera tocando un ídolo maldito, algún tótem que había lanzado una especie de maldición sobre los que osaran profanarlo. Volvió con él al salón, donde seguía su madre con los agentes de la Policía Foral.

—Está aquí —anunció él con un hilo de voz y la funda en la mano.

Todos miraron los papeles marrones que descansaban dentro del plástico como si fueran una especie de meteorito.

Julia fue la primera que salió del trance. La cogió y ordenó a Aguirre y Beloki que se encargaran de que una patrulla permaneciera los siguientes días vigilando la casa de los padres de Aitor.

—Necesitamos que los de la científica le echen un vistazo a esto —dijo.

La madre miraba alternativamente a la policía, a su hijo y a aquella funda.

—Pero, entonces, ¿no estáis buscando al papá…? —preguntó, algo descolocada.

En aquel momento, el susodicho llegó a casa. En efecto, venía del campo. Los pantalones azules de obra y las zapatillas llenas de barro lo delataban. Abrió la puerta y dejó una cesta llena de tomates en el recibidor. Cuando Aitor y su madre se asomaron al pasillo y lo miraron con cara de consternación, supo que esa noche iba a cenar tarde.

Pamplona, 2 de agosto de 2022

El día estaba siendo increíblemente largo. Eran cerca de las diez de la noche y los dos coches de la Policía Foral regresaban a Pamplona por la A-15, a apenas unas decenas de metros de distancia. En el primer vehículo, Beloki y Aguirre conducían envueltos en el aroma que desprendían las dos barquillas de melocotones que les habían regalado los padres de Aitor. Se sentían agradecidos, aunque algo confusos. No les estaba permitido aceptar este tipo de regalos estando de servicio, pero la madre había insistido tanto que no habían tenido opción.

En el segundo coche, Julia conducía absorta, dándole vueltas a la locura de caso que tenían por delante. ¿Un diario de hace quinientos años? ¿Una historia de piratas y tesoros? Por momentos, todo aquello le parecía algún tipo de broma enormemente elaborada. Sin embargo, cuando echaba un vistazo al asiento del copiloto, volvía a sentirse capturada por aquella especie de magia ancestral. Aitor sostenía la funda de plástico embobado, sin atreverse a sacar las cuartillas. Julia estaba segura de que no era la cadena de custodia más acertada para unos papeles de esa antigüedad, pero no podían perder ni un minuto para entregarlos a sus compañeros de la científica. Además, si habían aguantado los últimos treinta años ahí, podían estirar una horita más sin problema. A Aitor, el diario que habían estado manoseando con alegría en las colonias le parecía ahora tremendamente frágil, como si fuera a disolverse al tacto. Eran tres de las cinco cuartillas que había en total, los tres primeros testimonios por orden cronológico que escribió Martín Zarauz y Gamboa. Las dos últimas se las había quedado Mario al terminar aquel verano. Y, ahora mismo, Julia tenía la certeza de que no iban a encontrarlas en su apartamento.

—Tu madre parece muy simpática —comentó para intentar poner atención en aquel momento.

Aitor parpadeó, como despertando de un sueño.

—Eh…, sí, lo es. Pero a veces es un poco entrometida —dijo ruborizándose un pelín.

Julia captó perfectamente de dónde procedía aquella repentina vergüenza.

—No te preocupes, todas las madres son iguales. Si llegamos a pasar por casa de la mía, seguro que habría contado alguna anécdota para sacarme los colores —comentó, riendo de buena gana.

Aitor le agradeció la empatía con su mejor sonrisa y asintió.

Al llegar a Pamplona, Julia se desvió por la PA-30 en dirección a Francia para tomar la ronda y llegar cuanto antes a Ripagaina, el barrio de Aitor. Después de que Eva lo dejara, habían acordado que él se quedaría con el piso. Por suerte, faltaban pocos años para amortizar la hipoteca y el acuerdo había sido satisfactorio para ambas partes. Él se encontraba cómodo en aquel barrio, aunque por momentos resultaba algo anodino. Estaba plagado de parejas, pero, sobre todo, de niños. Era como una gran guardería al aire libre con abundancia de columpios, guarderías y farmacias. En ciudades como Pamplona, los barrios de nueva creación suelen estar conformados por las últimas promociones de viviendas de protección oficial. Es como si cada generación se encontrase con un barrio nuevo en su momento vital típico de buscar casa, formando una especie de guetos «edadistas»: los de más de cuarenta y cinco viven en Sarriguren; los de cuarenta, en Ripagaina, y así sucesivamente con el resto de los barrios.

Aitor no sentía que aquel fuera del todo su sitio, pero lo cierto es que tampoco había movido ficha desde la ruptura con Eva. Sus amigos, casados en su mayoría, le alababan la «suerte» y le decían que se abriera Tinder: «Te vas a poner de follar hasta las orejas». A él no le gustaban ni se le daban bien este tipo de aplicaciones, pero la verdad es que, después de mucho insistir, terminó dando de alta su perfil una tarde que llegó un poco movido por alguna cerveza de más con su cuadrilla.

Duró poco.

Concretamente, tres días.

Había hecho algún match, pero no se había atrevido a iniciar ninguna conversación con nadie. Dentro de los perfiles que iban apareciendo, reconoció a gente del trabajo e incluso creyó ver a alguna otra chica que tenía pareja.

Hasta que apareció el perfil de Eva.

Tenía varias fotos en las que salía muy bien. Algunas incluso recordaba haberlas sacado él mismo. Una sensación de tristeza y de pereza lo invadió hasta tal punto que decidió borrar la aplicación ahí mismo. Y, por el momento, no quería volver a saber nada de likes ni de superlikes.

Julia aparcó en doble fila delante de un portal.

—Es aquí, ¿verdad? —preguntó la inspectora, sacando a Aitor de sus pensamientos.

—Sí, perdona —se disculpó, consciente de lo poco comunicativo que había estado durante el trayecto.

—Tranquilo. Te voy a dejar mi tarjeta. Seguramente volvamos a citarte para declarar, pero, si surge cualquier cosa o recuerdas algo que pudiera ayudarnos, por favor, llámame. Es muy importante que nos movamos con rapidez —indicó con seriedad.

—Claro, por supuesto.

—Además, la comisaría te queda a tiro de piedra —sonrió Julia.

De hecho, la sede de la Policía Foral en Pamplona estaba a pocos metros de casa. Llegaría antes andando que perdiendo tiempo en sacar el coche del garaje e intentar aparcar.

Aitor le devolvió la sonrisa y se produjo un silencio de un segundo algo incómodo, como los que suceden en la radio, donde no hay espacio para «la nada sonora».

—Hasta mañana —dijo él con torpeza al salir del coche.

«¿Cómo que "Hasta mañana"? —se lamentó mentalmente mientras abría la puerta—. Tiene que pensar que soy idiota», se dijo, apoyando la frente contra la fría pared del portal mientras esperaba al ascensor.

Cuando llegó a su piso ni siquiera se percató de que no había tenido que girar la llave para pasar al interior de la vivienda.

Tampoco le hizo falta encender la luz para darse cuenta de que estaba todo patas arriba.

Alguien había entrado.

Paralizado, sintió que las piernas le flaqueaban y la tensión se derrumbaba. Se apoyó en la pared. Comenzaron a sudarle las manos.

«¿Y si aún hay alguien dentro?».

Con un rápido movimiento, Aitor salió de su vivienda y echó a correr escaleras abajo. Cruzó a toda prisa su portal y, ya en la calle, sacó el móvil y la tarjeta de Julia del bolsillo.

La inspectora respondió al tercer tono.

—¿Aitor...? —preguntó, confusa, al otro lado de la línea.

—Estoy subiendo a comisaría —respondió respirando entrecortadamente—. Alguien ha entrado en mi casa.

Pamplona, 2 de agosto de 2022

Definitivamente, aquel día estaba teniendo treinta horas. La mañana y el funeral quedaban tan lejanos que la única manera de intentar condensar y destilar mejor el tiempo era a través de un filtro de cafetera. En comisaría conocían bien aquellas jornadas en las que la noche parecía no llegar nunca o la madrugada los recibía con la cabeza sumergida en algún expediente o en algún dato que aún se podía rascar antes de ir a dormir. Era como si no merecieran el sueño, como si tuvieran que trabajar más que el resto para ganarse un descanso con cierta paz.

Aitor era una mezcla de cansancio, pelo revuelto y el bajón típico después de un gran chute de adrenalina, el mismo que lo había impulsado a correr como alma que lleva el diablo la distancia entre su casa y la comisaría en apenas unos minutos.

Julia había enviado a Beloki a realizar una inspección ocular en el piso de Aitor. Aguirre, que era padre primerizo de gemelos, dos criaturas de apenas ocho meses, acababa de llegar a su casa cuando recibió la llamada de la jefa y tuvo que deshacer el camino andado.

—¿Tienes donde quedarte esta noche...? —preguntó Julia.

Aitor parecía ido. No se le había pasado por la cabeza la posibilidad de que no pudiera dormir en su casa esa noche.

—N-no. No sé... —respondió, aturdido.

Hizo un rápido barrido mental de su cuadrilla. No se veía llamando a nadie a aquellas horas. Decidió que iría a un hotel cercano, al menos, solo por aquella noche.

—Aitor, esto es serio. Puede que se trate de un robo al uso, pero dadas las circunstancias todo apunta a que han entrado buscando algo. Esto, quizá —dijo sosteniendo la funda de plástico con las cuartillas—. Seguramente, la persona que haya entrado en tu casa pensó que guardabas estos papeles contigo y no se imaginó que en realidad todavía estaban en casa de tus padres. Por eso, vamos a reforzar la vigilancia en Caparroso. Y lo mejor es que esta noche duermas fuera, no podemos arriesgarnos a contaminar la escena.

«¿La escena?», pensó Aitor. Estaba como en trance. Le pesaban todos los músculos del cuerpo y se le hacía muy raro que alguien hablara de su casa como si fuera un plató de cine o un lugar donde habían sucedido cosas terribles. Aparcó esos pensamientos, se puso de pie y sacó sus últimos retazos de energía.

—¿Puedo al menos pasar por casa a coger una muda limpia? —preguntó, con toda la dignidad que pudo.

Julia no vio venir aquella petición. Le pareció entre trágica y divertida. Y se sintió fatal dando la respuesta.

—Lo siento, pero no es posible. Mañana te llamaremos y te informaremos sobre cuándo podrás volver a casa. Intenta descansar.

Él asintió, cabizbajo, y salió de comisaría arrastrando los pies. Era la viva imagen de la desolación.

Con Beloki en el piso de Aitor y Aguirre de camino, Julia pensó que era un buen momento para echar un vistazo a aquellos papeles. La científica se encargaría al día siguiente de un análisis pormenorizado, pero ella necesitaba adelantar información y no podía cerrar aquella jornada sin ver aquello con sus propios ojos. Quién le iba a decir que los primeros minutos de silencio y de soledad que iba a tener a lo largo de ese día le tenían reservado un encuentro casi místico con una reliquia del pasado.

Se sentó en su escritorio, se enfundó unos guantes y, con mucho cuidado, extrajo las cuartillas del clasificador. Las colocó bajó la luz de su mesa de trabajo y entrecerró los ojos para agudizar la vista. Era un papel a caballo entre una tela fina y un folio grueso, con tinta oscura de matices rojizos, tremendamente ornamental y antigua, aunque la mayoría de las palabras se entendían bastante bien. Deslizó con suavidad los dedos sobre el documento. Una barrera de nitrilo la separaba de siglos de una historia que había permanecido oculta en el lugar menos pensado. Sus ojos comenzaron a recorrer aquellas líneas que hablaban de una gran aventura de otra época:

27 de setiembre de 1522

Escríbase este relato de mi puño y letra para dejar constancia de los hechos acaecidos siendo julio de 1522. Sucedió que rindiose la noble villa de Fuenterrabía al asedio del emperador al cabo de diez meses sin ser abastecida. Tenían los franceses dos armadas en el mar, con deseo de meter socorro a los de Fuenterrabía. La una se había armado en Burdeos y la otra, en la Rochela. Los de la Rochela, al mando del tal capitán Jean Fleury, recorriéronse la villa con una disposición distinta a la del socorro o la guerra.

Teniendo el propósito Fleury de interceptar un navío procedente de las Américas, consiguió reclutar a veinte hombres de la villa para unírsele en aquella temeraria empresa. Siendo poca la ventura que quedaba a la resistencia frente a las tropas imperiales, acudí a dicho llamado, enrolándome ante la promesa de grandes riquezas y un retorno seguro.

Partió el barco de Fleury del puertucho de Biosnar con fecha de setiembre deste año, con la fortuna de no encontrar ningún contratiempo en tierra ni en el mar, gozando de buena salud la tripulación e inquebrantable ánimo para enfrentar una incierta travesía. Atrás quedáronse mi amantísima madre y Sabina de Ugarte, mi amada señora y futura esposa. Que Dios las tenga en su gloria.

Sirvan estas líneas como bitácora de viaje y mi testimonio ante Dios, tras tres días en alta mar.

MARTÍN ZARAUZ Y GAMBOA

22 de octubre de 1522

Habiendo transcurrido dos semanas de travesía, ordena el capitán Fleury durante varias ocasiones levantarnos en plena noche, con el propósito de acostumbrar los ojos a la oscuridad de un cielo sin luna y prepararnos para una inminente emboscada. Relata que los navíos objeto de nuestro ataque no son otros sino aquellos que dirige el mismísimo Hernán Cortés: tres carabelas procedentes de las Américas con el quinto real a bordo, repletas de oro y otras riquezas, cuyo destino es acrecentar las arcas del emperador. Uniéronse otras cinco embarcaciones de Fleury a lo largo de nuestra travesía, otorgándonos una superioridad numérica que alimenta el ánimo de los compañeros a bordo ante tal magno desafío.

Forman parte de la tripulación mozos de Fuenterrabía con el deseo de poder volver con los suyos y la esperanza de un futuro mejor, habiendo con fortuna terminado el asedio de la villa y rogando a Dios que los de su nombre escapen a las tropas imperiales. Acompáñanme en la travesía Diego de Vera y Juanes de Azcue, ambos primogénitos de su casa, de temperamento exaltado y, en ocasiones, ambición desmedida.

Quede nuestro sino en manos del Señor.

MARTÍN ZARAUZ Y GAMBOA

Prodújose el asalto a las carabelas de Cortés en la madrugada de ayer con resultado satisfactorio y bajo el amparo del Señor. Las tres carabelas, bien aprestadas, sufrieron nuestra emboscada a pocas millas del cabo de San Vicente. Muchos hombres de Cortés perecieron, mas uno de sus tres navíos desviose de nuestros cañones, alcanzando la costa bajo una lluvia de fuego.

Perecieron asimismo numerosos compañeros de la villa a bordo, siendo Juanes de Azcue uno dellos. Quiso este antes de morir dejar el encargo de entregar su parte del botín a su amantísima madre y hermanos, quedando dicha misión bajo mi cargo.

Emprendieron los seis navíos de Fleury el viaje de retorno con dirección norte y viento favorable. A bordo, ordenose por parte del capitán hacer inventario de las numerosas riquezas tomadas a mano de los usurpadores castellanos.

A este fin se compuso una lista conteniendo los siguientes bienes: dos esmeraldas del tamaño de la palma de la mano de un hombre, máscaras, brazaletes, collares, pendientes y todo tipo de joyas; utensilios bellamente labrados y hechos de oro macizo; incontables monedas de oro y plata, así como importantes documentos, tales como el relato de la conquista de Cortés del denominado pueblo azteca y cartas náuticas.

Quede constancia así pues de la fortuna a repartir entre los marineros a bordo, agradeciendo a Dios su eterna misericordia.

MARTÍN ZARAUZ Y GAMBOA

Julia tiró las llaves encima de la mesa del comedor, se quitó las zapatillas, se amarró el pelo en un moño y se repantigó en el sofá. Era algo más tarde de medianoche. Se quedó observando la tele apagada con la mirada perdida, atravesando el cristal gris oscuro, con las manos entrecruzadas encima del vientre. El día había sido eterno y el efecto de la cafeína parecía que iba a ser similar.

Tenía hambre, pero no sabía si era producto de la ansiedad o que de verdad necesitaba cenar a esas horas. No quería darse un atracón para dormir con la barriga llena y sensación de culpabilidad. Estaba cansada física y mentalmente, pero el cuerpo se resistía a caer fundido.

Tampoco tenía sueño, pero quería meterse en la cama ya y ganarle tiempo al cuerpo resacoso de mañana.

Seguía pensando en lo que habían visto y leído sus ojos. ¿Cómo podía ser posible todo aquello? Tenía sentimientos encontrados. Se trataba de un hallazgo maravilloso, pero era obvio que el trasfondo de la investigación lo cubría todo con un velo oscuro. Tenía demasiadas preguntas y la cabeza totalmente abotargada.

Emitió una pequeña carcajada espontánea. Se acababa de acordar de la madre de Aitor. Desde luego era una señora bastante peculiar. Le producía una mezcla de ternura y simpatía. En comisaría iban a tener melocotones para un mes.

Pensó en el hijo. Le causaba una lástima terrible. Primero, el funeral de un buen amigo; luego, el interrogatorio, el viaje al pueblo, el susto de su casa… Verse envuelto en algo así no tenía que ser fácil. El día de hoy iba a pasarle factura. Ella estaba acostumbrada a este tipo de adrenalina, a pensar en frío, reaccionar con rapidez…, pero él…

Aitor.

Recordó su lamentable imitación de Joaquín Luqui y se echó las manos a la cara, muerta de vergüenza.

Aitor.

Parecía un chico majo.

Decidió que tenía que terminar de agotarse de alguna manera.

Se desabrochó el pantalón y deslizó los dedos con suavidad por el pubis.

Pamplona, 3 de agosto de 2022

La sala de trabajo parecía un concurso de ojeras. Aguirre y Beloki habían estado en la inspección ocular del piso de Aitor hasta bien entrada la madrugada. Además, en el caso del primero, al llegar a casa, los gemelos no habían dado tregua durante el resto de la noche. El segundo, sin embargo, había podido descansar algo mejor: su familia ya estaba en Salou y no había tenido que entrar a hurtadillas al dormitorio porque nadie lo esperaba en la cama. Por la mañana, a primera hora, ambos agentes se habían unido a los compañeros de la científica para una segunda inspección con luz diurna. Julia los estaba aguardando en la sala de reuniones de comisaría cuando llegaron anunciando que daban por concluido el registro del apartamento.

—Nada —dijo Aguirre, sin siquiera dar tiempo al resto a sentarse en la silla—. Está todo como una patena. Al menos, a simple vista.

—Entendido —dijo Julia anotando algo en un cuaderno—. Ahora mismo entramos en detalles. Escuchad, sé que el día de ayer fue largo, pero tenemos por delante algunas jornadas de mucho trabajo y hay que moverse rápido. Una persona ha fallecido y parece que puede haber otras en peligro —dijo, con el semblante serio—. Además, está todo este tema del diario que guardaba Aitor Luqui en Caparroso. Si os parece, vamos a comenzar repasando lo que tenemos hasta ahora.

—Bien. —Beloki tomó la iniciativa—. Comencemos por la víctima: Mario Sánchez, cuarenta y un años, ingeniero desarrollador de software. Tenía un puesto de mando intermedio con un equipo de diez personas a su cargo en una empresa pública del Gobierno de Navarra. Era soltero y sin hijos. Su hermana Leyre lo encontró tendido en la cama cuando acudió a cenar a su casa. Existen algunos indicios que nos hacen pensar que el cuerpo fue trasladado a la cama *post mortem*. El informe forense —continuó, mirando las anotaciones que tenía en unos folios— indica que presentaba unas marcas transversales en muñecas y tobillos que podrían corresponderse con unas bridas u otro elemento similar. Se han encontrado restos de fibras bajo las uñas y hematomas en los antebrazos y en el cuello.

En la pantalla del proyector de la sala se sucedieron algunas imágenes de las extremidades del cadáver de Mario.

—Nuestra primera hipótesis es que fue él mismo el que abrió la puerta a su agresor y se produjo un forcejeo —continuó Aguirre—. La cerradura no estaba forzada. Puede que lo conociera o que pensara que llamaba su hermana, o el repartidor, y abrió directamente.

En la sala, otro agente tomaba algunas notas. Era un hombre joven, castaño, de pelo claro y de rasgos delicados. Podría ser foráneo, o tener ascendencia extranjera. No se trataba de un compañero habitual de la Brigada, pero la comisaria de la división, Emilia Mendizábal, había decidido reforzar el equipo mientras se reincorporaba todo el mundo de sus vacaciones.

—¿Y por qué opción nos decantamos nosotros? —interpeló Julia, animando el debate y mirando de reojo al nuevo compañero.

—Hemos estado revisando el apartamento y el portal y hemos visto que la puerta de la calle está en la mayoría de las ocasiones abierta —apuntó Aguirre—. Puede que el agresor se dirigiera directamente al piso y a la puerta de la víctima. Y ahí fue él mismo el que abrió. Podría ser alguien que lo hubiera estado siguiendo, que lo conociera o se supiera a la perfección sus movimientos.

—De cualquier manera —cortó Beloki—, estamos trabajando también con la posibilidad de que hubiera más de un agresor. Se han encontrado huellas de pisadas correspondientes a tres números de pie distintos: el cuarenta y dos, el cuarenta y tres y el cuarenta y seis.

—¿Cuál era la talla de la víctima? —preguntó Julia.

—El cuarenta y tres.

Ella asintió y anotó algo en su cuaderno. El agente nuevo tomaba apuntes al mismo tiempo, aunque sin mediar palabra. La inspectora volvió a tomar la palabra.

—Entonces, trabajaríamos bajo el supuesto de una o dos personas que entraron a la vivienda. Pero ¿por qué?

—Estaban buscando algo concreto —afirmó Aguirre—. El apartamento estaba revuelto, aunque pusieron especial cuidado en aparentar que nada estuviera fuera de su lugar. Además, había varios objetos de valor intactos. Si el objetivo hubiera sido robar esa vivienda o cualquier otra, no habrían dejado ni el portátil, ni la tele ni esos pedazo de altavoces del salón. Mi cuñado tiene unos de la misma marca y valen una pasta.

A Julia le gustaban aquellas sesiones de tormentas de ideas. Le ponían las pilas. Se encontraba cómoda en el papel de facilitadora de la conversación.

—Vale, supongamos que entraron para llevarse el diario. Entonces, ¿por qué no esperaron a que él no estuviera en casa? ¿Para qué arriesgarse tanto? ¿Y por qué lo mataron?

Beloki y Aguirre callaron durante un momento, pensativos.

El chico nuevo, que había permanecido sin decir ni una palabra hasta ese instante, levantó el bolígrafo tímidamente para pedir la palabra. Julia le hizo un gesto con la cabeza para animarlo a hablar.

—¿Quizá porque se les fue de las manos...? —sugirió, casi pidiendo disculpas por lo que proponía.

«Ya han llegado los becarios de verano», pensó ella. Se compadeció de que aquel chico tuviera que arrancar su andadura en el cuerpo con un caso como este. Se podría decir que Pamplona era una ciudad tranquila y, desde luego, esta investigación tenía pinta de complicarse por momentos.

—Puede ser —respondió la inspectora educadamente, aunque algo decepcionada.

—Llevaban bridas —recordó Beloki—. Es decir, contaban con que la víctima estuviera en casa. Y también con reducirla.

—Pero no con matarla —señaló Julia—. El cuerpo no presenta heridas por arma blanca ni de fuego. Los hematomas del cuello de la víctima son marcas procedentes de ejercer presión sobre esa zona. Creo que se vieron obligados a improvisar. ¿Tenemos algo más por parte de los de la científica?

—Todavía no —respondió Beloki—, pero parece que entre hoy y mañana tendremos los resultados del análisis del móvil y del portátil.

—¿Qué hay de la declaración de la hermana?

—Poca leche —respondió, resignado, Aguirre—. Estaba muy nerviosa cuando llegamos a la escena.

—¿Y no hemos vuelto a hablar con ella? —se extrañó Julia. Ambos agentes negaron con la cabeza.

—Pues citadla para hoy mismo, cuanto antes. Después del funeral, de la conversación con Aitor Luqui y del tema de esos... papeles —la inspectora hizo un inciso al darse cuenta de lo rocambolesco de la historia—, necesitamos hacerle algunas preguntas.

La inspectora Arrondo reflexionó un instante y continuó hablando:

—Por lo que sabemos, Leyre Sánchez podría conocer la existencia del diario. Su hermano tenía la otra mitad de los papeles. Quizá pueda ayudarnos. El hecho de que hayan asaltado la casa de Mario Sánchez y la de Aitor Luqui con apenas unos días de diferencia no puede ser casualidad.

Se produjo un nuevo silencio.

—En mi opinión, esos números marcados en el antebrazo de la víctima son algo importante —continuó la inspectora—. Aitor nos habló de aquel lenguaje en clave que Mario inventó de crío. ¿Qué dice el informe del forense sobre esto?

—Al parecer, se los pudo hacer él mismo —afirmó Beloki—. La víctima era zurda y los números aparecían caligrafiados de manera precaria en su antebrazo derecho. Además, la tinta era reciente.

—Al lado del dormitorio hay una pequeña oficina con una silla y un escritorio —prosiguió Aguirre—. Es la parte de la casa más desordenada. Hemos encontrado archivadores, varios bolígrafos encima de la mesa y algunos más en el suelo. Además, en la papelera había restos de un papel que contenía cloroformo. La víctima pudo haber estado atada ahí bajo sumisión química mientras se producía el registro de su vivienda.

—El fallecido intentó enviar un mensaje antes de morir a una persona concreta con la que tenía un contacto muy esporádico —expuso Julia—. Quizá aprovechó un descuido de sus asaltantes durante el registro para grabarse aquellos números. De alguna manera, intuyó que estaba en peligro real de muerte y envió un aviso.

En la sala se produjo un brevísimo silencio.

—Otro aspecto llamativo es que el cadáver apareciera en la cama —añadió—. Si creemos que previamente estuvo atado a una silla, ¿por qué se tomaron la molestia de moverlo ahí? —reflexionó.

—Porque, si no llegan a ser tan chapuceros, podrían haber simulado una muerte natural —indicó Aguirre—. A la víctima se le paró el corazón por asfixia, pero hay restos de fibras en la nariz y la boca, lo que nos indica que pudieron utilizar una almohada para terminar con la «tarea». Quizá pensaron que de esta manera estaban a tiempo de simular un paro cardíaco limpiamente. La casa no estaba tan desordenada a la vista como para afirmar que alguien había entrado ahí.

—Entonces, o eran chapuceros, o les entró la prisa de repente —afirmó Julia.

—O ambas —añadió Aguirre.

—Está bien. Hablemos de nuevo con la hermana y veamos si podemos averiguar algo más. Yo me encargo de citarla. Beloki, por favor, avísame en cuanto tengamos los resultados de los dispositivos de la víctima. Aguirre, quiero que estés pendiente de cualquier cosa relacionada con el asalto al piso de Aitor Luqui o la vigilancia en Caparroso.

Ambos agentes asintieron.

—Por mi parte, anoche entregué los papeles del diario que recogimos en Caparroso a los compañeros que estaban de guardia. Los han derivado a los técnicos del Archivo General de Navarra para su análisis. En cuanto tenga noticias, os informo.

El agente más joven no perdía detalle de la conversación. Julia se percató de nuevo de su presencia.

—En cuanto a ti, necesito que hagas seguimiento de la documentación recogida en el despacho de la víctima. Ahora que tenemos parte de los papeles del diario, puede que ahí encontremos la otra mitad. Si no aparecen, podríamos pensar que eso fue lo que se llevaron.

El becario asintió, solícito.

—Todo el mundo a trabajar —dijo Julia, dando por concluida la reunión.

El nuevo agente fue el primero en abandonar la sala. Mientras el resto recogía, ella se quedó un momento pensativa.

—Por cierto, ¿alguien sabe cómo se llama el nuevo?

La llamada de la inspectora la pilló en mitad de un *briefing* con un cliente. Leyre estaba acostumbrada a ser una persona multitarea, pero aquella citación para acudir a comisaría la dejó un poco descolocada y no pudo concentrarse en los requisitos para la campaña de marketing durante el resto de la reunión. Había decidido volver a trabajar cuanto antes. La muerte de su hermano la había dejado muy tocada, y ella era de ese tipo de personas que, en lugar de ahogar sus penas en alcohol, drogas o cualquier actividad física, echaban horas a destajo para ahuyentar a los fantasmas. Al menos a los propios, porque «fantasmas» de otro tipo veía todos los días en su trabajo. El mundo del marketing es una gran mierda de purpurina, solía decir.

Mario siempre había sido como su hermano pequeño, por mucho que ella fuera la menor de los dos. Lo había protegido, cuidado y «adiestrado» socialmente durante toda su vida. Eso la había llevado a plantarle cara a mucha gente y a desarrollar su paciencia sobremanera. Cuántas veces había tenido que correr en el patio, sacarlo a empujones de casa, mentir a sus padres... Se había dejado la piel por él. En ocasiones, incluso de forma literal. Sentía que había dado el cien por cien por su hermano. Por eso había una parte de ella que se sentía crispada con él. No con su muerte, sino con su vida. Mario se había marchado y a ella no le había dado tiempo a vomitar todo lo que ahora se le quedaría dentro. Quería llorar, gritar, zarandearlo.

Y luego estaba el «otro» tema.

Sintió que le hervía la sangre. No era tristeza, sino una rabia profunda.

Leyre optó finalmente por disculparse de la reunión y salir cuanto antes para comisaría.

Que le zurzan al número de clics por impresiones, pensó.

La comisaria Emilia Mendizábal estaba contando las horas para el fin de semana. Aún era miércoles, pero casi podía oler la brisa del Cantábrico. El viernes arrancaban sus vacaciones y, por primera vez en muchos años, su marido y ella se iban solos. Sus hijos ya estaban en la universidad y aquel verano tenían sus propios planes. Ella aspiraba a pasar unos días en el apartamento del que disponían en Zarautz y luego recorrer toda la cornisa cantábrica hasta Galicia. No pensaba escatimar en gastos ni en txakoli.

Estaba en medio de estos pensamientos cuando la inspectora Julia Arrondo entró a su despacho sin llamar.

—¿Becarios de verano? —preguntó sin ni siquiera haber dado los buenos días—. Al menos podrías haberme avisado.

—Te hubieras negado igualmente —replicó con calma Mendizábal.

Julia apretó los labios.

—¿Lo ves? —dijo la comisaria.

La inspectora suspiró y se sentó en la silla de enfrente sin preguntar.

—No sé ni cómo se llama —murmuró.

—Víctor. Víctor Ozcoidi. ¿Qué más quieres saber? —respondió Emilia haciendo gala de su paciencia. La otra permaneció en silencio—. Julia, no puedes echarte siempre todo a las espaldas. —Su tono sonaba a reprimenda casi cariñosa—. Aguirre y Beloki son unos excelentes profesionales y te seguirían al fin del mundo, pero estamos en cuadro con las vacaciones, el caso está retorciéndose por momentos y la gente necesita ver a su familia —explicó la comisaria.

«Claro, porque todo el mundo tiene familia», pensó con ironía la inspectora.

Mendizábal pareció haberle leído el pensamiento.

—Quiero decir que todos necesitamos descansar y desconectar. Un poco de ayuda nunca viene mal. Y desde hace algún tiempo sé que tú no estás respetando tu propio descanso. Ya lo hemos comentado en más de una ocasión. Sabes que puedes cogerte unos días de permiso cuando lo necesites. Hace más de un año de…

—No te atrevas siquiera a mencionarlo —cortó Julia.

Mendizábal frenó en seco sus palabras. Negó un par de veces con la cabeza y levantó las palmas de las manos en señal de paz.

—Como quieras. No pienso mencionarlo. Sin embargo, si comienza a pasarte factura, ya no es solo cosa tuya, Julia. Por mucho que escondas algo, la realidad sigue esperándote. No puedes meter la mierda en un cajón para siempre.

—Lo último que necesito es un sermón condescendiente, Emilia. Estoy aquí porque quiero y porque me necesitas. Las dos ganamos. Tú tienes cubierto el verano y yo tengo la cabeza donde debe estar.

—Yo solo digo que…

La inspectora se levantó cual resorte de la silla, como si de repente le quemara.

A Emilia no le pasó desapercibido el detalle.

—Julia…

—Lo he puesto a cargo del análisis de los documentos del despacho de la víctima —cortó la inspectora, haciendo referencia al becario y yendo hacia la puerta—. Te mantendré informada.

Se oyó el ruido del portazo más alto de lo que habría deseado. La comisaria se quedó mirando la puerta vacía y tamborileando la mesa con los dedos. Conocía bien a la inspectora y tenían una buena relación. Además de ser compañeras, habían forjado algo parecido a una amistad a base de compartir experiencias y confesiones vitales entre zurito y zurito después del trabajo. Sabía que Arrondo era trabajadora y tenaz, pero muchas veces no se dejaba ayudar. En ningún plano de su vida, de hecho.

Mendizábal era consciente de lo que Julia había venido arrastrando durante los últimos meses. Por eso dejaba correr salidas de tono como aquella.

«Qué bien le vendría un txakoli a esta muchacha», pensó.

El color de aquel pelo era realmente curioso. Era una mezcla entre el naranja de la piel de un pomelo y el rojo que contenía su interior. Aguirre se sentía un poco hipnotizado por los destellos de esa cabellera. Le había llamado la atención cuando acudieron al apartamento de Mario y tuvieron que tomarle declaración, pero, con la luz del día, parecía refulgir todavía más. La puerta sonó un par de veces por cortesía y Julia entró en la sala en la que aguardaban Leyre y su compañero.

Aguirre agradeció que la inspectora llegara puntual y lo sacara de aquel estado de ensimismamiento cromático. Se sentía un poco culpable por mirar a una mujer así. Además, tenía mucho sueño. Si los gemelos no acababan con él, lo haría este caso.

—Gracias por venir —arrancó Julia sentándose—. Especialmente, por la prisa.

—No hay de qué —respondió Leyre.

—Es mejor que no nos andemos con muchos rodeos —dijo la inspectora—. ¿De qué conoce a Aitor Luqui?

Leyre elevó las dos cejas en señal de sorpresa. No esperaba que la conversación arrancase por ahí.

—Era amigo de mi hermano.

—¿Desde cuándo?

—Desde siempre —replicó ella—. Nos conocimos todos un verano en las colonias de Hondarribia. A partir de ahí, se hicieron superamigos y Aitor visitaba mi casa con frecuencia. Solía venir algunos fines de semana desde su pueblo para estar con Mario.

—¿Y sabe si llevaban mucho tiempo sin verse? —dijo Aguirre, sin querer dar importancia a la pregunta, mirando unos papeles que tenía encima de la mesa.

Leyre le lanzó una mirada envenenada, como si hubiera insultado la memoria de su hermano.

Él tuvo que volver a dirigir la vista a los papeles. No podía sostener aquellos ojos que le causaban atracción, temor y respeto a partes iguales.

—Creo que bastante —respondió, visiblemente molesta.

A Julia no se le escapó aquel detalle.

—¿Habían discutido? ¿Ocurría algo?

—No veo hacia dónde quieren ir —contestó Leyre.

—Nos gustaría conocer mejor la relación que había entre su hermano y Aitor Luqui —explicó Julia amigablemente—. Solo eso. En el funeral vimos una conversación entre usted y él en la que parecía muy afectado.

—¡Claro que estaba afectado! Aitor se enteró en ese momento de que mi hermano había sido... asesinado... —Una lágrima se alojó en el rabillo del ojo de Leyre al pronunciar esta palabra y la voz se le quebró un poco—. Llevaban tiempo sin verse, sí, pero para Mario era casi como otro hermano. Le tenía un cariño especial. Además, me imagino que Aitor flipó bastante viendo a Blanca y a Raúl en el funeral.

—¿Blanca y Raúl? —preguntó Julia.

—La chica rubia de ojos azules y el chico con gafas redondas y coleta que estaban en la puerta del cementerio. Estuvieron con nosotros en las colonias de Hondarribia ese verano —explicó Leyre—. Me consta que Aitor estaba pilladísimo por Blanca entonces y por lo que comprobé parece que no había vuelto a verla en todos estos años —añadió, sonriendo con tristeza—. Raúl, aparte de estar en las colonias, coincidió con mi hermano en el curro y últimamente se habían hecho bastante amigos.

Julia miró a Aguirre durante un segundo y su compañero supo leer sin duda lo que su jefa quería decirle.

—¿Podría proporcionarnos los datos de Raúl y Blanca? —pidió este.

—De Raúl sí que tengo el contacto, pero el de Blanca no.

—¿Sabe cómo se apellida?

—Sí… Pérez de Obanos, me parece.

—Perfecto —dijo apuntando algo en su libreta.

—¿Qué puede decirme del diario que tenía su hermano? —preguntó Julia, de repente.

—¿Qué diario…? —respondió Leyre.

—El diario de Martín Zarauz y Gamboa, de 1522. Los papeles que Aitor Luqui y su hermano descubrieron en las colonias.

—¿En serio? —contestó, incrédula—. ¿Qué quieren decir? ¿Que eso es real?

Julia y Aguirre callaron. ¿Ella no conocía la existencia de aquel diario? Parecía extraño, teniendo en cuenta la estrecha relación que mantenía con su hermano. La inspectora valoró durante un momento cuánta información podía y debía darle a aquella mujer.

—Siempre pensé que aquello era una fantasía adolescente o alguna coña entre ellos —continuó, negando con la cabeza tristemente—. Pero, por lo que veo, usted dice que eso no es así…

—Estamos aún haciendo algunas comprobaciones —intentó contestar Julia de la forma más ambigua posible.

—¿Han hablado con Aitor? —preguntó Leyre de pronto, sin poder fingir una mueca de desagrado.

—Eso forma parte de la investigación en curso y no podemos dar ese tipo de detalles.

Ella se mordió el labio y frunció un poco el ceño.

—Pues creo que deberían hablar con él —contestó, muy seria—. Estoy segura de que tiene mucho que decir.

—Gracias por la sugerencia. Así lo haremos si lo consideramos oportuno —respondió Julia de manera mecánica, aunque anotando en su cabeza aquel gesto de Leyre—. ¿Puede decirnos algo más acerca de ese diario?

—Últimamente estaba bastante pesado con ese tema. Sé que incluso visitó Hondarribia hace cosa de un mes. Al parecer había una exposición y mi hermano estaba muy intenso con ir. Me preguntó si podía acompañarlo, pero ese fin de semana me era imposible. Al final creo que fue solo.

—¿Una exposición? —preguntó Aguirre.

—El quinientos aniversario de alguna batalla o algo así —dijo Leyre encogiéndose de hombros—. El caso es que volvió como loco. Creo que iba a contarme algo en la cena... —añadió, con los ojos anegados en lágrimas.

—Como loco... ¿con qué? —apretó suavemente la inspectora.

—No lo sé. —Se derrumbó un poco más—. Miren, yo no sé si mi hermano tenía fantasías o pájaros en la cabeza, pero les prometo que era buena persona. Mario me dijo que el diario era real y que... —calló de repente, como avergonzada.

—¿Qué...?

—Que el tesoro existía —dijo, haciendo comillas en el aire con los dedos y rompiendo a llorar—. Por favor, cojan al hijo de puta que ha hecho esto. Pero no me digan que mi hermano estaba loco.

Hondarribia, 2 de agosto de 1992

Acababan de cruzar el ecuador de su estancia, pero parecía que hubiera pasado un mes desde la despedida de sus amigos y familiares en la explanada. Después del incidente con «Clara», la pandilla de Javier Ochoa, alias Bernardo, alias Berni, estaba más tranquila que nunca. Por todo el campamento había corrido el rumor de que el susodicho se había meado en los pantalones al ver el supuesto fantasma. La historia había ido saltando de boca en boca y cada uno le añadía su pequeño apunte personal para magnificarla, lo que iba conformando versiones cada vez más rocambolescas, aunque ninguna de ellas dejaba en muy buena posición al afectado.

Pese a ello, aquellos matones de poca monta parecían agazaparse en las esquinas, como alimañas en la oscuridad. Había una especie de calma chicha, una tranquilidad tan peligrosa que era capaz de engañar a cualquier grumete y, sin embargo, ponía en alerta a los más experimentados marineros. Mario, que había surcado mares y océanos de todo tipo, sabía que no podía fiarse de aquel ambiente cargado de hostilidad oculta. Así que, con su boli y tinta por escudo, iba bien armado a todas partes. A Aitor le producía una mezcla de ternura y desesperación lo orgulloso que su amigo estaba de su lenguaje «secreto». Apenas lo habían usado para pasarse alguna nota jocosa mientras los monitores contaban alguna anécdota o explicaban instrucciones de algún juego, y, en la mayoría de las ocasiones, Aitor no comprendía la mitad de lo que Mario quería decirle. Pero era su amigo. Y por eso le seguía la corriente con mucho cariño.

Mario, por su parte, también era capaz de ver otras cosas que su amigo no veía. Como que Blanca Pérez de Obanos cada vez se sentaba más cerca de ellos en el comedor. Los miraba más. Sonreía cada vez que Aitor pasaba a su lado e intentaba hacer que le tocara siempre en su equipo en cualquiera de las actividades que organizaban. Mario era el que llevaba gafas, pero el otro definitivamente tenía que revisarse la vista.

Durante esos días estaban preparando diversas manualidades que venderían en el mercadillo solidario del campamento. Se trataba de una jornada en la que la gente del pueblo se acercaba a ver las pequeñas obras de arte de aquellos niños y jóvenes y contribuía a la causa comprando algo. Había collares, pulseras, objetos hechos con barro... El dinero recaudado iba destinado a un proyecto social. Para el último día tenían programada una despedida con una cena especial y un baile al aire libre en la cancha de futbito. La confianza había ido creciendo y se veían claramente grupos de chicos y de chicas que cada vez cruzaban más risas y más miradas, como queriendo acelerar el proceso de acercamiento ante el inminente fin de estancia. Muchos de ellos estaban lejos de entender qué era aquello que sentían, pero se dejaban arrastrar por un torrente invisible atendiendo a su instinto. Porque así nos avisa la vida la mayoría de las ocasiones de lo realmente importante. Con fuerzas invisibles. O con hormonas.

Aunque durante el día gozaban de la playa o de excursiones, las noches venían marcadas por un componente mágico. Las historias de miedo que contaban los monitores en la arboleda habían tenido una protagonista indiscutible en las últimas jornadas. Y es que gracias al tirón del incidente con «Clara», la leyenda se había ido acrecentando. Sin importar el campamento al que hubieras asistido, aquel cuento era una constante siempre. Una niña que fallece en misteriosas circunstancias durante su estancia en las colonias y cuyo espíritu vaga por las noches. Para algunos, se tiró de la torre del pararrayos sonámbula; otros decían que se ahorcó con las cadenas del escudo de Navarra del edificio principal. Las distintas generaciones van dando su toque a la creencia popular y añadiendo su parte a la historia: que si aparece una pintada en una pared ha sido Clara; que si el trocito del mirador del jardín que permanece cerrado es su tumba; que si no haces tal cosa se te aparecerá por la noche... Toda una sarta de mentiras que contribuyen a echar a volar la imaginación, las bromas entre los mayores y el miedo entre los alevines del campamento.

Aitor y Mario escuchaban aquellas historias con cierto regocijo. Celebraban haber tenido la valentía para plantarle cara a Berni con una broma así de terrorífica. Sin embargo, la cosa cambiaba cuando se escapaban a hurtadillas por la noche a la biblioteca para repasar una y otra vez las hojas del diario. Cruzar los pasillos con nocturnidad y alevosía les infundía una mezcla de respeto, miedo y adrenalina. Aquella magia sí era real. Intentaban imaginar quién fue Martín Zarauz y Gamboa, qué tipo de aventuras vivió a bordo del barco del capitán Fleury y, sobre todo, dónde pudo esconder aquel botín. ¿Qué pasó con él? ¿De qué estaría compuesto? ¿Oro? ¿Piedras preciosas? ¿Seguiría oculto en alguna parte de Hondarribia?

Los minutos que empleaban en satisfacer su curiosidad por la noche les pasaban factura durante el día. Pero ese era un precio demasiado pequeño a cambio de la inmensidad del poder de su imaginación recorriendo los pasillos de las colonias y las olas del mar a bordo del mismo barco que Martín.

Sus pequeñas incursiones nocturnas pasaron desapercibidas hasta que, una noche, cuando Mario y Aitor se despedían en el pasillo para volver a sus respectivas habitaciones, no se per-

cataron de que un muchacho con el pelo recogido en una coleta los espiaba desde el baño gracias a una inoportuna necesidad de miccionar.

A Raúl le faltó tiempo para avisar a Berni de que no solo
las alimañas se movían por la noche.

Pamplona, 3 de agosto de 2022

Las cortinas no cerraban bien. No era ninguna sorpresa, pero aun así le tocaba muchísimo las narices. No recordaba haber estado en ningún hotel que tuviera persianas. ¿Por qué todos elegían poner cortinas?

Llevaba despierto desde que el sol había decidido colarse por la rendija de la tela y apuntarle directamente a la frente. Pero él estaba decidido a echarle un pulso y ver quién se rendía antes. Apretó fuerte los párpados para intentar ignorar la luz que ya llenaba buena parte de la estancia.

Nada. Lo único que conseguía era cargarse de tensión el ceño y ver unos pequeños destellos anaranjados cuando volvía a abrir los ojos.

Resignado, giró sobre sí mismo y observó el resto de la habitación. Olía a moqueta y a desinfectante para baños. Si hubiera tenido que elegir un adjetivo para describir la estancia, se habría decantado por «anodina». Colores neutros, grises. Olor a aburrimiento. Muebles baratos. Era algo de esperar, teniendo en cuenta que se encontraba en un hotel de un polígono comercial. Anoche no estaba para buscar exquisiteces. Solo quería llegar a un sitio limpio y seguro, darse una ducha y despertarse de aquella maldita pesadilla.

Antes de volver a lamentarse de su suerte, el teléfono vibró sobre la mesilla.

—¿Sí…? —respondió.

—Soy la inspectora Arrondo. Quería avisarte de que ya puedes volver a casa.

Aitor dio un respingo y se sentó en el borde de la cama. Temblaba como una hoja.

—¿De verdad…? ¿Y está todo… bien? —preguntó, indeciso.

—Puedes estar tranquilo. No hemos encontrado nada más allá del desorden. De todas formas, estaremos vigilándoos de cerca a ti y a tus padres mientras investigamos más a fondo.

A él se le hizo un nudo en el estómago.

—Bien…, vale —acertó a decir.

Julia sabía que aquello no lo dejaba tranquilo del todo.

—Aitor, estamos literalmente a tan solo unos metros si necesitas cualquier cosa. Además, me he encargado de que haya una patrulla cerca en todo momento, tanto para ti como en Caparroso.

Silencio.

—También… también tienes mi número —añadió ella.

Aitor se ruborizó.

Agradeció tener delante un minibar y no una persona.

—Claro, claro, gracias —respondió, poniéndose de pie y atusándose el pelo con nerviosismo— Bueno, pues, entonces, hablamos. Quiero decir que ojalá no hablemos. Pero porque sería por un buen motivo, no es que no quiera hablar contigo. Yo solo…

—Lo entiendo —respondió riendo Julia—. ¿Has podido descansar algo?

—La verdad es que sí —contestó tras pensarlo un par de segundos—. Creo que en cuanto me tranquilicé un poco caí rendido. No recuerdo ni siquiera haber hecho el check-in —confesó.

—Vaya, eso suena como una noche de juerga loca —bromeó Julia—. Espero que el minibar todavía resista.

—Aquí sigue, pero no prometo nada, aún no he desayunado.

—Pues que aproveche, te has ganado un par de cruasanes por lo menos —hizo una pausa—. Por favor, si encuentras algo extraño al volver a casa, avísanos, ¿vale?

—De acuerdo —contestó Aitor, algo más relajado.

—Estamos en contacto. Gracias.

Julia colgó y se preguntó por qué narices había dudado si darle su número personal.

La primera en llegar fue Blanca. Llevaba un vestido de tirantes color hueso con pequeñas flores amarillas bordadas. Mientras esperaba sentada en una silla de plástico azul, se abanicaba con un folleto turístico de la ría de Urdaibai que había encontrado en su bolso.

«Debería escaparme un finde de estos», pensó.

Aún no habían dado ni las doce y la previsión meteorológica decía que aquel día iba a superar la temperatura del núcleo de la tierra. Se preguntó si el aire en comisaría estaba estropeado o se trataba de una pequeña tortura intencionada para todos aquellos citados a declarar. Estaba inquieta. Tenía todo tipo de pensamientos intrusivos que no venían a cuento. Se preguntó cuánto tiempo más la tendrían en aquel pasillo. Su respuesta tardó apenas unos segundos en llegar, justo cuando Beloki hizo su aparición.

—Buenos días —dijo—. Por favor, acompáñeme.

El agente la guio hasta la misma sala donde algunas horas antes Aguirre había estado con Leyre. Mikel Beloki creía que los gemelos le estaban pasando factura a su compañero y no solo físicamente. El susodicho llevaba hablando de la hermana de la víctima toda la mañana. Se veía que lo hacía con una intención y una intensidad distintas a lo habitual y a lo requerido por el caso, aunque lo peor de todo era que ni siquiera

era consciente. Era obvio que aquella chica le había llamado la atención.

«Pobre —pensó Beloki—. No te queda nada», se dijo a sí mismo con ironía.

Él, sin embargo, estaba caminando al lado de una mujer rubia cuyos ojos aguamarina hacían girar la vista a más de un compañero en el pasillo. Era realmente guapa, de una belleza delicada. No obstante, Beloki se sentía feliz y aliviado a partes iguales por no mirarla de aquella manera. Él solo tenía ojos para su Nekane. Se sentía como los agentes que escoltan una obra de arte durante su traslado. Custodiando algo de incalculable valor que, en su caso, no sabía apreciar en su totalidad. Y eso parecía ser aquella mujer con pecas infantiles en la cara. Una pieza al alcance de muy pocos.

Esta vez era Julia la que esperaba dentro de la sala. Cuando Blanca y Beloki entraron, ella se levantó y le apretó con firmeza la mano.

—Gracias por venir.

—No hay de qué —respondió Blanca con una voz tan menuda como su cuerpo.

Julia entendió entonces el comentario de Leyre. Si aquella mujer que rondaba los cuarenta llamaba la atención de esa manera, daba por supuesto que durante su adolescencia y juventud tuvo que hacer estragos en más de un corazón. Y puede que incluso sin percatarse. No solo era bonita, sino que parecía un ídolo de oro. Tenía el pelo tan dorado y tan sedoso que Julia no pudo evitar llevarse la mano por instinto a su propia cabellera para atusarse los rizos. Ella no solía arreglarse mucho y menos últimamente. Iba de comisaría al box de *crossfit* y de ahí, a casa. Decidió que la semana siguiente iría a la peluquería mientras la invitó a sentarse.

—Supongo que la han puesto al corriente del motivo de nuestra llamada —dijo Julia.

Blanca asintió.

—En primer lugar, ha de saber que no está aquí en calidad de detenida ni investigada —soltó mecánicamente Beloki—. Estamos en medio de un proceso de investigación y creemos que usted podría colaborar con nosotros si responde a unas preguntas. ¿Está de acuerdo?

Blanca volvió a asentir. Se la veía muy poca cosa en aquella silla, ante la inmensidad de la situación.

—¿De qué conocía a Mario Sánchez? —preguntó la inspectora.

—Lo conocí en el verano del noventa y dos —respondió Blanca con timidez—, pero no volví a verlo hasta hace poco.

Julia le hizo un gesto para que continuara hablando.

—Coincidimos en una exposición en Hondarribia el mes pasado y fue él quien me reconoció. La verdad es que me alegré mucho de verlo.

—¿Acudió sola?

—Sí, yo participaba en una mesa redonda.

—¿Puede decirnos de qué trataba la exposición?

—Claro. Era con motivo del quinientos aniversario del asedio a la fortaleza de Fuenterrabía y la batalla de San Marcial.

La inspectora y el agente Beloki miraron con interrogación a Blanca y esta supo captar la indirecta.

—Es un asunto muy interesante y muy importante históricamente hablando. Al menos para mí —añadió, sonriendo con timidez—. Trabajo en GARNASA, el Gabinete de Arqueología de Navarra —explicó, orgullosa—. Me dedico a la conservación y la restauración. Trabajamos sobre todo para el Gobierno de Navarra, en concreto, para la institución Príncipe de Viana. Somos una de las empresas que el Gobierno subcontrata para apoyar en labores de restauración y conservación del patrimonio histórico. La exposición de Hondarribia era especialmente interesante porque se centraba en la batalla donde los navarros perdimos nuestra última salida al mar. Me invitaron a participar en una mesa redonda junto con un historiador que presentaba un libro sobre este tema.

En los ojos de Blanca se leía algo cercano a la pena.

Julia anotó algo con rapidez en su cuaderno y continuó hablando.

—Supongo que mantuvo algún tipo de conversación con Mario Sánchez en ese encuentro en Hondarribia. ¿Recuerda de qué hablaron?

—Sí, nos encontramos en la charla y luego fuimos a tomar algo juntos. Recuerdo que estaba muy contento y que se alegró mucho de verme. Me habló de que en los últimos años había entablado relación con Raúl, otro compañero de aquellas colonias. Era el chico que estaba conmigo en el funeral. Me sorprendió bastante verlo allí. Ha pasado mucho tiempo, pero sé que su grupo no se llevaba especialmente bien con Mario ni con Aitor —respondió con tristeza, sin levantar la vista.

—¿Se refiere a Aitor Luqui? —preguntó Aguirre.

—Sí.

—¿Qué puede decirnos de él? —preguntó Julia.

—¿De Aitor? Pues… que estaba muy unido a Mario —comentó Blanca con nostalgia—. Al menos durante aquel verano. Era la típica pareja de amigos que siempre estaban juntos, ¿saben? Se palpaba que aquella amistad era fuerte y verdadera. Eran muy buenos, no se metían en líos…

—¿Sabe cómo era su relación últimamente?

Blanca los miró sorprendida.

—No —respondió—. No había vuelto a ver a nadie desde aquel verano. Bueno, a casi nadie —dijo matizando sus palabras—. A Raúl, Aitor y Leyre no volví a verlos hasta el otro día en el funeral; hacía treinta años que no sabía nada de ellos… De no haberme encontrado con Mario en Hondarribia, ni siquiera hubiera reparado en su esquela… —añadió con tristeza.

—Antes ha dicho «a casi nadie» —se interesó Aguirre—. ¿A qué se refería?

—Bueno… Al cabo de unos años, volví a encontrarme con uno de los chicos del campamento y fuimos pareja durante un tiempo. —Sus palabras escondían un poso de amargura—. Tenemos un hijo, de hecho. Aunque ahora ya no estamos juntos —especificó.

—¿Le importaría indicarnos el nombre de su expareja?

—Sí, se llama Javier. Javier Ochoa.

Julia daba vueltas al café cortado de máquina con el palito de plástico. Estaba apoyada en la pared, con Aguirre al lado. Blanca había abandonado la comisaría apenas unos minutos antes, más tranquila y con la promesa de volver ante cualquier cosa que necesitaran en la investigación.

—¿Soy yo o todo esto empieza a oler un poco raro…? —comentó él.

—Sí… No sé qué puede ser, pero hay demasiadas cosas que convergen con aquellas colonias de mil novecientos noventa y dos —reflexionó Julia.

—La chica guapa terminó saliendo con el matón del insti —bromeó Aguirre—. Si es que siempre os llaman la atención los idiotas.

Ella le lanzó una mirada envenenada y le asestó un capón cariñoso.

—No te pases —dijo—. Aunque es cierto que, basándonos en el relato de Aitor, ese tío debía de ser un gilipollas integral.

A Aguirre le hizo gracia oír a su jefa hablando en aquellos términos. No era propio de su lenguaje.

—Bromas aparte, ¿qué opinas de Blanca? —preguntó Julia.

—No sé, pero es como si tuviera un nubarrón negro encima. Parece triste. Encima tiene un hijo con…

—No me refiero a eso. Me refiero a lo que ha dicho sobre su trabajo. Creo que puede servirnos de ayuda.

Aguirre la miró, inquisitivo.

—Se dedica a la restauración. Trabaja en Patrimonio. Quizá pueda ayudarnos a acelerar el proceso con el diario de Martín Zarauz y Gamboa. Además, si conoce a Aitor y a Mario, es probable que también pueda ayudarnos con el contexto. He pensado en llamarla para una sesión específica.

—Sí, creo que podría venirnos bien algo de mirada experta sobre esto.

—Perfecto. Entonces voy a citarla para mañana mismo. Para hoy todavía tenemos que hablar con el tal Raúl. Y Beloki me acaba de avisar de que ya tenemos el análisis de los dispositivos de la víctima.

Aguirre miró el fondo vacío de su vaso de plástico.

—¿Otro café? —dijo.

Víctor ya estaba allí cuando el resto del equipo entró a la sala de trabajo. Julia lo saludó amablemente con un gesto y se acercó.

—He estado hablando con la comisaria Mendizábal. Quiero disculparme por no haberte dado la bienvenida como corresponde. Estoy segura de que serás de gran ayuda en el equipo.

Aquel joven que apenas se acercaba a la treintena asintió, solícito.

—Gracias, inspectora —entonó al mismo tiempo.

Julia sonrió y se colocó en su lado de la mesa.

—Os prometo que hoy no nos alargaremos más de lo debido —comenzó diciendo—. Están siendo jornadas muy largas y es importante descansar y mantener la cabeza despejada.

Las palabras de Emilia Mendizábal habían hecho mella en la conciencia de la inspectora.

—¿Qué dice el informe de la científica sobre los dispositivos? —preguntó mirando a Beloki.

—Parece que estamos de suerte. —Aunque eran buenas noticias, su rictus casi siempre permanecía en idéntica posición—.

Por lo menos, en lo que al portátil se refiere. Hemos encontrado una carpeta con fotografías de las hojas del diario. Lo llamativo es que son bastante recientes, del último mes. Si Mario Sánchez las había conservado todo este tiempo, resulta curioso que decidiera tomar esas fotos hace poco. Eso denota un interés que al menos no había existido hasta ahora. La carpeta tenía un acceso con contraseña, lo que nos da pistas de que la víctima podría haber descubierto algo importante en aquellos papeles.

—¿Podemos enviar una copia a las restauradoras del Archivo General de Navarra? Están analizando la otra parte del diario, las hojas de Aitor.

Beloki asintió a la petición de su jefa.

—Necesitaría que nos enviasen desde allí fotografías de las cuartillas de Aitor para que podamos supervisar el diario al completo también aquí, aunque sea digitalmente. Trabajaremos en paralelo —dijo Julia pensando en Blanca.

Mikel Beloki anotó aquella petición en su libreta.

—El resto del portátil no presenta nada extraño en especial. Tenía instaladas algunas aplicaciones que se usan en el mundo del desarrollo de software, un editor de imagen y vídeo y poco más. Tampoco tenía vinculado su portátil con iCloud ni con WhatsApp. Eso quiere decir que no compartía fotografías, vídeos ni archivos entre dispositivos. Parece que era bastante escrupuloso con el tema de la seguridad digital.

—Hombre, con ese trabajo, seguro que era un friki de cojones —soltó Aguirre, sin pensar.

La sala se llenó de miradas reprobatorias y un silencio de dos segundos que pareció eterno. El tío estaba acostumbrado a utilizar ese tipo de lenguaje con su cuadrilla, pero cuidaba muchísimo las formas en el trabajo, al igual que el resto de sus compañeros. Era obvio que había sido un comentario sorprendentemente fuera de lugar, incluso para él mismo.

—Perdón —dijo, avergonzado, volviendo a mirar sus papeles.

El joven agente Ozcoidi se mostró tan sorprendido como divertido ante la salida de tono de su compañero. Parecía alegrarse de no haber sido él quien hubiera metido la pata.

Julia retomó la conversación.

—Entiendo que no se ha encontrado ninguna de las hojas del diario dentro de la documentación que recogimos en el despacho de la víctima, ¿verdad?

—Así es —contestó Ozcoidi—. No hemos encontrado ninguna de las hojas, ni en el registro posterior. Tampoco hay documentación que se refiera a ellas. Lo único que podría parecer relevante es un pósit con unos números —añadió.

—¿Qué números? —se interesó la inspectora.

Víctor proyectó desde su portátil una imagen de una notita amarilla que presentaba los siguientes números:

43220114915

En la sala se produjo un silencio. Casi se transparentaban los pensamientos de los agentes. Cada uno intentaba deducir un significado distinto. Si tenía algo que ver con el lenguaje en clave de Mario, no supieron verlo en ese momento.

—Bien —cortó Julia—. Quiero que investiguemos cualquier posible coincidencia con estos números: una contraseña, un teléfono, unas coordenadas… Contrastémoslo también con Aitor Luqui, por si pudiera darnos alguna pista. ¿Te encargas? —dijo mirando a Víctor, que asintió de nuevo—. Los papeles del diario que tenía Mario no aparecen. Podríamos pensar que el móvil fue el robo de esta pieza en ambos domicilios, solo que, en el caso de Aitor, los papeles estaban realmente en casa de sus padres. Necesitamos indagar más sobre su importancia. He invitado a una experta para que nos ayude mañana en una sesión. Se trata de Blanca Pérez de Obanos, la testigo que hemos citado hace un rato. Trabaja como conservadora y restauradora.

Los demás asintieron y anotaron algo en sus libretas.

—¿Qué tenemos sobre el teléfono móvil de la víctima?

—Para empezar, el registro de llamadas y el geoposicionamiento de los tres últimos meses —informó Beloki—. Hemos comprobado que, en efecto, estuvo en Hondarribia el fin de semana del dos de julio. Sobre las llamadas, no hay mucho movimiento. Algunas son a teléfonos que se corresponden con familiares: madre y hermana, especialmente; también otro número con alguna llamada esporádica que se corresponde con un tal... Raúl Alzórriz —leyó mirando el informe.

—Raúl Alzórriz es la persona que han mencionado tanto la hermana de la víctima en su declaración como Blanca Pérez de Obanos —intervino Aguirre—. Según lo expuesto por Leyre Sánchez, al parecer la víctima y Alzórriz habían entablado una amistad en los últimos años.

—Sí, Blanca mencionó ese nombre... y también Aitor Luqui. Pero ambos han hecho alusión a una supuesta enemistad en el pasado. Creo que deberíamos investigar más esto —propuso Julia—. Aguirre, Raúl Alzórriz llegará en breve. Te vienes conmigo a hablar con él. ¿Bien?

—Claro.

—Perfecto. ¿Hay algo más interesante sobre el móvil...?

—Hemos revisado su cuenta de WhatsApp y la de Telegram —prosiguió Beloki—. La víctima tenía un chat con Aitor Luqui que confirma que habían quedado para cenar a finales de julio, aunque la cita al final se pospuso y luego... En fin, ya sabéis. Hay un chat con su hermana, otro con Raúl Alzórriz y otro con algunas personas más, pero no hay nada que llame la atención en ninguno de ellos. Tenía un grupo con su familia y otro que se llama «Hacktivismo Iruña». Parece que se trata de un grupo de hackers éticos. Curiosamente, también está Raúl en él.

—Interesante. Por favor, tiremos un poco más de ese hilo —pidió la inspectora.

—De hecho, he ido un poco más allá.

Julia lo miró con cierta sorpresa y le hizo un gesto para que prosiguiera.

—Por norma general, en colectivos de este tipo se dedican a destapar vulnerabilidades de algunas páginas web que usamos con frecuencia. Parece que no lo hacen con mala intención, sino con el objetivo de que esa empresa u organismo sea consciente de la brecha de seguridad y la subsane cuanto antes. Por ejemplo, ya le han sacado los colores en alguna ocasión a la página web del ayuntamiento o al departamento de Hacienda del Gobierno de Navarra.

Beloki se tomó un momento para continuar.

—También organizan cursos y juegos de tipo *capture the flag* —añadió.

—¿Qué es eso? —preguntó Aguirre.

—Tengo amigos que han participado en alguna competición —intervino Víctor Ozcoidi—. Se trata de una especie de reto informático en el que hay que resolver algún desafío o conseguir algún código. Hay empresas, como Google o Facebook, que organizan sus propios juegos con el objetivo de detectar futuros talentos, aunque, por ejemplo, los compañeros de la Guardia Civil también organizan competiciones de este tipo.

—Lo interesante de todo esto es que se trata de un grupo de WhatsApp bastante «blanco» —prosiguió Beloki—. No hay ningún mensaje que llame en especial la atención, salvo uno que el propio Mario envió el dos de julio y fue eliminado después.

—Es el día que visitó Hondarribia —apuntó Julia revisando sus notas.

—Así es —continuó Beloki—. Ahí decía, textualmente: «Hola, compañeros, necesito ayuda con un tema. ¿Alguien puede echarme una mano para acceder al sistema de gestión de los archivos municipales de Hondarribia? También necesitaría acceso al Archivo de Simancas».

Un agente llamó a la puerta.

—Arrondo, preguntan por ti en la puerta. Un tal Raúl Alzórriz.

—Hablando del rey de Roma. Aguirre, vamos. Los demás, seguimos. Gracias.

Aitor asomó la nariz por la puerta de su casa. Como si de un sabueso se tratara, olfateó el ambiente y notó que aquel olor no era reconocible. Olía a extraño. A ajeno. Como cuando compras un coche que, aun sabiendo que el vehículo es tuyo, por el olor sigue siendo del concesionario. O del banco, según se mire.

Entrar y mirar todo aquel desorden no fue mucho más alentador. Llevaba la misma ropa que ayer y se sentía como si hubiera vuelto de una larga noche de marcha: desgastado, sucio y con muchas ganas de pegarse una ducha. Pero antes tenía que sentir que aquel baño era el suyo.

Sin quitarse la ropa, se enfundó unos guantes, buscó los productos de limpieza y comenzó a recoger y a limpiar toda la casa. No encontró nada raro ni echó en falta nada a simple vista. Cambió las sábanas, las toallas y hasta los trapos de cocina. Todo a lavar, a sesenta grados como mínimo. Después de afanarse un rato con la lejía, poniendo especial hincapié en el inodoro, reflexionó sobre si la persona, o las personas, que había entrado en su casa habría hecho uso de su baño. A uno, cuando asalta un piso, ¿le entran ganas de mear? ¿Y de cagar?

Por si acaso, le dio una segunda pasada.

Cuando terminó con el váter, se desnudó por completo y echó la ropa al cubo de lavar. Aquellas prendas le iban a traer recuerdos durante mucho tiempo, eso seguro. Se metió en la ducha y procuró buscar la temperatura óptima. Aunque fuera verano, él siempre se bañaba con agua muy caliente. Estuvo un rato bajo el chorro, sin pensar en nada, con el agua resbalándole por la cara y colándose por las dos orejas a la vez, provocando un ruido blanco que lo aislaba de todo y lo dejaba en un estado casi meditativo.

Al terminar se enfundó sus calzoncillos favoritos y, con el pelo aún húmedo, se dirigió a la cocina. Puso a hervir agua. No es que le apeteciera mucho tomarse una infusión con aquel calor, pero no tenía nada más fuerte en casa para aplacar los nervios. Mezcló las bolsitas de tila, hierba luisa y pasiflora en la misma taza, creyéndose un poco druida. Nada más sentarse en la silla, sus pensamientos estaban ahí enfrente, saludándolo con la mano y deseando saber qué tal.

Ese fue el momento exacto en el que se vino abajo.

Tocaba llorar, y lloró a mares. ¿Qué mierda estaba siendo todo aquello? ¿Por qué le parecía estar de pronto en medio de una película de acción, sin ni siquiera saber quiénes eran los malos o cuál era su papel en todo aquello?

Se sentía profundamente triste por Mario. También culpable, aunque no tenía muy claro por qué.

O, bueno, quizá un poquito.

«Si te duele, es que se está curando», oyó decir a su madre en la cabeza.

Y ojalá tuviera algo de razón, porque todo aquello dolía mucho. Muchísimo. También sentía miedo por sus padres, por él mismo. Se sentía desprotegido, a merced de una amenaza sin rostro y sin entender tampoco quién o quiénes podían estar detrás de aquello.

Dio un sorbo de la taza. Aquel mejunje estaba asqueroso.

Se secó las lágrimas y la devolvió llena al fregadero. Después fue hasta el salón arrastrando los pies y se lanzó boca abajo al sofá, dejándose caer como un saco de patatas.

Lloró un poco más, hasta que al cabo de unos minutos se le agotaron las lágrimas. Estaba muy muy cansado.

Entonces se giró, puso las manos detrás de la cabeza y cerró los ojos, intentando relajarse y organizar sus pensamientos.

«El tesoro existe», pensó. ¿Qué habías descubierto, Mario? Algo dentro de él hizo clic.

Puede que, en verdad, esas hierbas tuvieran algún efecto, aunque desde luego no sedante, porque repentinamente la cabeza se le volvió a activar. Lo estaba invadiendo una súbita energía, que llegaba atropellándolo todo como la caballería. Se sentía en deuda con Mario. Tenía que ponerse las pilas y cumplir con su promesa, al menos en lo que estuviera a su alcance. Ya no solo tenía un pacto con él, sino consigo mismo.

Sin saber muy bien por qué, se acordó de Julia.

Automáticamente, sintió palpitaciones un poco más abajo de la línea del ombligo.

Raúl tenía el típico tic que hace que no puedas dejar de mover una pierna. O las dos. Si a ello le sumamos que también se mordía las uñas, el cuadro con el que se encontraron Aguirre y Julia al llegar a la sala era parecido al de un niño que está en la cola para recibir una vacuna.

Raúl Alzórriz los miró con ojos de cordero degollado: brillantes pero, sobre todo, suplicantes.

—Buenas tardes y gracias por venir —saludó Julia sentándose a la vez que su compañero.

—Sí, hola —respondió aquel escupiendo un trocito de uña.

Aguirre siguió con la mirada la trayectoria de aquel residuo, que fue a parar a los pies de su dueño.

—En primer lugar, queremos comunicarle que usted se encuentra aquí en calidad de testigo y para colaborar con nosotros en una investigación —recitó Aguirre, intentando aplacar los nervios del invitado.

Él asintió con la cabeza y volvió a lanzar otro trocito de su ADN al suelo de la sala de interrogatorios.

—¿Cuál era su relación con Mario Sánchez? —preguntó Julia.

—Éramos amigos —respondió con tristeza.

—¿Se conocían desde hacía mucho?

—Sí y no... Nos conocimos un verano en las colonias de Hondarribia. Por aquel entonces yo era... un chaval distinto. No congeniamos mucho de buenas a primeras, la verdad. Pero años más tarde coincidimos en la universidad, estudiamos la misma carrera. Ahí comenzamos a hablar un poco. En los últimos años nos había tocado trabajar en la misma empresa, aunque en departamentos distintos.

—O sea que es informático —dijo Aguirre.

—No exactamente —matizó Raúl—. Soy arquitecto de software. Cuando la gente piensa en un informático, por norma general no conoce todo el espectro de perfiles que trabajamos en este mundillo.

—Ajá —respondió Aguirre, al que ese nivel de detalle parecía sobrarle—. Decía, entonces, que había trabajado con Mario Sánchez.

—Así es —prosiguió, un poco más afectado—. Era una gran persona y un excelente profesional. Lo admiraba mucho. La mayoría de lo que he aprendido en los últimos años ha sido gracias a él. Estamos... Estábamos trabajando juntos para construir la nueva carpeta de salud del Gobierno de Navarra.

—¿Compartían algún otro tipo de afición o se veían fuera del trabajo? —preguntó Julia.

—Sí, desde hace un par de años solíamos quedar habitualmente para cenar o tomar algo.

—¿Nada más? —preguntó Julia.

—¿A qué se refiere…? —respondió, huraño.

—¿Le suena de algo Hacktivismo Iruña?

Raúl valoró cómo responder.

—No pienso responder a esa pregunta —dijo mirando hacia otro lado.

A la inspectora y a su compañero les sorprendió aquel cambio de tono.

—Le recuerdo que usted está aquí en calidad de colaborador, de testigo. Pero eso puede cambiar en cualquier momento si vemos los indicios suficientes —informó Julia.

Raúl atacó la poca uña que le quedaba en el dedo anular y suspiró profundamente antes de contestar.

—Somos una asociación sin ánimo de lucro, un grupo de activistas interesados por la tecnología, internet y la cultura libre. Aunque hay un sector de la sociedad que nos ve como delincuentes.

Aguirre parpadeó.

—Prosiga —le indicó Julia.

—En realidad, no hay mucho más —confesó Raúl—. Puede que de vez en cuando nos hayamos metido en algún lío para intentar llamar la atención sobre nuestro propósito, pero nunca nada de lo que tengamos que avergonzarnos. Organizamos quedadas, debates, hackatones… Y la verdad es que en los últimos años se están sumando muchos jóvenes —dijo, orgulloso—. Mario formaba parte del grupo, al igual que yo.

—¿Le habló él en algún momento de un diario o de unos papeles antiguos…?

Raúl se subió sus gafas redondas con el dedo índice a una altura apropiada para su nariz aguileña.

—No, no sé de qué me está hablando —respondió, aparentemente sorprendido.

—¿Le mencionó algo acerca de un lenguaje en clave con números?

—¿Cómo?

Raúl parecía descolocado con aquellas preguntas. Julia decidió entonces sacar la artillería pesada.

—Hemos tenido acceso a una conversación de WhatsApp en la que Mario solicita ayuda a usted y a sus compañeros para acceder a una serie de archivos históricos.

Raúl se quedó perplejo durante un momento. Puede que estuviera procesando el impacto de darse cuenta de que la policía había tenido acceso real a sus conversaciones, pero también fueron unos segundos preciosos que arañó para aparentar cierta tranquilidad.

—En ese grupo tratamos temas muy diversos y los compañeros a veces piden ayuda para preparar ciertos ejercicios. No sé si están al corriente de que organizamos concursos que sirven para captar talento. A veces incluso en colaboración con los cuerpos y fuerzas de seguridad del Estado.

Julia supo que había tocado hueso. No podían pinchar más por ese lado o corrían el riesgo de que Raúl decidiera levantarse e irse por donde había venido.

La inspectora optó por cambiar de dirección.

—La mujer con la que estaba en el funeral…

—¿Blanca?

—Blanca Pérez de Obanos. ¿Qué relación tiene con ella?

—Ninguna —respondió con rotundidad Raúl—. La conocí en el mismo campamento que a Mario, pero no volví a verla hasta el día del funeral. Nos sorprendimos mucho al encontrarnos allí. Ella me comentó que había coincidido con Mario hacía poco y yo le expliqué que habíamos estudiado juntos y ahora éramos compañeros de trabajo. Me alegré de verla. Recuerdo que traía locos a la mitad de los chavales de las colonias —añadió, sonriendo con tristeza.

Julia escribió algo en su cuaderno.

—¿Qué me dice de Aitor Luqui?

—¿Qué quiere que le diga? —preguntó Raúl, a la defensiva.

—¿Cuál es su relación con él?

—La misma que con Blanca: desde aquel verano en las colonias, ninguna. Bueno, y durante ese verano tampoco es que tuviéramos mucha.

—Siga, por favor —apretó Aguirre.

—¿Qué más quiere que le diga? ¡Si no había vuelto a verlo en treinta años! Mario lo idolatraba, eso sí. Fueron muy amigos hasta la universidad y luego me consta que se distanciaron… Sé que lo echaba en falta y a menudo intentaba quedar con él, pero no se veían mucho. —La voz de Raúl ahora tenía un tinte de reproche.

Julia percibió ese tono y decidió apretar un poco más.

—Ha dicho que no congeniaron demasiado en ese campamento —comentó.

Raúl miró con los ojos como platos a la inspectora e, inmediatamente después, con cierta ira.

—¿Se da cuenta de que me está preguntando por un verano de chiquillos de hace treinta años? ¿No es absurdo? —escupió con rabia.

—No para nosotros si nos resulta relevante para la investigación —respondió con total calma.

Raúl resopló por la nariz antes de continuar hablando.

—Miren, por aquel entonces yo no era la persona que soy ahora… No sabía muy bien a qué árbol arrimarme y casi siempre terminaba acercándome a las personas más inadecuadas. En aquellas colonias yo me junté con algunos chicos a los que les gustaba meterse en líos…

—¿Habla de Javier Ochoa? —preguntó Aguirre, sin pestañear.

Aquello fue como un cubo de agua fría para Raúl. Lo dejó realmente descolocado.

—¿Cómo saben…?

—Eso no importa —cortó Julia.

Él agacho la cabeza y volvieron los ojos de cordero degollado. Parecía estar rememorando una época muy oscura de su vida.

—Sí… Javier Ochoa —repitió despacio—. Aquel sí que no era trigo limpio… Y yo… Yo fui un imbécil.

—¿Por qué dice eso?

—Pues porque lo que iba a ser una chiquillada estuvo a punto de convertirse en un gran disgusto. Primero nos obligó a abandonar a Aitor Luqui en una cueva en la playa, pero a Mario… a Mario casi le dan una paliza de muerte —dijo con la voz rota.

—¿Cómo que «casi»?

—Se podría decir que yo lo salvé… Pero en realidad él me salvó a mí.

Hondarribia, 3 de agosto de 1992

Mario entró corriendo al edificio desde la explanada. Soplaba un aire algo fresco y estaba empapado en sudor. El grupo al completo estaba jugando con los monitores en la zona de la arboleda y, cuando alguien caía eliminado, debía subir a la habitación para aligerar el turno de duchas. De esta manera iban controlando el flujo de personas en el baño y ganaban tiempo de cara a la cena.

Al entrar por la zona de recepción, Mario se fijó en que la puerta del comedor estaba entreabierta. Pensó que era una buena ocasión para colarse un momento y ver qué había en el menú para aquella noche. Sin pensarlo dos veces, cruzó el umbral. En el extremo opuesto a donde él se encontraba había una gran puerta de madera, oscura y antigua. Tenía detalles en forja de hierro y siempre permanecía cerrada, principalmente, por dos motivos: el primero era que tras ella se hallaba el ábside de una antigua capilla y todavía se conservaban allí el altar, el sagrario, una vidriera y hasta una figura de un cristo crucificado. El segundo era que lo que un día fue el centro de aquel lugar de culto hoy se utilizaba para almacenar botes de tomate frito, macarrones y melocotón en almíbar. Las decenas de niños y jóvenes que acudían quincenalmente a las colonias habían hecho que cualquier despensa del edificio se quedara pequeña. Por eso, los gestores del campamento habían decidido con buen criterio primar la alimentación del cuerpo a la del alma. Así que, de un plumazo, cerraron la capilla, la convirtieron en comedor y el ábside quedó como despensa.

Todo esto se reducía a una simple anécdota al lado de lo que contemplaban los ojos de Mario. La enorme puerta de madera estaba abierta y, en su interior, Raúl Alzórriz engullía galletas con una devoción digna del mejor feligrés. Estaba sentado en el suelo, con las migas cubriéndole parte de la camiseta y del pantalón, y debió sentir algo parecido a una presencia divina, porque en aquel momento se giró y dejó de masticar.

Mario se quedó paralizado y, para cuando el cerebro envió el mensaje a las piernas, Raúl ya había cruzado toda la estancia como una exhalación y de sus bolsillos se cayeron sendos paquetes de sobaos pasiegos de los que muy probablemente iba a dar cuenta más tarde.

—¿Qué coño estabas mirando? —le espetó, amenazante, agarrándolo de la camiseta, antes de que Mario pudiera dar dos pasos atrás.

—Eh… Nada. Solo he entrado para ver qué había de cenar.

Raúl miró a aquel retaco. Le pareció tan inofensivo como un ruiseñor, pero no podía fiarse. Estaban amonestados por el incidente de la punta de Biosnar y a la próxima se iban para casa. Eso no podía ocurrir. Iba a proferir el primer insulto cuando, de repente, se le ocurrió otra estrategia. Puede que se viera influido por alguna especie de fuerza benevolente procedente del ábside o que sintiera que tenía controlada aquella situación. El caso es que Alzórriz le soltó la camiseta y decidió recorrer un camino antes intransitado para él: el de la sinceridad.

—Ya… Perdona, tío. Es que tenía mucha hambre y me he asustado —dijo.

La cabeza de Mario cortocircuitó con aquella inesperada respuesta.

—Vale, no pasa nada —contestó, atusándose las arrugas que le había dejado Raúl en la camiseta.

Silencio.

Mario se giró sobre los pies para salir de allí cuanto antes, pero oyó a Raúl continuar hablando.

—En mi casa nunca desayuno como aquí.

Otro silencio.

Él estaba de espaldas. Valoraba qué hacer. Era su momento para salir de allí, escapar del peligro y que todo quedara en una desafortunada anécdota. Sin embargo, las fuerzas divinas procedentes de la despensa o algún impulso telúrico le hicieron quedarse allí, quieto.

—¿Y eso por qué? —le preguntó, girándose de nuevo para verlo cara a cara.

En todos los días que llevaba allí, nunca se había parado a mirar con tanto detenimiento ni tan de cerca el rostro de alguien. Raúl llevaba el pelo recogido en una coleta, grasiento. No supo decir si se trataba de un exceso de sebo o una dejadez de higiene personal. Además de aquel pelo lacio, tenía las cuencas de los ojos algo hundidas. Parecían profundas y tristes. De cerca, se notaba que tenía una cara huesuda y misteriosa, como si hubiera vivido mil batallas que solo él conocía. Era alto y desgarbado, pero, sobre todo, delgado.

—No podemos permitirnos muchos lujos —respondió Raúl, algo avergonzado—. Mi madre trabaja en la cooperativa y limpiando casas, así que normalmente tengo que hacerme cargo de mis hermanos pequeños. Ella es la que hace la compra casi siempre y solo compra sobaos para nuestros cumpleaños —añadió, recogiendo uno de los paquetes del suelo.

Con aquel comentario, el corazón de Mario transitó del miedo a la pena y de ahí, de repente, sin saber muy bien por qué, a la compasión.

—¿Y tu padre?

—Es mejor cuando no está en casa —replicó amargamente.

A él no se le escapó el gesto de respuesta involuntario del otro, que se retorcía las manos y se tapaba algunas cicatrices superficiales. Decidió compensar la situación con algo.

—Escucha, Raúl. No tienes por qué preocuparte. No voy a decir nada.

Él lo miró con una cara mezcla de sorpresa y extrañeza.

—En mi casa pusieron un candadito en el armario de las galletas porque las devorábamos —dijo riendo—, así que en realidad tampoco podía probarlas. De lo contrario, Leyre terminaba comiéndoselas ella solita. No estamos tan lejos —dijo para intentar animarlo.

Raúl Alzórriz sintió una punzada en el estómago y supo que aquello no era hambre. Sabía a remordimientos. Aquel chaval parecía tener un alma de oro. Lejos de odiarlo o de estar asustado por lo que les habían hecho a él y a Aitor, ahí estaba, de pie, enfrente, asegurándole que no se iba a chivar. Y lo peor de todo es que era cierto. No pensaba ni remotamente hacerlo.

Pero él sí que se había chivado. Pensó en el aviso que había dado a Berni la noche anterior cuando los vio volviendo a hurtadillas a sus habitaciones desde la biblioteca.

Sintió otro pinchazo. Esta vez, más fuerte.

Lomo con patatas y un huevo frito. El comedor al completo parecía estar encantado con aquella cena. A Aitor no se le escapaba que Mario llevaba dos minutos pintando su plato con la yema del huevo, intentando hacer dibujitos con aquella tinta naranja. Se imaginó que no tendría hambre, pero, en realidad, su amigo pensaba en cómo sería vivir en una casa sin galletas, pero con cicatrices. Raúl Alzórriz se había desnudado el alma delante de él. No podía comprender a qué se debía aquel cambio en la dirección del viento, pero lo había dejado totalmente descolocado. Lejos de alegrarse por no haber recibido un tortazo o una amenaza, Mario estaba triste. Triste por aquel chaval de ojos hundidos que ahora lo miraba de vez en cuando desde la mesa de los matones.

En su extremo del comedor, Raúl había dado buena cuenta del lomo, las patatas y el huevo. Y había repetido. Pero se sentía vacío. Y las punzadas en el estómago continuaban. Sabía que no era ninguna gastroenteritis, porque no se encontraba mal ni había ido al baño. Solo le sobrevenían cuando miraba o pensaba en Mario.

Se sintió como una mierda.

Mientras, a su lado, el cerebro de Javier Ochoa daba vueltas a cuál podría ser la mejor estrategia para aquella noche. Raúl les había comunicado que Mario y Aitor andaban a hurtadillas por los pasillos de madrugada, y, para cualquier cazador, la oscuridad siempre es una ventaja. Berni tenía claro que ellos estaban detrás de la jugarreta de Clara y proponía coger al enano de Mario al fondo del pasillo, cuando Aitor ya hubiera entrado a su habitación y él tuviera que recorrer los últimos metros solo. Podían esperar detrás de una esquina y asaltarlo entre dos o tres. A partir de ahí, solo había que subir por el tramo de escaleras que daba acceso a la torre. El primer rellano era el sitio perfecto para desquitarse con una buena somanta de palos. Por ahí solo pasaban los técnicos de electricidad. Hacían bromas sobre quién y cómo atacaría qué extremidad. Para cuando llegó el postre, Raúl Alzórriz ya no tenía hambre.

Pero sí un plan.

Aquella noche, Mario y Aitor retrasaron un poco su incursión nocturna. Berni, Alzórriz y otro chaval llamado Pedro aguardaban detrás de una esquina, intentando aplacar su estado de sobreexcitación. El subidón era mucho más potente que el miedo a ser descubiertos. El mayor peligro era que las habitaciones de los monitores estaban cerca, pero a aquellas horas todo el mundo dormía profundamente. Cuando percibieron los primeros pasos, se pusieron en alerta. Oyeron a Aitor despedirse de Mario y entrar a su habitación. Era cuestión de un par de metros más. Tenían que esperar unos segundos para que su presa pasara a la altura de donde se encontraban y arrastrarlo hacia las sombras. Raúl volvió a sentir aquella punzada. Pero esta vez supo qué era lo correcto.

Justo antes de que Berni diera la señal, emitió un grito que inundó todo el pasillo.

—¡Mario, corre!

Y el susodicho, que tendía a paralizarse, localizó el origen del sonido y corrió en dirección opuesta. Bajó las escaleras a toda prisa y se refugió en el comedor. Cerró la puerta tras de sí y se puso en cuclillas, con la cabeza entre las rodillas, respirando con fuerza.

Desde aquella posición oyó un murmullo y unos ruidos de pasos en el piso de arriba.

—¿Qué está pasando aquí? —dijo un monitor bastante cabreado.

Raúl no volvió a comerse un huevo frito hasta los diecinueve años. Pero tampoco a sentir punzadas así.

Pamplona, 4 de agosto de 2022

Julia se despertó veinte minutos antes de que sonara la alarma. Le fastidiaba sobremanera aquel capricho de su ciclo de sueño. Era un tiempo demasiado corto como para volver a dormirse y demasiado largo como para quedarse en la cama mirando al techo. Aun así, decidió concederse unos minutos antes de ir al baño.

La luz iba ganando terreno de manera suave, impregnando la estancia de tonos dorados. Los débiles rayos que se colaban por la ventana reflejaban las motitas de polvo que bailaban lentamente, suspendidas en el aire. Esos días estaba haciendo tanto calor que había tenido que dormir con la ventana abierta. Se trataba de raras excepciones en el verano de Pamplona. Menos mal que por las noches la temperatura descendía de forma considerable. El fresco que se colaba ahora a través de las rendijas de la persiana le acariciaba los dedos de los pies, que reaccionaban con un movimiento perezoso, enredándose en unas sábanas todavía calientes.

Lo cierto es que arañar aquellos inesperados minutos al día le hacían apreciar una calma y una tranquilidad en el ambiente casi mágicas. Le gustaba el sonido que se colaba por la ventana al amanecer. Vivía en una calle peatonal y apenas oía el tráfico. A cambio, contaba con ambientación de trinos, escobas madrugadoras que rasgaban el suelo y la cafetera de algún vecino que le había tomado la delantera para estrenar la mañana. Una orquesta sincronizada a la perfección que escuchaba desde la cama, al cobijo de unas sábanas limpias, en la grada prémium de todo aquel improvisado concierto.

El olor a café ajeno comenzó a colarse en su casa y el despertador sonó, dando por finalizado el misticismo del momento y devolviendo a Julia a la vida terrenal.

«Solo un minuto más», pensó.

Todavía tenía la impresión de que debía hacer tiempo antes de entrar en la ducha, de que aquel no era su turno. Cuando vivía con Dani, él siempre se levantaba primero y a ella no le importaba quedarse remoloneando un ratito más. Le gustaba despertarse con él y verlo alejarse hacia el baño, con el pelo revuelto y sin camiseta. Entonces apenas llevaban un par de años casados, pero sentía que vivía en una luna de miel continua. El amor y el deseo por su marido eran tan gratificantes que se sentía plena. Lo hacían todo juntos.

Por eso, cuando todo se fue a la mierda, a Julia le costó mucho romper rutinas y volver a crearse unas propias. Nadie te prepara para vivir en pareja, pero tampoco te avisan de que también tendrás que aprender a vivir sin ella.

Se hizo un ovillo con la sábana e intentó alejar esos pensamientos. Había pasado más de un año, pero todavía no había logrado desprenderse de su olor. Con Dani había vivido escenas de película, aunque nunca creyó que la última sería un auténtico drama.

Apretó los párpados. No quería volver a revivirlo. No quería acordarse.

Pero nunca funcionaba.

Su mente volvió al día en el que todo cambió. A ella acababan de trasladarla a la Brigada de Delitos contra las Personas. Él estaba de patrullero. Se habían conocido en el trabajo y, pese a que nadie daba dos duros por su relación, ambos apostaron fuerte y lo consiguieron. O al menos eso creía ella.

Un día en el que él tenía turno de noche, Julia salió a tomar algo con unas amigas. Una de ellas se estaba divorciando y todas habían hecho piña para animarla a dar una vuelta y tomar una copa. Normalmente no frecuentaban aquel barrio, porque apenas había un par de bares y estaban repletos de personas bastante más mayores, pero por una amiga se va directa hasta el peor tugurio.

Lo reconoció entrando a un portal.

Estaba agarrando a una joven rubia por la cintura.

Podría haber elegido cualquier momento, cualquier día, a cualquier hora. Pero Dani escogió entrar en aquella casa y Julia lo vio. Él, por el contrario, no tuvo la suficiente vista como para saber que, en un lugar como Pamplona, tarde o temprano todo se termina sabiendo. Siempre hay alguien que conoce a alguien o un encuentro fortuito en una esquina o en un semáforo.

Aquella noche el divorcio de su amiga quedó en un segundo plano.

Lo siguiente que recuerda son lágrimas, alcohol y una baja de una semana en el trabajo.

Él no lo negó. Es más, se sintió liberado. Y aquello fue el fin de la película que Julia se había montado en la cabeza. No es que su historia no tuviera un final feliz, es que sentía que la habían dejado inconclusa. Las cosas no se hacen así.

Le costó mucho dinero en terapia e infinitas salidas al monte para volver a respirar y hacerse dueña de su cuerpo. A los pocos meses, su amiga Elena ya había superado el divorcio y había vuelto a encontrar pareja. Le hablaba de miles de aplicaciones para ligar: Tinder, Plenty of Fish… Sin embargo, para aquella la clave había sido apuntarse a salsa. Todo el mundo sabe que las clases de salsa son el Tinder en versión física. Siempre están repletas de hombres y mujeres en sus treinta o cuarenta y tantos que buscan el roce y el amor entre la rueda cubana y el perreo. Y, oye, muchas veces es cierto. Ahí mismo lo encuentran.

Julia no quería saber nada de aplicaciones ni de bailes. Ella odiaba bailar. Así que canalizaba su energía a través de las clases de *crossfit*. Quizá aún tenía el corazón descompuesto, pero pensaba fortalecer todo lo que pudiera la coraza que lo envolvía a base de *burpees* y dominadas. El sudor le sentaba bien. La hacía descansar mejor y volver a recuperar su figura. Afortunadamente, tenía una constitución envidiable y siempre estuvo delgada, aunque prefería verse en forma, algo más atlética. En el box sabía que, pese a su edad, acaparaba alguna mirada de chicos más jóvenes. Sin embargo, el típico espécimen de gimnasio no era santo de su devoción. Los veía como cruasanes, con los brazos hinchados, como cangrejos gigantes con camisetas de tirantes de licra y pequeñas patitas.

Y así fue como, sin darse cuenta, por fin se había creado su propia rutina, lejos de bailes, cangrejos y bares de copas de viejos.

El despertador volvió a sonar y esta vez salió de la cama como un resorte.

Tardó dos bostezos en llegar al baño. Se miró al espejo y descubrió una manchita nueva en la cara. Era minúscula, a la altura del pómulo derecho. Podría ser el nacimiento de una peca o algún tipo de marca del sol. Suspiró. Últimamente, cada vez que se ponía frente al cristal y se miraba más de diez segundos, descubría algo nuevo. Le quedaba poco más de un año para llegar a los cuarenta y tenía la sensación de que comenzaba a sentirse una extraña en su propio cuerpo. Eran indicios apenas visibles para los demás, pero para ella suponían una breve decepción cada mañana.

A veces pensaba que Dani no solo se había llevado por delante su relación, sino gran parte de su autoestima.

«Que le den», zanjó.

En la ducha, volvió a hacer un repaso mental del caso. Tenían muy poca información sobre lo que pudo ocurrir en el piso de Mario y en el de Aitor. Todo parecía apuntar al robo del diario en ambos domicilios como el posible móvil de uno o más asaltantes, pero ¿por qué? ¿Y por qué ahora? ¿A quién podría interesarle algo así? Sus esperanzas estaban puestas en la sesión que tenían hoy para investigar más a fondo aquellos papeles y su significado. Había invitado a Blanca Pérez de Obanos como experta y a Aitor como… ¿como qué? Sabía que lo necesitaba cerca porque podía ser de ayuda y eso bastaba. También sabía que la comisaria Mendizábal pensaba que no se dejaba ayudar.

Pues así mataba dos pájaros de un tiro.

Pero no podía evitar sentirse extrañamente culpable.

Nada más llegar se reunió con sus compañeros. Los agentes Mikel Beloki, Pablo Aguirre y Víctor Ozcoidi repasaban con atención los principales puntos del caso mientras esperaban a que llegaran Blanca y Aitor. Dejaban de lado de forma consciente cualquier detalle relacionado con el estudio del diario para abordarlo junto a la experta. A las nueve y media en punto, la susodicha hizo su aparición en la sala acompañada por un agente y, cinco minutos más tarde, llegó Aitor.

La cara que pusieron ambos quedará para el recuerdo. Julia se había encargado de citar a Blanca para aquella sesión y Beloki había pedido a Aitor que pasara por comisaría para echarles una mano con algunas preguntas sobre el diario. Ninguno de los dos sabía que el otro estaría ahí. Y, por lo que leyeron en sus ojos, los dos se alegraron de verse.

Mucho.

La inspectora decidió arrancar la sesión cuanto antes.

—En primer lugar, gracias a todos por venir. Hoy contamos con la participación de Blanca Pérez de Obanos en calidad de colaboradora de la investigación como técnica superior de Restauración de Bienes Muebles. Blanca trabajó en el Archivo General de Navarra y en el Taller de Arqueología del Gobierno, aunque actualmente cuenta con su propia empresa, que proporciona este mismo tipo de servicios. Está especializada en documentos y textil, así que puede sernos de gran ayuda.

Los presentes asintieron.

—También se encuentra con nosotros Aitor Luqui, que, como bien sabéis, está involucrado en la investigación por diversos motivos. Está aquí en calidad de testigo y puede aportar datos de relevancia al tratarse de la persona que encontró y ha custodiado el diario todo este tiempo.

Aitor pensó que la parte de «custodiar» más bien aplicaba a sus padres. Se acordó entonces de que no los había llamado desde la visita con los agentes a Caparroso y se sintió fatal. Se prometió a sí mismo que lo haría después.

—Hemos pedido a las personas que están analizando el diario en el Archivo General de Navarra que nos envíen unas fotos en alta calidad para investigar desde aquí en paralelo. Son las hojas que Aitor Luqui tenía en su poder. Como sabéis, se desconoce el paradero de las de Mario Sánchez, pero creemos que es lo que entraron a robar en su domicilio, con el desenlace que todos conocemos.

Se hizo un breve silencio en la sala y las caras de Blanca y Aitor dibujaron una mueca de tristeza.

—Sin embargo, disponemos de unas fotografías de las hojas de Mario que hemos extraído de su ordenador. Encontraréis unas copias del diario al completo en alta resolución en el dosier que tenéis delante —indicó Julia— Por favor, tomaos unos minutos para poder analizarlas.

Blanca abrió rápidamente el portadocumentos. La cara se le iluminó mientras pasaba las hojas con celeridad y palpaba aquellos folios como si fueran los papeles originales. Aitor, en cambio, movía las hojas despacio, como evitando a conciencia recordar su contenido. Julia, mientras tanto, fue encendiendo el proyector.

25 de noviembre de 1522

Cayeron desde el cielo dos enormes tormentas sobre nuestros navíos que rompieron la mayor del barco de Fleury y mermaron en salud y en número a nuestra tripulación. Pudriéronse víveres y viandas y algunos temieron por el éxito de nuestra empresa, siendo pocos los días que restaban para la arribada a puerto. Prometió el capitán Fleury terminar nuestra travesía victoriosamente, mas algunos de los marineros a bordo, con Diego de Vera a la cabeza, urden estratagemas bajo la sombra de la conspiración para acallar la vida del capitán si no cumpliera con su palabra.

Pidiome Diego de Vera asimismo la potestad para entregar el botín de Juanes de Azcue a su madre bajo el pretexto de ser parientes, mas, sabiendo que dicha afirmación no añade sino sospecha de querer convertirse en amigo de lo ajeno, niégome en rotundo. A sabiendas quedo de que mi cabeza y mi honor penden ahora del filo del cuchillo de Diego.

Rezo a Dios pidiendo su protección para las largas noches a bordo y le ruego que muestre el camino de la rectitud a Diego de Vera.

MARTÍN ZARAUZ Y GAMBOA

8 de diciembre de 1522

Atracaron dos navíos de Fleury en el puerto de Biosnar con fecha de 8 de diciembre, marchando los restantes rumbo a la Rochela. Requiriose a la tripulación por parte del capitán que recogiese su parte del botín y deseoles buena ventura y pacífica entrada en la villa.

Oyen algunos marineros de la boca de un pescador que esta sigue en guerra. Siendo grande mi temor a un asalto por parte de las tropas imperiales, y conociendo las verdaderas intenciones de Diego de Vera con el botín de Juanes de Azcue, escribo estas líneas para que a buen puerto lleguen sendas partes del susodicho.

Hago saber que estas palabras deberán ser recogidas por aquellos de mi nombre o los de Juanes de Azcue. Encontrarán en estas líneas el sentido y el permiso para dar con mi botín y el de Juanes, bajo juramento de que cualquiera de las partes deberá descansar en las arcas de la familia que corresponda. Que Dios nos guíe en una llegada sin percances a Fuenterrabía y que a buen recaudo lo guarde mi señora. Que su luz ilumine el camino de la rectitud y del bien.

MARTÍN ZARAUZ Y GAMBOA

Tras varios minutos y cuando la inspectora Arrondo se percató de que Blanca dejaba de anotar cosas en su bloc, le dio la palabra.

—Es increíble —dijo la chica, visiblemente emocionada—. Parece auténtico. Aun sin tener el documento delante, se aprecia con claridad que se trata de papel de trapos, típico de esa época. Esas rayitas en forma de trama de cruz son marcas del cedazo. Tiene una filigrana que habría que analizar con más detenimiento para poder ubicar su procedencia, pero necesitaría usar el negatoscopio…

Julia, Aitor y los demás parecían absortos, encandilados por la precisión de unas palabras que desconocían, pero que estaban seguros de que aportaban el significado adecuado: aquel documento era real.

—Parece que goza de muy buen estado de conservación —indicó Blanca—. Aitor, ¿dónde estaba guardado?

—Cuando lo encontré estaba en una botella de vidrio sellada con cera, en una cueva en la playa de la punta de Biosnar. Después de las colonias, ha estado en un clasificador de plástico durante todo este tiempo.

Víctor miró a ambos lados de la mesa y por un momento pensó que todo aquello podía ser una novatada.

—La punta de Biosnar —repitió Blanca haciendo memoria.

Aitor asintió.

Ella se quedó un momento mirándolo fijamente, aunque no lo veía a él, sino el recuerdo de lo que ocurrió ese día en la playa. Con un leve movimiento de cabeza, se sacudió aquellos pensamientos y se esforzó por enfocarse en el análisis del documento.

—Eso explicaría por qué llegó casi intacto hasta nuestros días. Por suerte, la tinta de aquella época suele ser metaloácida, una mezcla de mineral de hierro y goma arábiga, lo que hace que sea impermeable. Cualquier otro documento no habría aguantado el paso de los años en una cueva al lado del mar.

Los allí presentes miraban la pantalla como si estuvieran viendo un emisario del pasado. La atmósfera de la sala estaba llena de una especie de respeto ancestral, algo similar a cuando entras en una imponente iglesia.

—En cuanto al contenido, parece que se trata del diario de viaje de un joven hondarribitarra que escapó del asedio de las tropas castellanas —continuó Blanca—. Son cinco relatos datados entre septiembre y noviembre de 1522, correspondientes a la travesía que realizó en barco. En aquella época, Hondarribia estaba sitiada por castellanos, navarros y franceses, por lo que no debía de ser fácil ser alguien en edad de luchar.

—Creo que necesito algo más de contexto —pidió el agente Ozcoidi.

Blanca asintió e hizo un gesto con la mano, como disculpándose. Después, tomó aire con fuerza.

—¿Conocen la historia del emperador Moctezuma?

Los presentes en aquella sala parecieron contestar con confusas miradas al unísono.

—Bien, como saben, alrededor del siglo xv se produjo lo que denominamos la era de los descubrimientos. El viaje de Cristóbal Colón prendió la mecha de todo lo que vino después: rutas marítimas con las Américas, un incipiente comercio con Asia… Pero en la carrera por las riquezas del Nuevo

Mundo los españoles no estaban solos: portugueses, ingleses, holandeses y franceses también querían apuntarse a la fiesta. En 1519, Hernán Cortés llegó a México-Tenochtitlán. Todos hemos oído hablar de la fama de los conquistadores españoles. Al principio, el emperador azteca Moctezuma II intentó oponer algo de resistencia. Luego optó por sobornarlos con oro, aunque, finalmente, aquello fue su perdición, ya que despertó la codicia de los invasores y un auténtico baño de sangre. En aquel expolio, Cortés se hizo con un botín nunca visto hasta la fecha: se habla de toneladas de oro, plata, joyas, piedras preciosas, plumas, escudos decorados… Se dice que las carabelas que embarcaron rumbo a España con el botín transportaban incluso varios jaguares y unos huesos de gigante que hoy se cree que quizá fueran de dinosaurio o de mamut. Se supone que este tesoro iba a parar a las arcas de Carlos V, aunque no fue del todo así.

Blanca detuvo un momento su narración y miró con satisfacción las caras de aquellas personas que escuchaban atentamente. Aquel relato le apasionaba y parecía surtir el mismo efecto en el resto de los presentes.

—Como les decía, nuestros vecinos franceses también pugnaban por su trocito del pastel. Y aquí es donde comenzamos a atar cabos con el documento que tenemos delante. El capitán Jean Fleury, mencionado en el diario, era un marinero que navegaba con patente de corso: es decir, un pirata. Fleury oyó hablar del gran tesoro de Cortés y trazó un plan. Asaltaría aquellos barcos a la altura de las Azores, pero, para ello, necesitaba una gran tripulación. La encontró precisamente en Hondarribia, donde, aprovechando la batalla que estaban librando, muchos no dudaron en huir con él en busca de un destino mejor. Se dice que Fleury logró embarcar a casi doscientos jóvenes de la localidad con la promesa de volver colmados de riquezas. Y parece que Martín de Zarauz y Gamboa fue uno de ellos.

Los ojos de Aitor brillaban. Habían pasado treinta años y, de repente, aquellos papeles cobraban sentido. Recordó a Mario emocionado, leyendo en la biblioteca de las colonias durante las noches del campamento. Habían encontrado un tesoro en sí mismo y no lo sabían. Todos sus planes. El pacto de no separarse nunca y de volver a por el botín cuando fueran mayores y nada ni nadie los parara, cuando pudieran y supieran descifrar los secretos de ese diario de letras alargadas y esbeltas. Dos chavales de once años con un trocito de historia en sus manos. ¿Y qué había sido de su propia historia? Mario lo había necesitado y él... Tragó saliva y una lágrima le recorrió la mejilla. Rápidamente, se la secó con el dorso de la mano.

Blanca pareció leer aquel pensamiento.

—Aitor... Esto es muy gordo. Mario y tú teníais en vuestro poder algo valiosísimo. Hay mucha leyenda en torno a un supuesto tesoro oculto en Hondarribia, pero los historiadores siempre las han tachado de cuentos. Por primera vez, parece que esto puede que no sea así.

Las preguntas comenzaron a brotar de la boca de varios agentes.

—Pero... ¿qué pasó con el tesoro? —preguntó Aguirre, que parecía un niño queriendo conocer el final de un cuento de aventuras.

—¿Qué ocurrió con Martín? —quiso saber Julia, pisando la pregunta de su compañero.

—No se sabe —contestó con cierta tristeza Blanca—. La mayoría de los marineros que volvieron a Hondarribia lo hicieron con su parte del botín y puede que este haya pasado de generación en generación en las familias o que lo intercambiaran en su día por dinero o bienes. Es muy difícil de rastrear, aunque la leyenda dice que hay una parte del tesoro todavía sin encontrar, escondido en la localidad. El relato de Martín podría ir en esta línea —dijo, mirando a Julia, en contestación.

—¿Qué leyenda? —preguntó la inspectora.

—Parte de la exposición del quinientos aniversario de la batalla de Hondarribia recogía las historias paralelas de la localidad en torno a su relación con el mar. Una de ellas es esta, la de jóvenes marineros que escapaban por el puertucho de Biosnar buscando una vida mejor y volviendo con riquezas..., algunas todavía escondidas en los alrededores de la localidad. No sería de extrañar que, teniendo en cuenta la invasión, Martín muriese antes de cumplir con su cometido y dejase una fortuna escondida en algún lugar.

—La exposición... —murmuró la inspectora en voz alta—. ¿No fue allí donde coincidió con Mario Sánchez?

—Así es —contestó Blanca—. Me extrañó mucho que se interesara por aquello. Pero ahora todo empieza a cobrar sentido...

—¿Y nunca le habló del diario?

—No —contestó con rotundidad.

Julia reflexionó un momento.

—Creo que parece que hay algunas piezas que van encajando —dijo a sus compañeros—. El móvil del robo del diario cobra fuerza. Mario había descubierto algo, justo antes o durante la exposición.

Aitor recordó la insistencia de su viejo amigo para quedar a cenar un par de semanas antes de su asesinato. El estómago le dio vueltas.

—Me... me llamó para cenar varias veces —dijo Aitor, cabizbajo—. Y yo lo estuve postergando... Creo que quería contarme que... —Otra lágrima le brotó de la mejilla—. Todo esto es culpa mía —confesó, rompiendo a llorar.

A Julia se le encogió un poco el pecho. Sentía mucha lástima por él.

—¿Por qué dices eso, Aitor?

—Porque me alejé de él cuando más me necesitaba —sollozó—. Nada de esto habría ocurrido si yo no hubiera sido tan imbécil —dijo, extendiendo la mano para coger el paquete de pañuelos de papel que le acercaba Aguirre.

Julia le hizo un gesto para que continuara.

—Mario me confesó hace años que yo le gustaba. Bueno, que había sentido algo por mí siendo más críos —explicó mientras se sonaba la nariz—. Al principio me quedé descolocado. Ni siquiera reaccioné mal. Simplemente, me alejé de él. No sé por qué me comporté así. Supongo que me asusté. Él insistía mucho en que había sido una tontería adolescente, que le había costado mucho darse cuenta de lo que le pasaba y admitirlo y que solo quería que fuéramos amigos. Pero yo terminé buscando excusas para evitar verlo.

Blanca lo escuchaba boquiabierta. Agachó la cabeza.

—Nunca debí darle la espalda así. Lo dejé solo simplemente porque no supe cómo gestionar todo aquello. Y ahora… —Volvió a sonarse la nariz, con un breve hipido—. Ahora ya es tarde —concluyó, mirando su pañuelo.

Blanca continuaba cabizbaja. En la cara había dibujada una expresión de profunda tristeza.

—Lo que le ha ocurrido a Mario no es culpa tuya, Aitor —replicó Julia—. Ojalá podamos ofrecer respuestas pronto. Sé que estás pasando por mucho, pero intenta no echarte esto encima también.

Se produjo un breve silencio. Él asintió.

Beloki intervino con su racionalidad galopante.

—Vamos a ver —dijo en voz alta, aunque como para sí mismo—. Volvamos un momento a donde estábamos. Entonces, ¿esto es algo así como la búsqueda del tesoro? —preguntó, escéptico.

—Es la búsqueda del asesino —corrigió Julia, seria—. Aunque algo me dice que ambas partes están conectadas. Alguien sabía que Mario tenía el diario en su poder y lo consideraba valioso. No sabemos qué puede haber más allá de eso. Nuestra prioridad es atrapar a esa persona, no jugar a ser Indiana Jones.

Víctor miraba a ambos lados de la sala, estupefacto. Si este era el tipo de casos que se iba a encontrar en su día a día, el trabajo parecía de todo menos aburrido.

Blanca consultó de nuevo el dosier y tecleó algo rápidamente en su móvil.

—Diego de Vera… —murmuró—. Sí, aquí está. Sabía que el nombre me sonaba de algo. Fue alcalde de Hondarribia tras el asedio.

—Los políticos llevan siendo políticos desde que la historia es historia, ¿verdad? —reflexionó Aguirre con ironía.

Toda la sala se giró para mirarlo con cierto desasosiego, como esperando una disculpa por haberlos sacado del trance histórico con una broma poco graciosa.

—Deberíamos preguntar a la organización de la exposición, por si tuvieran más datos —sugirió Beloki.

Julia asintió.

—¿Te encargas? —le pidió.

Acto seguido, la inspectora dio por finalizada aquella sesión y el agente Mikel Beloki asumió que aquel año no iba a pisar la arena de la playa ni un día.

El ser humano tiene una tendencia innata a mitificar cosas. Creamos catedrales que funcionan como estadios de fútbol y estadios de fútbol que funcionan como catedrales. Lugares de culto. Personas de referencia. Dioses de nuestros tiempos. Muchos de ellos son fruto de la sobreexposición mediática; otros, simples mortales a los que nosotros mismos hemos otorgado una posición divina porque nos resulta cómodo, porque mientras haya alguien a quien adorar habrá alguien en quien fijarse. Y eso evita que el resto de las miradas caigan sobre uno mismo. No vaya a ser que, si nos miramos dentro, se nos termine de fastidiar el día.

Aitor también mitificaba personas, aunque no fuera del todo consciente. Por ejemplo, estar comiendo ahora mismo delante de Blanca Pérez de Obanos le producía la misma sensación que si hubiera ganado un *meet and greet* con los mismísimos Radiohead. Aquella semana se estaba convirtiendo en una nebulosa. Estaban pasando demasiadas cosas. Una bomba de carga emocional que iba a terminar por aplastarle completamente las entrañas. Porque, si no era por sustos, sería por las propias mariposas que sentía ahora mismo mirando a aquella mujer.

Habían salido de comisaría acompañados por un agente, casi en total silencio. La inspectora había entregado una copia de las fotos del diario a Blanca para que lo estudiara mejor. Recorrieron el pasillo dejando atrás una estela de cavilaciones sobre lo ocurrido en aquella sala. Barcos, galeones, marineros, piratas, un diario y un tesoro. En Hondarribia. Y su amigo, que ya no estaba.

¿En qué momento el mundo se había puesto patas arriba?

Al llegar a la salida, Blanca le preguntó si tenía hambre. Y Aitor, que se había cogido un par de días en el trabajo para sobrellevar la concatenación de sustos, dijo que sí. Pero en su fuero interno sabía que no se habría perdido esa comida por nada del mundo. Cogerse un día de vacaciones bien valía una comida de dos horas con Blanca Pérez de Obanos.

Caminaron unos minutos hacia el Segundo Ensanche, un barrio tranquilo y repleto de comercios donde convivían bares y restaurantes de toda la vida con otros más recientes. Se decidieron por La Bankada, un sitio pequeñito, con comida tradicional, pero con un estilo muy desenfadado.

Un camarero con más tinta en la piel que los propios calamares que llevaba en el plato les ofreció sentarse en la terraza. El restaurante solo contaba con tres mesas en el exterior y, aunque hacía calor, la temperatura a la sombra era bastante agradable. Había muy poca gente por la calle. Durante la segunda quincena de julio, Pamplona suele quedarse huérfana y parecía que aquel año la gente no se decidía a volver a la ciudad.

La comida no tardó en llegar. Unas endivias con queso y nueces para compartir, arroz de sepia y gambón para ella y raviolis cuatro quesos al gratén para él, con ración extra de nervios.

Blanca estaba radiante. Al menos, a ojos de Aitor. Sus movimientos eran sutiles y esbeltos, como si estuvieran perfectamente coreografiados. Sin embargo, la luz que desprendía estaba envuelta por un velo de tristeza y una especie de rubor, de ese que solo está presente en los primeros encuentros.

Por su parte, Aitor trataba de improvisar su propio baile, aunque era consciente de que cada respiración, cada frase y cada sorbo estaban medidos. Su principal objetivo era mantener una compostura algo maltrecha por culpa de un revoltijo de emoción, pena y cansancio. A todo esto había que sumarle la tensión de no querer meter la pata con nada.

Si lograba terminar aquella comida sin tirar la copa de vino, sería todo un éxito.

Los dos hablaban con timidez, aunque animadamente. Tenían muchas ganas de saber el uno del otro.

Durante el paseo habían estado comentando lo loca que se les figuraba aquella situación. Llevaban treinta años sin verse y el destino les había preparado una semana llena de desdicha por una enorme pérdida y repleta de adrenalina por todo lo demás.

—Me he quedado tocado de verdad con toda esta historia —dijo Aitor jugueteando lentamente con el tenedor y un ravioli—. Cuando Leyre me avisó de que Mario había... fallecido —prosiguió, si bien todavía le costaba pronunciar esa palabra en voz alta—, creí que eso iba a dejarme hundido durante varios días... Pero es que ni siquiera me ha dado tiempo a estar triste —confesó—. Claro que he llorado, pero entre lo de mis padres, lo de mi casa y lo del... diario...

Blanca lo miró con ternura y sintió el impulso de poner la mano sobre la de él.

Él sintió un escalofrío eléctrico por toda la espalda cuando lo rozó con la yema de los dedos.

—Es normal..., ¿sabes? Cuando recibimos noticias de este tipo, lleva su tiempo procesarlas —respondió con cierto pesar.

Aitor la miró y entendió que aquellas palabras encerraban algo más que nostalgia, aunque no le hizo falta preguntar.

—Hace muchos años que perdí a mis padres —explicó ella—. Murieron en un accidente de tráfico. Siempre he creído que no merece la pena estar demasiado tiempo enfadada con alguien, porque nunca sabes lo que va a pasar. Ellos me habían retirado la palabra un tiempo antes porque me quedé embarazada... y no supieron gestionar que no estuviera casada.

A Aitor aquella información le cayó como un jarro de agua fría.

—¿Tienes un hijo? —preguntó, sorprendido.

—Sí, se llama Aritz y ya tiene dieciocho años —contestó, orgullosa—. Acaba de marcharse a Chicago. Este año empieza la universidad y va a estudiar Biología. El curso comienza en un par de semanas, el pobre estaba bastante nervioso. Además, estos últimos años no han sido nada fáciles... —Blanca hizo una pausa. Sabía que la cara de Aitor pedía respuestas a gritos y ella sentía la necesidad de abrirse con alguien—. ¿Por dónde empiezo? —dijo sonriendo con tristeza.

—Por el principio —pidió él.

Julia masticaba un sándwich de jamón y queso en la salita que tenían dispuesta para el café. Aguirre y Beloki la acompañaban con sendos manjares recolectados de la máquina expendedora. Una ensaladilla rusa de cuestionable aspecto y un sándwich de beicon y queso, respectivamente. Una luz fría y zumbadora caía desde el techo unida al monocorde silbido del frigorífico, junto al fregadero y una pequeña encimera de Silestone gris. Sillas de plástico, ventanas medio tapadas con estores descoloridos, paredes de gotelé amarillento. La comisaría era un ambiente enriquecedor, animoso, vibrante.

—No sé cómo puedes comerte eso. He visto autopsias con mejor pinta —dijo Beloki mirando el pequeño envase de su compañero con mayonesa y tropezones de «algo».

—A ver si tú crees que lo tuyo es secreto ibérico —le contestó.

Beloki miró con rictus impasible a su compañero. Aguirre era algo bocazas a veces, pero también una buena persona. Se lo imaginó yendo de vacaciones con su familia, parando en un área de servicio y pidiendo aquella ensaladilla rusa por puro placer.

Julia estaba sonriendo. Aquellas pequeñas bromas le entretenían y decían mucho del carácter de sus compañeros. No podía imaginarse trabajando con otras personas ahora mismo.

—¿Y qué dice la jefa, que está ahí callada con otro miserable sándwich? —la picó Aguirre.

—Escucho vuestra conversación. Creía que ibais a acabar apostando algo —contestó riendo—. Oye, te tengo dicho que no me llames jefa —añadió, propinando un empentón cariñoso a su compañero.

—Podríamos apostar sobre el supuesto tesoro. ¿Qué me decís? ¿A qué os suena todo esto? —replicó riendo.

La inspectora y Beloki reflexionaron un momento en silencio.

—No creo que una historia así pueda ser cierta —reflexionó el colega—. Las leyendas son leyendas. No es que ponga en duda los hechos históricos; me refiero a que no creo que un tesoro pirata exista ni haya estado escondido durante quinientos años. Y menos en Hondarribia —añadió con una mueca que intentaba asemejarse a una sonrisa—. No me parece que sea un escenario de cuentos de piratas.

Julia dio otro bocado al sándwich, pensativa. Se retiró un mechón rizado que le caía sobre la frente, apoyó la mano en la mejilla y suspiró.

—No lo sé —dijo por fin—. En esta profesión hemos visto de todo. Es cierto que parece totalmente irreal, pero, al fin y al cabo, con tesoro o sin él, parece que ese diario sí que tiene interés en sí mismo. Vamos a ver si conseguimos avanzar con algo de información de Blanca o de las técnicas del Archivo y si la vía de los organizadores de la exposición nos da alguna otra pista. Siento como si estuviéramos desenterrando unos huesos que no nos van a llevar a ningún sitio. Lo único que espero es que no haya más gente en peligro.

Aguirre suspiró, cabizbajo, contagiado por aquel espíritu plomizo.

Julia se dio cuenta e, inmediatamente, se arrepintió de haber compartido esa reflexión. No podía permitirse arrastrar a su equipo a aquel pozo de negatividad.

—Pero, oye, si encontramos un tesoro, no pasa nada si ya de paso nos quedamos con algunas monedillas, ¿no? —dijo bromeando.

Sus compañeros sonrieron.

De vuelta en la sala, se encontraron con Víctor, que ya estaba allí. Julia se sintió mal por no haberlo avisado para ir a tomar algo. No había caído en la cuenta. Al salir de la sesión anterior iba absorta en sus pensamientos. Se había despedido de Blanca y Aitor en el pasillo y, por un momento, había deseado ser ella la que estuviera saliendo por la puerta para acompañarlo a él a comer. Por la razón que fuera, aquel chico, su forma plana de ser, su torpeza y su sensibilidad la hacían estar cómoda con él.

Decidió concentrarse en lo que tocaba para ahuyentar cualquier tipo de pensamiento intrusivo poco profesional. ¿Qué coño le estaba pasando?

Encendió el proyector a toda prisa.

—¿Dónde nos hemos quedado? —preguntó a su equipo.

Tras unos primeros minutos comentando la información histórica que les había proporcionado Blanca, acordaron que Beloki se desplazaría a Hondarribia al día siguiente.

—¿Sabemos algo más acerca de la documentación recogida en casa de la víctima? —preguntó Julia mirando a Víctor.

—Tengo algo que podría ser interesante —anunció—. He cotejado los números del pósit buscando posibles coincidencias. Aitor Luqui afirma que no reconoce ningún mensaje en clave a partir de esas cifras. En cuanto a otras opciones, existe una correspondencia con un número de teléfono en Austria, aunque lo principal es que se trata de las coordenadas exactas del santuario de Guadalupe, en Hondarribia.

Julia contuvo la respiración por un segundo. Los ojos le centellearon. Sintió un chute de energía repentino que la hizo inclinarse hacia delante.

—Repite eso —pidió.

Víctor sintió como si tuviera el peso de una gran responsabilidad sobre los hombros recitando de nuevo aquellas palabras.

—Digo que coincide con las coordenadas del santuario de Guadalupe. Es una ermita que se encuentra situada en el monte Jaizkibel, en Hondarribia.

Julia miró a sus compañeros, que a su vez la miraban interrogativamente.

—Beloki, avisa al contacto de la Ertzaintza. Salimos cagando leches para allí.

La sobremesa se les había quedado corta y habían estirado un poco más tomando el segundo café en un bar de al lado. Aitor intentaba digerir lo que Blanca acababa de contarle. Lo más impactante no era que tuviera un hijo. Lo realmente increíble era que el padre de la criatura fuera el mismísimo Javier Ochoa. Berni. El puto Javier Ochoa, que reaparecía como un fantasma treinta años después para volver a fastidiarlo. Aunque sorprendido, Aitor tenía claro que el damnificado de aquella historia no era él mismo, sino la propia Blanca. Jamás habría imaginado que el destino se portaría de manera tan cruel con alguien.

Al parecer, ella se despidió de aquel verano en las colonias como cualquier otra chica. Mantuvo algunas amistades durante algún tiempo y, al cabo de seis o siete años, coincidió con Berni un día de Sanfermines.

Él iba con alguna copa de más. Ella también.

No supieron muy bien cómo ocurrió, pero aquel día amanecieron juntos y para finales de ese mes ya habían comenzado a salir.

Por aquel entonces ella estaba estudiando Historia del Arte en la universidad. Él trabajaba en un taller de coches a las afueras. Los padres de Blanca nunca terminaron de ver con buenos ojos aquella relación. Tampoco que su hija hubiera elegido aquella carrera. Ella podía aspirar a mucho más en ambos casos. Así, la relación entre padres e hija se fue deteriorando conforme se iban estrechando los lazos con Berni. Un día, Blanca se quedó embarazada. No fue algo deseado ni planificado. Sus padres, que simpatizaban con el Opus Dei y colaboraban con la obra, no recibieron la noticia con alegría. Es más, le retiraron la palabra. Un crío fuera del matrimonio era ya el colmo.

Blanca, que llevaba toda la vida esforzándose por ser la hija perfecta, decidió enfrentar aquel órdago y levantar otro muro de silencio por su parte. En cuanto a Berni, hizo lo propio de una persona de su calaña: al enterarse del embarazo, la abandonó. Ella nunca se habría imaginado ser madre joven y soltera, pero la vida le repartió aquellas cartas y decidió continuar con la mano. Al cabo de solo un par de meses llegó el colofón de la debacle: sus padres murieron en un accidente de tráfico y se llevaron consigo cualquier oportunidad de reconciliación y condenaron a Blanca a la culpa eterna.

Decidió que el niño que estaba esperando se llamaría Aritz, «roble». Un árbol fuerte que echaría raíces en su vientre y la sostendría en pie. Los siguientes años no fueron especialmente bonitos ni fáciles, pero, poco a poco, logró salir adelante gracias a la ayuda de una tía materna y algunas amigas. Aritz y su madre continuaron su andadura felices, en sintonía. Aunque el destino les tenía preparada una última jugada: hace tan solo un par de años, a Aritz le detectaron un linfoma. Blanca sintió resquebrajarse el suelo bajo los pies. Removió cielo y tierra buscando un segundo diagnóstico, un tercero, y, cuando logró dejar de lado la negación, centró todos sus esfuerzos en conseguir el mejor tratamiento para su hijo. Lo encontró en el MD Anderson Cancer Center de Houston, en Estados Unidos.

—Gracias a Dios, parece que Aritz ya está bien —concluyó Blanca—. Tiene que volver a revisiones periódicas cada seis meses, pero a principios de año recibimos la mejor noticia que podíamos esperar —dijo, con los ojos brillantes, dejando escapar una lágrima—. Y eso es lo más importante.

—Blanca…, siento muchísimo que hayas tenido que pasar por todo esto… —respondió Aitor, compungido.

Ella asintió, sonriendo con inmensa tristeza a la vez.

—Gracias —dijo—. Ahora estamos bien. Estamos muy bien. Y lo mejor es que Aritz puede empezar una nueva vida estudiando lo que realmente le gusta. Me da mucha pena tenerlo tan lejos, pero creo que es el mejor regalo que podía hacerle como madre.

Aitor sintió que estaba ante una de las personas más valientes y con mejor corazón que conocía. El pecho se le inundó de cariño y, sin pensarlo, le dio un abrazo.

Ella se quedó parada, como un palo, sorprendida por aquel arrebato.

Él se arrepintió acto seguido.

—Perdona —dijo apartándose—. Eh…

—Tranquilo —contestó sonriendo—. Hace mucho que nadie me abraza así.

Él se ruborizó. Y ella disfrutó viéndole las mejillas arder.

—¿Me acompañas hasta casa? Vivo aquí al lado —propuso Blanca.

Anduvieron lo que pareció una eternidad en silencio, pero apenas pasaron un par de minutos. Aitor caminaba mirando al suelo, dando vueltas a una idea loca. Y, por segunda vez en el día, decidió cometer una temeridad.

—Han tenido que pasar treinta años, pero por fin he conseguido comer con la chica que tenía loco a todo el campamento —dijo bromeando, intentando aparentar despreocupación.

Esta vez fue la cara de Blanca la que cambió de color.

—Qué tonterías dices, Aitor.

—Lo sabes perfectamente. Venga, va. Que estas cosas se tienen que notar. Traías de cabeza a los de tu edad y a los mayores…, incluido a mí —respondió con timidez.

Ella dirigió la mirada al suelo, roja como un tomate.

—Y ahora me dirás que no se me notaba —añadió Aitor riendo.

—Pues ojalá lo hubiera sabido, porque la verdad es que tú a mí también me gustabas —replicó Blanca, sin levantar la vista.

Él se paró en seco.

—No lo dices en serio.

—¡Claro que lo digo en serio! —protestó haciéndose la ofendida.

—¡Pues vaya dos…! Te habría pedido salir, aunque seguro que me hubiera llevado la paliza de algún que otro moscón —bromeó.

Blanca se reía suavecito, mirando al suelo, con cierto aire de modestia. Parecían dos críos de cuarenta años, embobados, haciéndose confesiones.

—Mi casa está en aquel edificio —dijo ella señalando hacia una rotonda.

Se trataba de la entrada a Mutilva, una zona residencial muy tranquila, rodeada de verdes árboles. Continuaron recordando alguna que otra anécdota de las colonias, hasta que Blanca mencionó que tenía algunas fotos dignas de ver de aquel verano.

—¿Tienes fotos del campamento? —exclamó Aitor, emocionado—. ¡Si yo apenas tenía un par!

—Pues las tengo hasta escancadas. Si quieres te invito a cenar y te las enseño —propuso encendiéndose de nuevo.

Él no sabía cómo sentirse. Había tenido tantas emociones distintas tocando a su puerta aquel día que le parecía haber vivido una vida entera durante la última semana.

Su móvil comenzó a sonar. Era Julia.

Miró la pantalla y luego a Blanca. Ella le hizo un gesto para que respondiera.

—Hola, Julia... [...]. Sí..., claro... ¿Qué? ¿Cómo, cómo...? [...]. No, no me importa... —dijo, andando en círculos, nervioso—. Vale. Ah, si quieres puedo avisarla, está aquí conmigo... [...]. Vale, perfecto.

Blanca lo miraba, extrañada.

Aitor colgó el teléfono.

—Me encantaría ver esas fotos, pero no creo que pueda ser hoy. Nos vamos de viaje.

No hay mucha gente que haya viajado en la parte de atrás de un coche patrulla sin estar detenido. Al menos, eso es lo que pensaba Aitor mientras devoraban a toda velocidad los kilómetros que separaban Pamplona de Hondarribia. A su lado estaba también Blanca, tecleando a gran velocidad en su móvil, tratando de no perder ni un minuto mientras recababa información sobre su punto de destino. Al volante, Beloki. Apenas había tenido tiempo de avisar a los compañeros de la Ertzaintza de que un equipo de la Policía Foral se desplazaba hacia allí con urgencia. Iban a tener que dar muchas explicaciones, demasiadas para su gusto.

Julia tenía la vista clavada al frente. Desde el asiento del copiloto, intentaba encajar todas las piezas de aquel puzle. Mario había anotado las coordenadas del santuario de Guadalupe en aquel papel. ¿Es que había descubierto algo? No sabía muy bien qué podrían encontrarse allí, pero sabía que tenían que tirar de aquel hilo y, además, cuanto antes. Por eso, muy a su pesar, había pensado que era conveniente que Blanca los acompañara para apoyarlos con cualquier pista o indicio histórico *in situ*. Aunque no era habitual involucrar a civiles en una investigación, a veces se hacía para avanzar con más rapidez o contar con una opinión experta. Aitor, por su parte, era una pieza fundamental para acceder a la mente del malogrado Mario. Estaba claro que su amigo tenía querencia por los números, aunque esta vez la información se tratase solo de meras coordenadas. De alguna manera, el instinto de Julia le pedía a gritos que se dejase ayudar por aquellas personas, aunque no fuera la decisión más meditada del mundo. Sin embargo, un instinto de otro tipo también le lanzaba señales de que quizá no fuera tan positivo en lo personal. En aquel coche saltaban chispas invisibles en todas las direcciones y alguna amenazaba con herirla en algún lugar debajo del pecho.

Julia notaba como los celos crecían en su interior, pero intentaba ser profesional y confiar en su criterio. No podía ser egoísta. No ahora, no en aquella situación y menos aún con una investigación de asesinato de por medio.

«Por Dios, Julia, céntrate», pensó.

—Es curioso —dijo Blanca, levantando su diminuta nariz de la pantalla del móvil y carraspeando, como tomando aire para decir lo que iba a soltar a continuación—. Una de las primeras referencias al santuario de Guadalupe es precisamente la que aparece en el testamento de Juan Sebastián Elcano. Os sonará porque fue el primer marinero que completó la vuelta al mundo. Bien, pues Elcano murió en 1526 y dejó seis ducados de oro al santuario. Esto nos da una pista del contexto histórico y de la importancia de la ermita en la época de Martín Zarauz y Gamboa. Además, parece que esta Virgen siempre ha estado muy vinculada con el mundo del mar y los marineros. De hecho —volvió a hundir la nariz en su pantalla—, la propia talla de la Virgen parece que pudo pertenecer a un mascarón de proa. Apareció en unas zarzas, aunque también se dice que procede de un naufragio.

En el coche todos callaban, escuchando aquel relato.

—En la ermita hay además varias réplicas de pequeños barcos colgando del techo. Son exvotos en agradecimiento por la intercesión de la Virgen o por salvar a la tripulación de algún naufragio… —Blanca parecía estar ensimismada y entusiasmada a la vez. Se veía que disfrutaba de cada dato y que vivía apasionadamente su profesión.

—¿Dice algo de alguna leyenda, sobre Martín…? —preguntó Julia.

—No… Al menos que yo esté viendo por aquí. No he tenido tiempo de estudiar nada todavía —resopló Blanca para sí misma, con un leve tono de frustración.

Aitor le posó la mano suavemente sobre la rodilla con gesto de complicidad, como queriendo animarla.

Los ojos de Julia se clavaron en aquella mano a través del retrovisor.

—¿Está avisado el cura? —preguntó Beloki, sin apartar la vista de la carretera.

—Me imagino que los compañeros de la Ertzaintza habrán llegado antes o lo habrán avisado de nuestra visita. Si no, supongo que se llevará una sorpresa —respondió Julia con picardía.

Él dibujó una mueca a medio camino de la sonrisa. Era el equivalente a una risotada en el común de los mortales.

Hondarribia los recibió cargada de humedad en el ambiente y de incógnitas en el aire. Dejaron a mano derecha la imponente estatua de San Juan de Dios a la entrada del pueblo y tomaron la circunvalación hacia la izquierda. Enseguida se desviaron por la carretera que sube al monte Jaizkibel. A la altura del camping, saludaron con la mano a un coche de la Ertzaintza que estaba acordonando el camino de subida para el resto de los vehículos.

Julia sintió que algo no iba bien.

—¿Están cortando el paso…? Pues sí que se toman nuestras peticiones en serio —ironizó Beloki.

Aitor y Blanca permanecían callados, con los ojos fijos en el cristal delantero. Se sentían algo asustados. Ellos no estaban acostumbrados a situaciones así.

A los pocos metros comenzaron a subir por el camino hacia la ermita. La temperatura había descendido unos seis grados desde que habían salido de Pamplona y unas densas nubes de tormenta amenazaban con romper a llorar sobre las copas de los árboles que flanqueaban el camino.

Unas inconfundibles luces azules bailaban al fondo de la carretera.

—¿Qué hostias…? —murmuró Beloki.

Una ambulancia estaba parada en el aparcamiento del santuario. Dos sanitarios atendían a un señor mayor. A su lado había un coche de la Ertzaintza con dos agentes que parecían estar tomando declaración a tres chicos jóvenes. Tenían pinta de no alcanzar la mayoría de edad.

El vehículo de la Policía Foral aparcó al lado de los otros agentes. Uno de ellos se acercó con el semblante serio.

—Soy la inspectora Julia Arrondo, de la Policía Foral. ¿Qué ha ocurrido aquí? —dijo, bajando apresuradamente del coche y mirando al anciano de la ambulancia, que presentaba una fuerte contusión en la cabeza.

—Suboficial Garmendia —respondió el ertzaina, mirando de arriba a abajo a sus compañeros navarros—. Alguien ha asaltado la ermita y ha herido al capellán —respondió mientras

Julia y los demás redirigían la mirada a aquellos jóvenes—.
Y no, no han sido ellos —añadió, leyéndoles el pensamiento.

—¿Cómo saben que...? —preguntó Beloki.

—Porque dudo mucho que hayan disparado contra su propia
rueda del coche.

Hondarribia, 4 de agosto de 2022

El aire estaba cargado de la electricidad previa a una tormenta de verano y el viento soplaba con algo más de fuerza, pero aún no había comenzado a llover. Aitor y Blanca observaban la escena como si fueran los invitados de excepción a una función con muy pocas entradas. La actividad en aquel pequeño aparcamiento de enfrente de la ermita era bastante frenética para tratarse de un sitio con tan pocos metros cuadrados. Julia y Beloki hablaban con el capellán, sentado en la parte trasera de la ambulancia, que le restaba importancia al fuerte golpe que había recibido. Presentaba una herida en la frente que había requerido algún punto de sutura, aunque, según él, por lo demás estaba «fenomenal». Su blanca barba estaba manchada con gotas de su propia sangre que le habían caído desde lo alto de la cabeza. Era como si transmitiese un aspecto frágil y terrible al mismo tiempo.

Los tres chavales, por su parte, continuaban hablando con los agentes de la Ertzaintza. Uno de ellos parecía estar especialmente afectado. Tenía la mirada perdida, los ojos muy rojos, y temblaba como una hoja. Era tal su estado de shock que no le salían las palabras, así que uno de sus amigos había intercedido por él y se había comprometido a entregar su DNI luego.

—¿Se encuentra usted bien como para contarnos qué es lo que ha ocurrido aquí? —preguntó Julia al sacerdote, después de un par de minutos de cortesía para interesarse por su estado de salud.

—Claro, esto es un rasguño sin importancia. No se preocupen por mí, solo ha sido un susto, aunque he de confesar que nunca había visto nada semejante.

Julia lo animó a continuar hablando.

—Ha sido todo muy rápido —dijo el anciano fijando la mirada en el árbol de enfrente, como concentrándose en un punto para recordar mejor cada escena—. Dos hombres han entrado a la ermita hará cosa de una hora. En días como estos yo no suelo estar por aquí, pero el sábado hay una boda y quería asegurarme de que tenía todo lo que necesito. Estaba revisando el sagrario y he oído la puerta. Aquí suelen subir muchos chavales a beber —añadió con tristeza—. Los porches de la ermita se han convertido en un vertedero de colillas y restos de botellas últimamente. Creo que les gusta porque es un sitio apartado y al resguardo de la lluvia...

Julia lo observaba y asentía con ternura, pidiéndole con la mirada que no se desviara del tema. El viejo sacerdote captó la indirecta al vuelo.

—El caso es que aquellos hombres parece que se han sorprendido al verme ahí, como si no me esperaran. De hecho, iban a cara descubierta. Se han quedado clavados en la puerta, mirándome, sin decir nada.

—¿Vio qué aspecto tenían...?

—Sí... Uno era de mediana edad, moreno, no muy alto. El otro era más joven y tenía el pelo claro, largo, recogido en una coleta. Hablaban en otro idioma. Diría que podría ser inglés, pero yo no lo hablo, ¿saben? Solo euskera y castellano.

Aitor y Blanca se habían ido acercando progresivamente a escuchar la conversación. Él tenía un aspecto pálido y ella cara de consternación. Era la típica situación en la que uno no sabe muy bien dónde meterse.

—Entonces ha sido cuando se han acercado. —El tono del sacerdote cambió por completo. Había cierto miedo y parecía temblarle un poco la voz—. Les he preguntado si podía ayudarlos en algo, pero no me han respondido. Ahí me he dado cuenta de que no parecía que tuvieran buenas intenciones. El joven me ha llevado a un banco y me ha inmovilizado allí. El otro parecía estar buscando algo. Yo les he dicho que aquí no había dinero ni nada de valor que pudiera interesarles. Después se han puesto a tocar las paredes, los retablos… Por Dios, ¡si casi se llevan por delante varias figuras…! —añadió con indignación—. Han subido incluso al coro. Yo no dejaba de preguntarles qué era lo que querían… Luego han vuelto a hablar entre ellos algo en su idioma. Yo no los entendía… —La respiración del anciano se aceleró—. Y después el rubio ha sacado una pistola… y me ha dado un golpe con ella.

Aitor palideció un poco más. Aquello no podía ser real. Para él, las pistolas eran elementos de atrezo en las películas o imitaciones de plástico de colores chillones que sueltan agua en la playa. Pero aquello estaba sucediendo de verdad. Sintió que la tensión se le bajaba un poco y se apoyó en la ambulancia.

Beloki tomaba notas a toda velocidad pensando en qué clase de alma despiadada podía haber hecho eso a un señor de aquella edad. El boli casi rasgaba el papel de la mala hostia que tenía él.

Blanca escuchaba aquello agarrándose las manos con cierta ansiedad.

Julia dio algunos segundos a aquel anciano para que se recompusiera y continuara su relato.

—¿Puede darnos algún detalle más sobre su aspecto físico…? —preguntó.

—No… No sé… El joven tendría unos treinta años y parecía atlético, fuerte. El otro, cincuenta o sesenta… Tenía los carrillos y los labios muy gruesos.

—¿Algo que llevaran puesto? —insistió Julia.

El sacerdote negó con la cabeza.

—Me daba la sensación de que el mayor estaba al mando y daba indicaciones.

Ella miró a Beloki y este añadió aquel detalle sobre el papel.

—¿Qué ha ocurrido después del golpe…?

—Nada… Ellos creían que yo estaba inconsciente y se han marchado enseguida, pero en realidad estaba haciéndome el muerto para que me dejaran en paz —respondió el viejo, orgulloso de su hazaña—. Cuando los he oído salir por la puerta, ha sonado un disparo. Y ahí me he temido lo peor —añadió, mirando a los jóvenes que hablaban con la Ertzaintza.

—Ha sido usted muy valiente —dijo Julia agarrándolo de las manos—. Por favor, si recuerda algo más, no deje de avisarnos.

El cura asintió con firmeza y una pequeña gotita de sangre le resbaló por la sien.

A Blanca se le humedecieron los ojos.

—¿Podemos hablar con los chavales? —preguntó Beloki a uno de sus compañeros.

El agente que estaba con ellos asintió y les dijo algo en euskera a los tres jóvenes, que miraban con expectación a los nuevos agentes que habían aparecido allí. Temían volver a tener que pasar por toda la retahíla de preguntas otra vez. El chico que estaba más asustado parecía no haber relajado ni un músculo del cuerpo en todo aquel rato.

Julia se acercó con cautela.

—Hola, me llamo Julia, trabajo en la Policía Foral —dijo en tono amistoso, a modo de presentación. Sabía que muchos chavales de esa edad sienten aversión por todo lo relacionado con la ley, los uniformes o cualquier cuerpo policial—. Creo que habéis tenido un buen susto —comentó para animarlos a hablar.

—¿Un susto? Casi nos vuelan la puta cabeza de un tiro —respondió con agresividad el chico más alto.

La inspectora supo que era él al que debía dirigirse del grupo.

—¿Qué ha ocurrido?

—Estábamos tan tranquilos y han salido dos tíos de la ermita. Parecían guiris. Estaban como chinaos, discutiendo entre ellos. Cuando nos han visto, han sacado una pipa y nos han gritado que nos metiéramos en el coche. Hablaban en inglés.

—¿Podéis decirnos cómo eran? ¿Qué llevaban puesto?

—Iban de negro total, pantalón y camiseta. Uno era rubio y el otro moreno. Uno más mazao que el otro.

El chico que temblaba como una hoja asintió al oír aquello mientras seguía con la mirada perdida. El tercer chaval miró al suelo y le pegó un puntapié suave a una piedra pequeñita.

—¿Qué ha pasado después?

—Pues que nos hemos metido al coche a toda hostia, claro. Y entonces… —El líder de los tres pareció desinflarse un poco recordando aquello—. Entonces ha apuntado con la pipa y ¡joder! ¡Yo creía que nos iba a pegar un tiro! —gritó, fuera de sí.

—Ha disparado a la rueda —resolvió el chaval del puntapié, sin levantar la vista, sollozando.

Los tres chicos permanecieron callados durante un momento. Claramente, todavía estaban gestionando el susto que tenían en el cuerpo.

—¿Qué es lo que estabais haciendo aquí? —preguntó Beloki.

—¡Nada, joder! Hemos subido a tomar un poco el aire.

—Ya, claro —respondió el ertzaina con sorna.

El líder del trío se giró para mirarlo, desafiante.

—Íbamos a fumarnos un par de petas tranquilamente, solo eso —confesó el chaval que estaba sollozando.

Beloki se preguntó si el chico que seguía en shock estaría de blancazo y con más susto por el morao que llevaba encima que por haber visto pasar su vida delante de los ojos.

—Eso ahora no importa —intervino Julia para intentar templar los ánimos—. Lo importante es que estáis bien. ¿Recordáis algún otro detalle? ¿Qué han hecho esos hombres?

—Se han metido en una furgoneta y se han pirao —respondió el líder de los tres, que abandonó el tono desafiante por otro de pura desgana.

—¿Algún detalle sobre el vehículo?

—No sé, era una furgo negra, grande, pero no me ha dado tiempo a ver más.

El chico que estaba sollozando negó con la cabeza. Se produjo un nuevo silencio.

—Ocho, cuatro, nueve, dos —dijo de repente murmurando el que había estado en shock hasta ese momento.

—¿Cómo dices? —preguntó Beloki.

—Ocho, cuatro, nueve, dos, jota, hache, equis —respondió de nuevo.

El atardecer trajo consigo los primeros truenos y, tras ellos, comenzó a caer con fuerza y repentinamente una densa cortina de agua. Del campo que rodeaba la ermita emanaba un olor a tierra mojada y a raíces que parecía un perfume que hablaba de cosas antiguas, como tribales. Dos goterones en la cabeza le bastaron a Julia como aviso para echar a correr a resguardarse bajo el porche del santuario. Los demás la imitaron, solo que perdieron unos segundos preciosos y llegaron parcialmente calados al cobijo.

Hacía un rato que la Ertzaintza había permitido marcharse a los tres jóvenes del coche. El padre de uno de ellos los había recogido con cara de pocos amigos, como si fuera la enésima vez que un agente lo llamaba para darle un disgusto. La ambulancia también había abandonado el lugar con el sacerdote, que parecía haberse quedado con una especie de grata sensación por el deber cumplido. En el aparcamiento de la ermita, la grúa estaba recogiendo el vehículo con el disparo en la rueda, el cual iba a tardar en volver a manos de su dueño. Primero necesitaban analizar el proyectil. El líder del trío de chavales le había dirigido una última mirada a modo de despedida y con cierta súplica, como si el propio coche pudiera limpiar o esconder las posibles sorpresas que ocultaba en su interior. Los agentes sabían de antemano que encontrarían colillas de porro y puede que algo de trapicheo, aunque ahora mismo su prioridad no era investigar a los malotes de clase. Tenían una matrícula, una pista. Además, Hondarribia era un pueblo pequeño y tranquilo y todo se sabía. Si querían localizar a aquellos chavales, daban por hecho que apenas tardarían unos minutos. En especial teniendo en cuenta que las noticias sobre un par de hombres armados asaltando la ermita, al cura y a tres jóvenes indefensos iban a hacer las delicias de las señoras sentadas a la fresca en los bancos.

Aitor y Blanca habían permanecido callados la mayor parte del tiempo, viendo a los agentes de policía de una y otra provincia colaborar. Era relativamente tarde, pero Julia pidió permiso a uno de sus homólogos guipuzcoanos para registrar la ermita. Pedirlo era una mera cortesía, pero le pareció lo más adecuado.

—Vamos a echar un vistazo —dijo dirigiéndose a Blanca y a Aitor—. Sé que es tarde, pero no podemos perder ni un minuto —se disculpó.

Los dos asintieron en silencio, dejándose llevar por aquella aura de responsabilidad que también comenzaba a pesarles sobre los hombros.

Los ertzainas se despidieron para continuar su labor en la comisaría y tratar de localizar la furgoneta. Julia, Beloki, Aitor y Blanca se quedaron solos.

—Bien, escuchadme —dijo la inspectora desde la puerta que daba acceso a la ermita—. No sabemos qué es lo que estamos buscando exactamente y tampoco lo que nos vamos a encontrar. Blanca, Aitor, necesito que vosotros tengáis especial cuidado, pero, a la vez, que centréis vuestros esfuerzos en ver si hay algo que os llama la atención, algo que pudiera haber interesado a Mario, relacionado con ese diario, con Martín Zarauz y Gamboa o con el puñetero Moctezuma.

Beloki arqueó una ceja. Su jefa debía de estar con la adrenalina por las nubes, porque no solía hablar así.

—Vamos —apremió Julia apoyándose en la puerta.

Los cuatro entraron a la ermita. Una puerta de madera con herrajes antiguos y pesados les abrió paso al interior. Desde fuera, el edificio parecía esconder una estancia mucho más grande, aunque una vez dentro se apreciaba que se trataba de una iglesia más bien pequeña. A mano izquierda se encontraban las escaleras de madera que daban acceso al coro. La nave central estaba ocupada por dos hileras de bancos. No serían más de doce o trece filas. El suelo era de una madera bastante cuidada y parecía reciente. A ambos lados del crucero, en el transepto, dos modestos retablos con adornos en color dorado daban cobijo a varias figuras de santos. En las paredes contiguas a estos retablos menores había dos enormes frescos con representaciones de la Virgen. Se trataba de escenas en las que se aparecía ante varias personas, que la miraban con admiración y estupor desde abajo. Detrás del altar se encontraba el retablo principal, donde descansaba una pequeña talla de una virgen de color oscuro, casi negro, con un niño en brazos y un enorme bastón dorado en la mano derecha.

Blanca paseaba por la estancia, absorta, como queriendo absorber cada detalle. Aitor se había detenido en el crucero, mirando hacia ambos lados. Dos pequeños barquitos de madera colgaban del techo. Parecían juguetes antiguos. Se preguntó si alguna vez pertenecieron a algún niño o si quizá se trataba de artefactos creados por y para el propósito de servir como ofrenda a Dios. Julia y Beloki estaban en la parte de atrás registrando el coro, mirando debajo de los bancos e incluso en las paredes, buscando algo, cualquier cosa.

Blanca se detuvo frente al fresco que quedaba en el transepto, a la derecha del altar. Una imagen de la Virgen arrojaba luz sobre un grupo de sacerdotes, que parecían estar recibiendo su bendición.

—«Que a buen recaudo lo guarde mi señora. Que su luz ilumine…» —murmuró—. ¡Eh! —gritó de pronto—. ¡Creo que he encontrado algo!

La inspectora y Beloki bajaron las escaleras apresuradamente para reunirse con Blanca. Los cuatro se detuvieron en su posición mirando a la pared, interrogantes.

—El diario de Martín relata todo el viaje de ida y vuelta para asaltar los barcos de Hernán Cortés, pero la última parte es la única que hace referencia a algo relacionado con el tesoro —explicó Blanca mientras sacaba su móvil para mirar las fotografías del diario; luego leyó en voz alta—: «Encontrarán en estas líneas el sentido y el permiso para dar con mi botín y el de Juanes, bajo juramento de que cualesquiera de ambas partes deberá descansar en las arcas de la familia que corresponda. Que Dios nos guíe en una llegada sin percances a Fuenterrabía y que a buen recaudo lo guarde mi señora. Que su luz ilumine el camino de la rectitud y del bien». Creo que la «señora» de la que habla Martín podría ser la propia Virgen de Guadalupe. La leyenda cuenta que la imagen de la susodicha procedía de un naufragio, pero apareció en unas zarzas. Unos pastores la encontraron atraídos por la luz que desprendía. La luz se entiende como el camino de la rectitud y del bien. «Encontrarán en estas líneas el sentido y el permiso…». Creo que Martín quería asegurarse de que el botín llegara a las manos adecuadas, independientemente de la suerte que corriera él. Quería que alguien bueno y recto fuera la persona que diese con el botín y se encargara de entregarlo a las familias. Por eso escribió estas líneas y las escondió en un lugar que solo él o sus amigos o familiares conocieran. Recordad que eran tiempos de guerra en Hondarribia cuando arribaron a tierra. No es de extrañar que Martín escondiera aquel diario como testimonio y a modo de instrucciones en la cueva y se llevara su secreto a la tumba.

Los demás miraban en silencio a la pared tratando de digerir con rapidez la elucubración de Blanca, que intentaba dar sentido a todo aquello.

—No sé si es casualidad que haya un fresco de la Virgen iluminando a unas cuantas personas. Seguramente sea muy posterior a 1522. Pero puede que nos dé una pista del significado de las palabras de Martín —añadió.

Julia asentía, con los brazos en jarras.

—Aitor, ¿hay algo que te llame la atención, algo que Mario te mencionara…?

Él negó con la cabeza, decepcionado.

La inspectora Arrondo miró a su compañero. Beloki tampoco tenía nada.

Ella meditó un momento. Unos tipos habían entrado a aquella iglesia. Estaba claro que buscaban algo o que estaban tras la misma pista que ellos. Aparentemente no se habían llevado nada, pero no podía asegurarlo. El tiempo corría en contra de los agentes forales, que debían moverse rápido.

Sin embargo, toda esta reflexión chocaba de pleno con que era cerca de la hora de cenar y no tenían nada en firme. Además, el día había sido muy intenso.

—Creo que necesitamos algo más de tiempo aquí, pero ya es tarde. ¿Qué os parece si bajamos a cenar al pueblo, buscamos un sitio donde dormir y volvemos mañana temprano? —preguntó Julia, tratando de maquillar cierto tono de súplica en su petición.

—Hoy no contaba con ir a Salou, así que por mí sin problema —respondió Beloki.

Ella asintió en agradecimiento.

Aitor y Blanca se miraron y luego miraron a los agentes. Era obvio que aquello los había pillado totalmente de sorpresa.

—Entiendo que hoy queráis dormir en casa. Si es así, llamamos ahora mismo a un taxi para que os lleve de vuelta a Pamplona. Sin embargo, sería un enorme favor si pudierais quedaros esta noche. Prometo que volveremos mañana antes de mediodía —rogó la inspectora.

—No te preocupes, Julia. A mí no me espera nadie —respondió Blanca, solícita.

—Sí, sí, por mí sin problemas —añadió Aitor inmediatamente.

—Perfecto, entonces. Gracias a todos. La comisaria me recomendó un sitio con un txakoli excelente. ¿Vamos?

Es curioso cómo las personas somos capaces de tener distintos grados de apertura con los mismos individuos dependiendo de la situación. Julia lo sabía bien. La amistad con la comisaria Mendizábal se había forjado a base de pintxos y zuritos. Es como si la comida y la bebida tuvieran un efecto de hermanamiento inmediato. Puede que varias personas tengan reuniones de trabajo en busca de un objetivo común, pero, en la mayoría de las ocasiones, es en el momento del café cuando conocen sus gustos, sus aficiones, sus miedos, sus manías o sus fobias.

La ración de anchoas y boquerones que habían pedido para picar estaba siendo testigo de cómo iba aflorando la intimidad de todos y cada uno de ellos.

Habían reservado cuatro habitaciones en el hotel Palacio Obispo. Después de un rápido check-in se reunieron en el Danontzat, un restaurante y gastroteca pequeñito, aunque con una personalidad aplastante. La comisaria Emilia Mendizábal era bastante sibarita y había recomendado aquel sitio a Julia hacía bastante tiempo, pero la inspectora no había tenido ocasión de visitarlo antes. Resultaba irónico que tuviera que ser en aquella situación. Poco a poco, los cuatro fueron llegando al bar de manera independiente, como si de desconocidos se tratase, como si acudieran a una cita a ciegas. Se respiraba cierta incomodidad en el aire, un velo de timidez que amenazaba con ser el invitado extra a la mesa aquella noche.

Aitor daba vueltas una y otra vez a qué temas de conversación podía sacar si se quedaban en silencio. Era obvio que hablarían de la investigación, pero tenía cierto pánico a desnudarse delante de aquellas personas. Se preguntó en qué momento de su vida se había convertido en aquel manojo de nervios, en aquella persona controladora e histriónica que sufría con ese tipo de convenciones sociales. Él antes no era así. No que recordara. Comenzó a divagar sobre ese pensamiento, a tirar del hilo mientras veía cómo avanzaba lentamente el aceite en el plato, inundándolo todo, escurriéndose entre los lomos de boquerón.

De repente, se vio a sí mismo comenzando a tomar malas decisiones desde muy temprana edad por el mero hecho de dejarse llevar, de no pensar en profundidad las cosas, de creer que cada paso que damos no determina el siguiente. Reflexionó acerca de cómo se había abandonado, de que estudió ingeniería por presión de sus padres, de aquella novia que se echó, de cómo se dejó a sí mismo, sin cuidar las relaciones, olvidándose de amigos, de personas, lugares y hasta de sí mismo.

Era como si procrastinase su propio ser, su propia existencia.

—¡Eh! —oyó de pronto a Beloki.

Aitor parpadeó un par de veces, como despertando de un sueño.

—¿Qué...?

—Que si te vas a comer ese boquerón —repitió con el ceño fruncido, preguntándose en qué luna estaba la cabeza de Aitor.

—¡Ah! No, no; cógelo tú, por favor.

Justo cuando aquel se disponía a pinchar el boquerón con su tenedor, Aitor cometió la tercera temeridad del día. Se dio cuenta de que no podía seguir dejando las decisiones de su vida al azar. De que había postergado demasiadas cosas. De que la muerte de Mario le había revuelto las entrañas y todo aquello parecía ser una llamada de atención de su amigo desde el más allá, un coscorrón cariñoso en la cabeza para pedirle que espabilara. De que era hora de poner límites, de cuidarse. Así que cogió su tenedor corriendo y le arrebató el boquerón al agente Mikel Beloki, que lo miró con una cara de estupefacción desconocida por su compañera hasta entonces.

—Lo siento —se excusó Aitor mientras lo masticaba—. Es que al final sí que me ha apetecido.

Beloki abrió ligeramente la boca y pensó que aquel hombre no estaba bien de la cabeza. Luego miró a Julia y esta dejó escapar una sonora carcajada. Blanca la imitó.

—Bien jugado —comentó entre risas la inspectora.

Aitor sonrió, feliz, masticando aquel boquerón y prometiéndose a sí mismo agarrar más fuerte las riendas de su vida en adelante.

El camarero llegó a la mesa con una nueva ronda de txakoli y varios platos de comida para compartir: cecina de buey, patatas con seis salsas y unos mejillones. Mientras comían, Julia comentó algunos pensamientos que le venían a la cabeza de lo acontecido por la tarde.

—Que alguien asalte una ermita a punta de pistola no es algo propio de esta zona; me atrevería a decir que ni de este país —dijo—. La descripción del cura coincide con la de los chavales: tenemos a dos tipos de apariencia extranjera, uno castaño y alto y otro moreno y más bajito, que han huido en furgoneta. He pedido a la Ertzaintza que nos informe de todo lo que encuentre sobre ese vehículo.

—¿Creéis que los chavales han tenido algo que ver? —preguntó Aitor.

—Diría con total seguridad que no —respondió Julia—. Creo que han tenido la mala suerte de estar en el sitio y en el momento menos adecuados. Me imagino que subirán normalmente a la ermita a fumar y a beber y hoy se han encontrado con la sorpresa.

—¿Puedo coger uno? —preguntó con seriedad Beloki, mirando un mejillón y a Aitor al mismo tiempo.

Los demás rieron con ganas. Resultaba cómico ver a alguien tan recto como el susodicho pedir permiso para coger un molusco.

—He estado mirando referencias de la ermita hace un rato —comentó Blanca—. Ha sido destruida y reconstruida en multitud de ocasiones como consecuencia de algunas batallas.

La última vez en la segunda guerra carlista. El edificio que conocemos hoy es posterior. No existe ninguna cripta ni nada que se le parezca, por lo que no creo que encontremos mucha cosa en lo que es la estructura: suelos, paredes...

—¿Y en los barquitos? —preguntó Aitor.

—Podría ser, pero son exvotos marineros muy posteriores, de finales del siglo XIX. Uno de ellos es una maqueta de la fragata Vitoria.

—Entonces, eso nos reduce la búsqueda bastante —reflexionó Julia—. Creo que mañana deberíamos centrarnos en los retablos.

Blanca asintió.

El resto de la cena la conversación se fue relajando conforme iban bajando los vasos de txakoli. La inspectora comentó que quizá este otoño se animara a visitar Islandia. Le sorprendió que Blanca ya hubiera estado allí y fuera capaz de recomendarle algunos sitios de su gusto, como la playa de los Diamantes. De hecho, había viajado bastante. Durante su época como restauradora en el Gobierno de Navarra, una de sus tareas consistía en ser «correo», una figura que acompaña una obra de arte durante su traslado con destino a una exposición. En varias ocasiones, la solicitud de una obra que se encontraba en territorio navarro venía del extranjero, por lo que era necesario salvaguardar el envío para asegurarse de que la pieza era tratada con los cuidados necesarios durante toda la cadena de custodia. Aquel trabajo le había permitido visitar países como Islandia, Francia, Estados Unidos, Marruecos, el Reino Unido e Italia, entre otros muchos.

Aitor no daba crédito.

—Yo creía que las personas que os dedicáis a la arqueología o la restauración no salíais de vuestros yacimientos o, como mucho, del taller —respondió con total sinceridad.

Blanca rio.

—Ya, para mí también fue una sorpresa. No sabía que en este trabajo se viajase tanto.

Beloki seguía la conversación con cada bocado que daba, en silencio, mirando atentamente el tenedor de Aitor por si decidía asaltarlo de nuevo sin preaviso.

Aitor recordó el día que recorrieron de excursión las calles de Hondarribia durante su estancia en las colonias. Blanca y él contaron algunas anécdotas del campamento, como la historia del fantasma de Clara, y del comedor, y también dieron el nombre de todos los monitores. Se preguntaron qué sería de su vida ahora. Reían con ganas, copa en mano, mirándose con complicidad, recordando el que probablemente fue su último verano de la infancia. Julia observaba la escena. En un inicio, sonreía al verse partícipe de aquellas anécdotas que no había vivido. Después se dio cuenta de que, conforme avanzaban sus relatos, las chispas de electricidad parecían volver a hacer acto de presencia. Y aquellas sí que estaban alcanzándola de lleno, hiriéndola sin querer en las capas más profundas.

Se excusó diciendo que necesitaba volver a la habitación para comprobar algunas cosas antes de dormir, aunque en realidad lo que anhelaba era escapar de aquel *revival* nostálgico-romántico. Beloki pagó la cuenta y se ofreció a acompañarla. Los dos agentes se levantaron de la mesa, se despidieron y todos acordaron que se reunirían en la recepción del hotel a las ocho de la mañana.

Blanca y Aitor se terminaron la botella de txakoli y, embriagados de melancolía y alcohol, pidieron otra. Era cerca de la medianoche y los recuerdos de adolescencia parecían mezclarse con confesiones vitales y chistes malos. Lo estaban pasando muy muy bien. Cuando el dueño del bar les preguntó amablemente por tercera vez si deseaban algo más, se dieron cuenta de que se habían quedado solos en el local y de que era tarde. Al salir comenzaron a dirigirse al hotel, pero al llegar a la calle Mayor, justo enfrente de la parroquia, Blanca se vino arriba.

—¿Te apetece una visita al pasado? —preguntó con picardía.

Aitor asintió, tratando de mantener las rodillas en posición vertical. El vino estaba haciendo de las suyas.

Los dos comenzaron a subir hacia la plaza del parador y de ahí bajaron hacia la calle San Pedro y el barrio de la Marina. Antes de llegar a la playa, giraron a la izquierda siguiendo la acera donde se situaban varios majestuosos chalets y, finalmente, giraron de nuevo hasta encontrarse con la torre, el pararrayos y la emblemática silueta del edificio de las colonias.

Los dos reían cual chiquillos, como si fueran a cometer una trastada. Se colaron en el recinto por la parte de atrás, donde antaño se situaban las tiendas de campaña para los mayores del campamento. La tormenta había dejado paso a un cielo más bien despejado, una noche clara y una temperatura de agradecer en el norte, que permitía estar sin chaqueta en la calle a esas horas. Se adentraron en la explanada de cemento que servía como pista de juego en la mayoría de las actividades que hacían. Intentaban aguantarse la risa ante su pequeña incursión nocturna porque, siendo agosto, sabían que las colonias estaban repletas de niños otra vez y algún guardia de seguridad podía darles el alto en cualquier momento.

Aitor se detuvo en medio de la pista y abrió los brazos en cruz, como queriendo abrazar el aire que lo rodeaba. Se giró sobre sí mismo y vio a Blanca, que lo miraba con ternura, divertida.

—Qué recuerdos, ¿eh? —dijo él.

—Pues sí —respondió con nostalgia ella avanzando hacia su posición.

Aitor sintió un calor repentino y comenzó a notar una ligera taquicardia. Era de nuevo un adolescente en un viejo escenario conocido.

—Anda que no hemos jugado aquí... Me pregunto si seguirán jugando a lo mismo que nosotros —comentó, intentando disimular su nerviosismo poniendo los brazos en jarras.

—Supongo que hay cosas que nunca cambian —dijo Blanca dando un paso más hacia él.

Aitor la miró. No sabía si era el alcohol, la luz nocturna o su propia imaginación, pero estaba más bella que nunca. Sus ojos claros brillaban a la luz de las farolas del patio y la boca dibujaba una pequeña y tímida sonrisa.

La noche era perfecta. Ella también.

De repente, el cable de coherencia que lo mantenía unido al suelo pegó un tirón y, en un instante, disipó la magia. Se visualizó a sí mismo desde fuera, en aquella situación. Sentía que todo aquello no estaba bien. Podría decirse que estaba siendo la cita más extraña y bonita de su vida, y, sin embargo, arrastraba una terrible sensación de culpabilidad consigo mismo que no le permitía disfrutar del momento.

Pensó en Mario. Le pareció que el deleite transitorio que estaba viviendo era como faltarle al respeto, a su memoria, a su promesa.

Pensó en Julia. Y se preguntó por qué narices tenía que aparecer la inspectora ahora en sus pensamientos.

—¿Te encuentras bien…? —preguntó Blanca, que pareció notar que Aitor estaba muy lejos de allí.

—Blanca…

—¿Te acuerdas de cuando jugamos al «mira cómo vuela»? —preguntó ella, tratando de obviar lo que fuera que iba a salir de la boca de Aitor—. Ese donde nos poníamos en círculo, uno lanzaba un balón gritando un nombre y esa persona tenía que cogerlo al vuelo.

Él asintió.

—El día que desapareciste, ya sabes, cuando Javier te hizo eso tan horrible de la cueva, que no me quiero ni imaginar cómo te sentiste… En fin, ese día yo sentí que me moría si no volvías a aparecer —confesó mirando al suelo—. Cuando al día siguiente jugamos a ese juego, creí que una manera de aportar mi pequeño granito de arena era eliminar a Javier. Así podrías ver que estaba de tu parte… —Levantó la mirada para clavársela directamente en los ojos—. Ese día, tras gritar su nombre, te guiñé un ojo, te miré buscando aquella complicidad, aquella señal de que habías entendido mi mensaje. Pero no recibí respuesta.

—Eh…

—Tranquilo, eran tonterías de niños, cosas que te parecen un mundo cuando todavía no sabes ni cómo te sientes —dijo sonriendo con tristeza—. Yo nunca supe si me entendiste o no, tampoco por qué no acudiste a la cita…

Aitor frunció el ceño.

—¿De qué cita me hablas?

—Pero ahora me parece un buen momento para averiguarlo —añadió, ignorando su pregunta.

Blanca dio otro paso más y se situó a escasos centímetros de él. Los rostros estaban tan cerca que podrían haber oído el latido del otro corazón a través del aliento.

Ella se puso de puntillas y lo besó en la comisura de los labios.

Él sintió una electricidad que recorrió su ser desde la nuca hasta los tobillos.

Ella volvió a besarlo en el otro lado, donde los labios comienzan sus dominios.

Y él ya no pudo más.

Aitor agarró a Blanca por la cintura, la apretó contra sí y se fundieron en un largo beso. Un beso que tuvo que esperar treinta años para ser dado y que solo fue interrumpido por el ruido de una persiana.

Julia daba vueltas en la cama, enredándose por igual en sus pensamientos y en las sábanas. Sabía que cuando se tomaba dos copas le costaba conciliar el sueño, aunque era consciente de que su insomnio no se debía al alcohol. Intentaba entretenerse repasando el caso, las pistas, la descripción del viejo sacerdote, los datos de Blanca... Y ahí es cuando se revolvía.

Blanca.

Blanca y Aitor.

Aitor y Blanca.

Había visto la complicidad, las anécdotas, el deseo en los ojos. El estómago le ardía al pensar en ello.

Intentaba ser racional. Era una mujer fuerte. Desde lo de Dani, nadie le había llamado la atención. Había cerrado las puertas a cal y canto, sin querer ni dejarse ver. Cuando apareció Aitor, sus sensaciones le parecieron tan extrañas como poco profesionales. Decidió guardarlas en un cajón, pasar por alto lo que las tripas le gritaban. Por favor, ¡si apenas lo conocía de dos días, de un par de ratos! Además, era el testigo de un caso de asesinato con investigación en curso. ¿En qué narices estaba pensando?

Muy a su pesar, esos gritos procedentes de su interior se habían hecho cada vez más fuertes, cada vez más difíciles de ignorar. Le resultaba una situación tan inapropiada como la del profesor que se enamora de un pupilo. Le hervía la sangre. Estaba enfadada consigo misma por no ser capaz de controlar aquello, pero, sobre todo, por poner en peligro cualquier avance en la investigación. No podía permitirse que algo así la cegara y la apartase de su objetivo.

Por eso intentaba ser profesional, cumplir con su deber, no apartar a nadie ni nada. Y eso incluía sabotearse a sí misma, hacer que Aitor y Blanca trabajasen mano a mano. Se prometió no ceder a su reclamo interno ni un centímetro más, no abandonarse a sus sentimientos y lamerse las heridas de aquellos pequeños proyectiles en forma de chispas.

Hasta que oyó un ruido.

Miró el reloj. Eran cerca de las tres de la mañana y había demasiado jaleo para un hotel de pueblo sin que fuera día de fiesta. Se oían risas amortiguadas por el pasillo y mucha torpeza para abrir la puerta de una habitación.

Reconoció una de las risas. Sonaba parecida a unos cascabeles.

Julia se tapó la cara con la sábana.

No.

No podía hacerlo.

Se dio media vuelta.

Agarró la almohada y se la puso sobre la cara. Quería dejar de oír aquel tintineo infernal que le hablaba de un buen rato y, quizá, de algo más.

La cabeza le rogaba que se quedara en la cama, pero necesitaba confirmar sus peores pensamientos.

Se levantó sin hacer ruido, como si pudieran oírla. Avanzó de puntillas hasta la puerta de su habitación y pegó la oreja.

Oyó una puerta abrirse. Era ahora o nunca.

Julia agarró con fuerza la manilla y tiró hacía sí con ímpetu, intentando hacer el menor ruido posible. Asomó sus despeinados rizos lo mínimo al pasillo y miró hacia la puerta que se cerraba.

Era la habitación de Blanca.

La inspectora Arrondo también se metió en la cama acompañada, solo que con ella durmieron todos los demonios de su último año y medio de existencia.

Hondarribia, 5 de agosto de 2022

La luz que se colaba a través de la ventana comenzó a iluminar tenuemente la habitación. Estaba a punto de amanecer. La persiana, subida hasta arriba, había permanecido en su sitio toda la noche. A las tres de la mañana no tenían la conciencia ni el sentido para acordarse de bajarla.

Aitor sentía un incipiente dolor de cabeza llamando a la puerta por la parte de atrás del glóbulo ocular derecho. Se llevó la mano por instinto a ese ojo y le propinó sin querer un codazo en la cabeza a Blanca, que dormía plácidamente a su lado.

—¡Ay...! —se quejó.

—Lo siento, lo siento —dijo él abalanzándose sobre la zona afectada y cubriéndola de besos rápidos y cortos.

Ella sonrió. Seguía sin abrir los ojos, como si no quisiera despertar. Cuando por fin lo hizo, se giró y se encontró con la cara de Aitor, que la miraba con el pelo revuelto y cara de bobalicón.

—Buenos días —susurró este, con una sonrisa de oreja a oreja.

Ella le respondió con un abrazo, hundiendo la nariz en su pecho.

—Hemos quedado abajo a las ocho, ¿verdad? —preguntó Aitor, deseando tener la capacidad para estirar aquel precioso tiempo.

—Ajam... —respondió ella, a modo de asentimiento.

Los dos callaron, cada uno en su posición, uno encima del otro, saboreando aquel momento. La vida definitivamente había decidido golpear fuerte aquella semana. Aitor no podía creer lo que estaba pasando, lo que había pasado. Tenía en los brazos a Blanca. La noche se había desarrollado entre confesiones, alcohol y un sexo torpe, aunque con altas dosis de cariño y delicadeza. Hacía apenas una semana, ni en sus mejores sueños se habría imaginado algo así. Tampoco habría pensado que tendría que lamentar la muerte de Mario, verse involucrado en una investigación por asesinato y en una búsqueda de un tesoro medieval ni correr a Caparroso porque sus padres podrían estar en peligro. Todo era... demasiado. No se le ocurría otro adjetivo. Demasiado. Demasiado inverosímil, demasiada emoción, demasiado rápido.

Tanto que incluso el tiempo presente terminó por escurrirse entre ambos cuerpos y Aitor tuvo que vestirse a toda prisa para pasar por su habitación con el tiempo justo para pegarse una ducha y recoger.

Ya en recepción, el inconfundible aliento a alcohol y las ojeras delataban a dos de los cuatro integrantes del grupo. Julia había germinado sus propias bolsas debajo de los ojos, aunque en su caso provenían de la batalla sin cuartel contra sus demonios de madrugada. Había logrado conciliar el sueño, sí, aunque muy tarde y a base de agotamiento. No estaba todo lo espabilada que la situación requería. Ninguno de ellos, realmente. Se miraban con esa especie de vergüenza que se tiene tras una noche abriéndose demasiado a desconocidos. Llevar la misma ropa que el día anterior tampoco ayudaba. Parecían una cuadrilla de cuarentañeros de gaupasa. Y es que en realidad era un poco así.

Beloki observaba al resto con una frescura envidiable y preguntándose cómo habría terminado la noche para aquellos dos. No era difícil imaginarlo. Aunque su prudencia jamás le permitiría preguntarlo.

En la cafetería, Aitor lanzaba miradas furtivas a Blanca mientras removía su café con leche. Era tan obvio que Julia decidió terminar su desayuno en apenas cinco minutos, con la excusa acuciante de que había que ponerse en marcha cuanto antes.

Al salir del hotel se dirigieron al aparcamiento de la Alameda y de ahí subieron el monte Jaizkibel de nuevo, en dirección al santuario. Hablaban poco, lo justo. Blanca, algo más despierta, repasaba en su móvil datos sobre la ermita, el diario y algunos documentos antiguos de la época que había encontrado en la colección digitalizada de un museo. Cuando llegaron al santuario de Guadalupe, el sol comenzaba a calentar con sus primeros rayos. Julia se había quedado con la llave el día anterior, con el compromiso de devolverla en la comisaría de la Ertzaintza al terminar su labor.

Entraron de nuevo a la iglesia. El silencio entre aquellas gruesas paredes de piedra se les echaba encima clamando respeto. Volvieron a pasear sin rumbo entre los bancos. La mayoría de ellos volvió a fijarse en las mismas cosas que el día anterior, aunque, tal y como habían acordado, decidieron concentrarse en los retablos. Aitor se situó en el de la parte izquierda del transepto; Julia y Beloki, en el derecho; y Blanca examinaba el retablo mayor.

—¿Cuánto podría acercarme…? —preguntó Blanca.

—Todo lo que necesites —respondió Julia.

La restauradora comenzó a palpar la obra dando pequeños toquecitos con los nudillos en la ornamentación dorada. Tocaba las figuras de los santos y los mártires y se sentía como si estuviera profanando algo sagrado; en cierto modo, así era. Al llegar al sagrario se detuvo y miró hacia Julia como pidiéndole permiso, como si la inspectora fuera una representante entre lo divino y lo humano. La inspectora le hizo un gesto con la cabeza para que continuara, pero dentro no encontró nada. Tampoco por detrás. Para seguir explorando el resto del retablo necesitarían una escalera o una grúa. Lo único que seguía relativamente accesible era la figura de la propia Virgen de Guadalupe, que parecía vigilarlos con una expresión compasiva.

—Aitor, ¿puedes echarme una mano? —pidió Blanca.

Él se acercó.

—Necesito alcanzar la virgen —añadió aquella.

—¿Cómo...?

—Quiero examinar la figura.

Se sirvió del impulso de Aitor para subirse a la pieza de madera sobre la que descansaba el sagrario. Por encima de ella quedaba la hornacina donde se encontraba la virgen, en un piso superior del retablo. Retiró un centro de crisantemos, apoyó las manos sobre el siguiente nivel y, con un fuerte impulso, subió. Julia, Aitor y Beloki miraban desde abajo como el que asiste a un espectáculo de trapecistas y equilibristas. Desde allí arriba, cualquier paso en falso podría provocar una caída con muy malas consecuencias.

Blanca se puso de pie, poco a poco. Tenía la cabeza a la misma altura que la figura. Se giró con cuidado para ponerse de frente a sus compañeros, que la observaban entre la expectación y el temor. Desde allí parecía otra virgen anacrónica, una especie de ángel con vestido de flores y pelo dorado.

Ella les sonrió y subió las manos con celo, como si fuera a atrapar un insecto despistado por detrás. Cogió delicadamente la talla. Pesaba menos de lo que ella creía. Se dirigió al grupo.

—Necesito que alguien la coja.

Los tres le leyeron el pensamiento y se situaron debajo a toda prisa. Blanca se acuclilló con la talla aún en las manos y, con un gesto de asentimiento, la lanzó abajo.

Durante una fracción de segundo, la Virgen de Guadalupe hizo el viaje más largo que había hecho en décadas.

Durante el siguiente instante, Aitor la vio dirigirse directamente a sus brazos.

El aterrizaje no fue el esperado.

Él calculó mal las distancias y el peso, lo que provocó que la figura se le escurriera y acabara estrellándose contra el suelo con un sonido hueco y profundo que llenó el silencio de la ermita.

Julia y Beloki se echaron las manos a la cabeza en un gesto de enorme decepción, como si el goleador de su equipo hubiera fallado el penalti más fácil del mundo.

Blanca se agarró a la pared de la hornacina y apretó fuerte los ojos para evitar ver el desastre.

Aitor se quedó petrificado un momento, mirando al suelo, con las manos todavía en posición de recepción.

La virgen había caído de pie, como los gatos. La base de la figura se había desprendido y por ella asomaba un saquito de una especie de tela raída.

«*Egun on*, buenos días. Interrumpimos la emisión del magacín matinal para acercarles una noticia de última hora. Fuentes cercanas a EITB han informado de un hallazgo arqueológico sin precedentes en una ermita de Hondarribia. Nuestra compañera Miren Merino tiene todos los detalles. Conectamos en directo con ella. *Kaixo*, Miren. ¿Qué puedes contarnos?».

«*Kaixo*, Jokin, Ainara. Me encuentro en la puerta del santuario de Guadalupe, en el monte Jaizkibel. Hondarribia se ha despertado esta mañana con una sorpresa que llevaba oculta quinientos años. Al parecer, la talla de la Virgen de Guadalupe estaba hueca y escondía dentro un auténtico tesoro: dos enormes esmeraldas, cada una de ellas del tamaño de una mano, que los técnicos de Gordailua están analizando en estos momentos...».

Los periodistas no habían tardado en llegar. Primero fueron los de ETB, la televisión autonómica vasca. Luego aparecieron los de Televisión Española. A partir de ahí, un enjambre de micrófonos, cámaras y libretas revoloteaba por los alrededores del santuario, atraído por el olor de lo formidable. Julia no llegaba a comprender cómo algo que acababa de suceder podía saltar tan rápidamente a los medios. Claro que ver a tres coches de tres cuerpos policiales distintos aparcados en la puerta de una humilde ermita de pueblo daba mucho que hablar a cualquier paseante. En las redes el debate también estaba servido. En apenas un par de horas, el hashtag #ElTesoroDeGuadalupe canalizaba todo tipo de opiniones, debates y teorías de la conspiración.

Resultó que, en efecto, la Virgen de Guadalupe, al igual que otras muchas figuras de la época, estaba hueca. La Señora guardaba además un secreto añadido: la talla tenía un doble fondo en el que se escondía un pequeño saquito con dos esmeraldas enormes dispuesto entre otras telas, de tal manera que permanecía fijo en el interior y evitaban que cualquier movimiento delatase su verdadero contenido. Algo así como un papel de burbujas medieval.

Las esmeraldas habían permanecido ocultas siglos, a salvo de saqueos y reconstrucciones estructurales del edificio.

Blanca estaba en trance. Cuando la virgen aterrizó en el suelo se temieron lo peor. Un destrozo de patrimonio como aquel solo podía estar justificado con un descubrimiento todavía mayor. La sorpresa de los cuatro fue mayúscula cuando, al recoger el saquito del suelo y abrirlo, se encontraron con aquellas dos piedras preciosas.

Parte del tesoro de Moctezuma llevaba escondido quinientos años en una humilde ermita del País Vasco.

Julia se estremeció al pensar en aquel dato, pero no tenía tiempo para el asombro histórico. En cuanto las piedras salieron a la luz, se encargó de avisar a sus compañeros de la Ertzaintza y estos, a los técnicos de Gordailua, el Centro de Colecciones Patrimoniales de la Diputación Foral de Guipuzkoa. En menos de una hora se presentaron allí. La inspectora Arrondo intentó resumirles cómo habían llegado a todo aquello. La investigación por asesinato, el diario de Martín

Zarauz y Gamboa, la pista de Mario, los hombres armados... Todo apuntaba al santuario de Guadalupe. Tenían mucho papeleo por delante. Blanca explicó que algunas figuras, especialmente las vírgenes, se utilizaban para guardar objetos o documentos de valor en su interior, a modo de caja fuerte. Se le había ocurrido examinar la talla de Guadalupe al recordar el caso de la Virgen de Rocamador de Sangüesa, en Navarra. Al parecer, en 1994, esta figura fue trasladada a la catedral de Pamplona para una exposición temporal. Uno de los empleados de Patrimonio descubrió que la talla estaba hueca y que en su parte posterior tenía una pequeña puertita. Dentro encontraron una cartera que solían llevar los sacerdotes para dar la comunión en la época de la guerra civil española.

Aitor miraba todo aquel trajín de técnicos de arte, cuerpos y fuerzas de seguridad del Estado y periodistas desde una esquina. Estaba cansado. Se sentía agotado. Aquella semana parecía tener preparada una nueva sorpresa cada día, y esta última le resultaba de lo más inverosímil.

Un tesoro.

Un puto tesoro pirata.

Mario y él prendieron una mecha treinta años atrás que terminó por hacer saltar todo por los aires hacía tan solo unos días. Se preguntó cuánto tiempo habría invertido su amigo en estudiar las pistas, en dar con el rastro de Guadalupe. Se acordó de la exposición a la que había asistido en Hondarribia hacía poco más de un mes, cuando todavía... cuando todavía respiraba.

—Al final tenías razón... —murmuró para sí, elevando la vista hacia el techo de la iglesia—. Estaba aquí. Estaba aquí y tú lo sabías.

Aitor no podía evitar preguntarse cómo habría sido descubrir aquello con su amigo al lado. ¿Era eso para lo que Mario llevaba semanas pidiéndole quedar? Ya no tenía la menor duda. Nunca le había exigido nada más que su amistad y él había respondido con evasivas y rechazo, vergüenza y silencio. Aitor no había estado a la altura. Mario merecía mucho más: era él quien debería haber descubierto las piedras preciosas, sujetarlas con sus manos, sentirse un explorador.

Beloki estaba hablando con los compañeros de la Ertzaintza y los dos guardias civiles que se habían sumado a la fiesta en la ermita. Julia continuaba de aquí para allá, evitando como podía las preguntas de los periodistas, hablando con los técnicos, con Blanca y con su compañero a la vez. Por su parte, la susodicha examinaba la figura con unos guantes, como si hubiera cobrado un valor distinto, incalculable. Estaba rodeada por sus homólogos guipuzcoanos, que también miraban la talla con curiosidad. Parecía feliz sabiendo que aquel descubrimiento traería mucha cola, mucho por estudiar y nuevas preguntas. Los titulares del día siguiente iban a saltar directamente a las portadas nacionales. Puede que hasta lo sacaran en la BBC.

El entusiasmo de Blanca se vio mermado cuando, desde el tropel de personas que la rodeaban dentro de la ermita, se volvió para mirar a Aitor. Lo encontró alternando la vista entre el techo y sus pies, con las manos en los bolsillos y restos de lágrimas en la cara.

Se disculpó educadamente para salir de la conversación y se acercó hacia él.

—¿Estás bien…?

—Sí, solo un poco cansado —respondió, forzando una sonrisa que se quedó en una mueca de tristeza.

Blanca sonrió con ternura y le dio un abrazo.

—Aitor, ¿entiendes lo que está pasando? Esto es enorme —dijo intentando animarlo—. Se trata de un descubrimiento histórico. Y nosotros hemos participado en él.

—Mario lo sabía; debería estar aquí viviendo todo esto. Viviendo… Vivo… —respondió amargamente, dejando escapar más lágrimas.

Ella volvió a rodearlo con los brazos.

—Escucha, Aitor. Tengo que volver y hacer unas llamadas. Pero cuando volvamos a Pamplona lo hablamos con más calma, ¿vale? Además, tenemos una cena pendiente —dijo, apretándole la mano de forma cariñosa.

Él asintió intentando vencer la tristeza que se había apoderado de su persona. ¿Por qué no era capaz de celebrar aquel momento, de disfrutar de la alegría de un descubrimiento como ese, de saborear la noche pasada? Era como si, al mismo tiempo que se partió la talla de la Virgen, algo también se hubiera roto en su interior. Se sentía un impostor, alguien que solo estaba ahí de rebote, fruto de las circunstancias y del trabajo ajeno. Como si estuviera arrebatándole algo a Mario a la vez que deseaba con todas sus fuerzas que hubieran podido desentrañar el significado de aquel diario juntos.

Esta vez fue Julia la que se acercó. No quiso preguntarle qué tal estaba. Era obvio que había estado llorando y no quería ponerlo en ningún aprieto.

—Estamos terminando —dijo para tratar de animarlo—. Tenemos mucho trabajo por delante, pero nuestra labor continúa en Pamplona. En breve saldremos para casa.

Aquellas palabras lo reconfortaron. También agradeció que no le preguntara nada más.

Poco rato después, los cuatro estaban en el coche patrulla de vuelta a casa.

Blanca estaba especialmente parlanchina. No podía ocultar su entusiasmo ante aquel descubrimiento y comentaba la importancia histórica de todo aquello. Había cierto tono de frustración cuando se refería al diario. Julia le había comunicado que los técnicos de Gordailua habían reclamado el documento para estudiarlo y, casi con total seguridad, pugnarían por quedárselo como bien patrimonial perteneciente a Guipúzcoa.

Beloki conducía, a ratos escuchando a Blanca, a ratos deseando que acabara aquella retahíla de datos históricos, navegantes y descubridores. Esta vez era Julia la que miraba de reojo, divertida, a su compañero. Sabía que estaba haciendo un gran ejercicio de paciencia. Por eso, de vez en cuando le echaba un capote dándole conversación de temas policiales y desviando el torrente de información de Blanca hacia el asiento de Aitor.

Por su parte, este escuchaba todo aquello como si fuera la radio de fondo. No es que no le interesara todo lo que Blanca contaba, sino que necesitaba tomar distancia de aquello. Cuantos más kilómetros recorrían de vuelta a casa, mejor se iba encontrando. Tenía el fin de semana por delante y pensaba dedicarlo a descansar y desconectar. El lunes volvía a trabajar y necesitaba estar fresco. Quizá podría visitar a sus padres para comer el domingo. Cerró los ojos, apoyó la cabeza en el asiento y se concentró en recordar el olor a melocotón del garaje de su casa del pueblo.

El teléfono vibró dos veces. Suspiró. Aquella llamada no le gustaba nada.

Descolgó y oyó unos aplausos fuertes y lentos al otro lado de la línea. Sonaban a sarcasmo, pero sabían a culpabilidad.

—Tienes un gran talento para la interpretación —soltó con una carcajada cruel.

Apretó los puños.

—Basta.

—Siempre lo has tenido, de hecho.

Silencio.

—¿Qué pasa…?

—Yo… no quiero… No puedo…

Su interlocutor chasqueó la lengua.

—Todavía no hemos terminado —cortó secamente.

—Pero yo creía que…

—O mueves ficha o ya sabes lo que pasará.

—Esto no es lo que acordamos. Lo de Mario…

La única respuesta que obtuvo fue el sonido de los tonos de una llamada cortada.

Pamplona, 5 de agosto de 2022

El agente Pablo Aguirre se acercó al servicio de caballeros por segunda vez en media hora. Tenía un remolino en el pelo que hacía que de la coronilla le brotase un ramillete confuso de cabellera. No se sentía cómodo cuando aquello ocurría. Por eso acudía al baño a echarse agua, con el objetivo de atusar esa mata rebelde. Mientras se miraba al espejo, pensó si realmente aquello estaba bien. Si hubiera sido un día cualquiera en comisaría, a él le habrían dado igual sus pintas. Pero había citado a declarar a Leyre Sánchez, la chica de la cabellera de fuego, y el subconsciente le mandaba señales para intentar potenciar su atractivo.

Acto seguido, la imagen de los gemelos le vino a la cabeza.

Esta vez se echó agua por toda la cara.

Desde que su mujer dio a luz, sentía que todo el amor que tenían se había multiplicado y, a la vez, dividido. Aguirre echaba en falta pasar un rato a solas con ella; su esposa, tener un minuto para orinar sin tener que estar amamantando a nadie.

Todo era una mezcla de cansancio, pañales sucios y babas que se disipaba con la primera sonrisa de cualquiera de los bebés. Pero aquel instante era tan efímero que contaminaba el resto, pudriéndolo de agotamiento y de noches en vela.

Él quería a su mujer, claro que sí. Entonces, ¿por qué se estaba atusando la cabellera por una desconocida? Es cierto que aquella chica era guapa a rabiar, sí, pero su Elisa lo era todo para él.

Volvió a mirarse en el espejo. Un pelo permanecía en posición vertical, vigilante, sin darse por vencido.

Decidió que ya era hora de dejarlo así y de volver a la realidad. Por Elisa. Por los gemelos.

Salió del baño y se dirigió a su puesto. La inspectora había llamado un rato antes para informarlo del hallazgo de las piedras en el santuario de Guadalupe. Aguirre no se hacía a la idea de la magnitud de aquel descubrimiento, pero, por el tono empleado por su jefa, sabía que era algo importante. Él, por su parte, se había quedado al cargo de supervisar la vigilancia en casa de los padres de Aitor y de coordinar el trabajo de Víctor, que seguía investigando la documentación de la víctima por si daban con alguna otra pista. El becario se había anotado un buen tanto con lo del pósit. Aguirre también había querido anotarse otro llamando a Leyre para un segundo interrogatorio. La notita con las coordenadas era la excusa perfecta para volver a encontrarse con la pelirroja. Ella dijo que, si no suponía un inconveniente, se pasaría al día siguiente. Y él no supo decirle que no.

A la media hora, Leyre apareció en comisaría. Después de un amable ofrecimiento de café y una insípida declinación, se encerraron en la sala.

—Gracias por venir, señorita Sánchez —dijo él.

—Por favor, tutéame. Bastante tengo ya con soportar los clichés de la edad de puertas afuera.

Desde luego, el fuego de aquella mujer se hacía notar también en sus palabras. Era firme y decidida, aunque sin sonar cortante.

—Claro, perdona. Te hemos llamado porque hemos encontrado algo dentro de las cosas que recogimos en casa de tu hermano. Se trata de un pósit con las coordenadas de la ermita de Guadalupe, en Hondarribia. ¿Te comentó algo sobre este lugar?

—No —dijo—. Lo siento.

—Vaya. —Aguirre no esperaba que aquel hilo se extinguiera tan rápidamente—. ¿Y sabes si tenía planeada alguna visita al pueblo?

—Además del día de la exposición, desconozco si volvió más veces —respondió—. Ya os dije que volvió como loco. Me contó que se había encontrado con Blanca Pérez de Obanos y todo eso de que el diario existía... Ese puñetero diario —respondió con fiereza, como si aquel documento fuera el culpable de todo lo que le había ocurrido a su hermano.

—¿Mario compartió contigo algo más sobre la exposición?

—No... Sé que rememoraba alguna batalla importante que hubo en la zona y poco más... Tengo la sensación de que... —Leyre se detuvo, como si se acabara de percatar de algo—. Aunque puede que me equivoque...

Aguirre sintió que se le erguía un poco la espalda.

—¿A qué te refieres...?

Pamplona, 30 de junio de 2022

Mario se recostó en su silla de trabajo y miró detenidamente la pantalla. Se le secaban muchísimo los ojos cuando llevaba varias horas delante del ordenador. Se llevó los dedos pulgar e índice a los lagrimales y apretó con fuerza.

Ni media lágrima.

Decidió levantarse para hacer la comida. Teletrabajar era un lujo por este tipo de cosas. Se sentía muy afortunado. Avisó a su equipo de que hacía un parón para comer, cerró el programa y bloqueó la pantalla del ordenador. Era más por costumbre que por precaución, porque, teniendo en cuenta que vivía solo, no había mucho peligro de que algún compañero fisgoneara sus conversaciones del servicio de mensajería instantáneo de la empresa.

Se dirigió a la cocina y abrió la nevera. Estaba llena de productos orgánicos y carne y pescado de la mejor calidad. Solía hacer la compra meticulosamente, eligiendo cada pieza. Por eso prefería ir al mercado del Ensanche antes que visitar cualquier cadena. Se decidió por una dorada de buen tamaño que se esmeró en limpiar y meter en el horno acompañada de patatas panaderas. Una pequeña ensalada bastaría para completar la comida. Mientras sacaba lechuga y tomates de la nevera, encendió la tele y el equipo de altavoces. El salón y la cocina conformaban un único espacio diáfano, separado por una isla que utilizaba a modo de encimera para cocinar o, directamente, de mesa para comer. La del comedor la reservaba para las visitas. Como cuando iba Leyre.

Mientras saltaba de canal en canal se detuvo en el Teleberri, el telediario de ETB2. La presentadora de los informativos hablaba sobre unas imágenes que le resultaban familiares.

«Hondarribia acoge desde este fin de semana una exposición sobre el quinientos aniversario de la batalla de San Marcial. Las autoridades locales han elegido el quinto centenario para conmemorar este hecho y celebrar varias actividades en torno a la historia de la localidad. Durante estos días y hasta el próximo quince de julio, hondarribitarras y visitantes podrán disfrutar de visitas guiadas y mesas redondas».

Mario subió el volumen y se acercó al televisor secándose las manos. Un hombre de mediana edad que identificaban como el bibliotecario de la localidad hablaba a cámara.

«… puede ser interesante porque te acerca a muchas cosas que incluso la gente de aquí desconoce. Hondarribia tiene mucha historia. Y muchas leyendas. Al ser sitio de paso, ha servido a contrabandistas y hasta a piratas. Se dice incluso que hay un tesoro escondido», añadió el hombre de la pantalla, risueño.

Mario lanzó el trapo de cocina sobre la encimera y salió corriendo hacia su despacho.

Hondarribia, 2 de julio de 2022

El atasco del primer sábado de julio era de esperar. Había madrugado bastante para llegar pronto a Hondarribia. Quería estar allí antes de las diez de la mañana. Aun así, en su recorrido desde Pamplona encontró bastante circulación, pero lo peor se concentraba en la entrada a la localidad guipuzcoana, que estaba totalmente colapsada de vehículos. Estaban siendo unas semanas muy calurosas, mucho más teniendo en cuenta cómo se comporta el verano en el norte. Y eso animaba a turistas y propietarios de segundas residencias a invadir las playas con los primeros rayos del sol.

Se sentía inquieto. Hacía años que no pisaba Hondarribia. Solo recordaba haber estado una o dos veces desde el verano de las colonias y, en ambas ocasiones, de paso. Los recuerdos se le agolpaban en la cabeza. Es curioso cómo los olores pueden ser mucho más potentes que una imagen para la memoria. La densidad del aire, la humedad y el olor a mar lo transportaron treinta años atrás, a las mañanas con Aitor, al momento en el que los monitores abrían las ventanas de aquellas enormes habitaciones y el aroma a salitre se colaba para inundarlo todo.

Echaba de menos todo aquello. También a Aitor.

Era consciente de que sus caminos se habían ido distanciando poco a poco, pero él se afanaba en intentar mantener el contacto. Al fin y al cabo, todas las relaciones pasan por distintas etapas. Ellos habían compartido mucho durante toda la adolescencia. Tanto que en algún momento llegó a plantearse si sus sentimientos hacia él eran estrictamente de amistad.

Pronto lo supo.

Pero para ello primero tuvo que recorrer su propio vía crucis.

Hacía tiempo que las señales se habían vuelto mucho más que meros destellos superficiales. Desde pequeño se había percatado de que él tenía otra forma de ver el mundo, de que las chicas eran algo que no le interesaba de la misma manera que a los demás. Sus ojos iban a parar siempre a algún compañero, aunque al principio se autocensurase cada mirada, cada pensamiento. Cuando ya no pudo luchar más contra sí mismo, se dejó llevar. Aunque, lejos de notar alivio, sintió miedo. Era como caer en un abismo desconocido, profundo. Solo el paso del tiempo le permitió ganar confianza y abrazar aquella nueva normalidad. Aceptar que, le gustase o no, no podía dar la espalda eternamente a lo que sentía.

Era hora de lanzarse, de afrontar su verdadero yo y de mirar al presente de frente. Y qué mejor que abrirse en canal con alguien como Aitor, con alguien en quien confiaba mucho y a quien adoraba.

Las cosas no salieron como él esperaba.

Tampoco tenía del todo claro qué esperar. Ni siquiera podía decir que su amigo reaccionara mal en el momento. Se trataba más bien de sutilezas, de lenguaje no verbal, de lo que se consolidó después de aquello.

Recordaba haber quedado una tarde con él justo antes de empezar la universidad. Estuvieron tomando algo, hablando un poco de todo, dejando pasar el tiempo entre risas y bromas, con el deleite de estar malgastando las horas con la persona adecuada. Para qué quieres tiempo si no es para intercambiarlo por *esos* momentos.

Mario le había dado mil vueltas a cómo decirlo, a cómo expresar lo que sentía por él, a qué palabras exactas usar. Estaba tan nervioso que, cuando Aitor hizo una pausa para dar un sorbo a su refresco mientras relataba una divertida anécdota del pueblo, simplemente soltó:

—Me gustas.

El otro tragó con dificultad la Coca-Cola y tosió un poco entre risas ante la confesión de Mario.

—Gracias, tú tampoco estás nada mal —respondió bromeando.

Su cara no se movió ni un ápice.

—Lo digo en serio —añadió él.

Aitor sintió las mejillas arder y devolvió el vaso con torpeza encima de la mesa. Su nerviosismo era evidente.

Mario vio pasar toda la escena a cámara lenta, como cuando tienes un accidente. Supo de inmediato que acababa de romper algo más resistente que la luna delantera de un coche e intentó enseguida recoger los pedazos del suelo.

—Siento si…

—No pasa nada —respondió atropelladamente Aitor, con la primera sonrisa forzada que Mario veía dibujada en su cara—. Es solo que no sé muy bien qué decir… —añadió, mirando, incómodo, hacia los lados.

—No hace falta que digas nada, de verdad. No sé por qué lo he dicho. No es que esperase ninguna respuesta por tu parte. Yo solo quería…

—Lo entiendo —cortó Aitor asintiendo con ímpetu.

—No me gustaría que las cosas cambiaran entre nosotros. Te considero mi mejor amigo y no querría perder eso. —El tono de Mario sonaba más bien a súplica.

Aitor le dio una palmada en la espalda, algo más fuerte de lo que le habría gustado.

—Tranquilo, eso no va a pasar —contestó este, esforzándose por enseñar todos los dientes de nuevo.

Pero sí que pasó. Solo que él no fue consciente hasta que el propio tiempo se lo gritó al oído.

Mario vio su amistad aclararse como las películas antiguas. Las imágenes de sus ratos con Aitor iban perdiendo color, tirando a sepia. Hasta que finalmente solo quedaron fotografías descoloridas para amarrarse a los recuerdos.

Sin embargo, esto podía cambiarlo todo. El tiempo era esta vez su aliado y las circunstancias, sus cómplices. Mario tenía la esperanza de que el pacto que habían sellado hacía treinta años los pusiera de nuevo en la senda adecuada. Y aquel viaje a Hondarribia podía ser el comienzo de un nuevo inicio.

Cuando por fin logró entrar al pueblo, se dirigió al aparcamiento de la Alameda. Mario no había ido allí para bañarse en la playa. Su objetivo era visitar la exposición por el quinientos aniversario de la batalla de San Marcial y la conquista de la villa, aunque con otra vuelta de tuerca. Necesitaba indagar aquellas leyendas y misterios en torno a la vida del pueblo durante esa época, algo que la noticia en televisión prometía como uno de los grandes atractivos.

Cuando oyó las noticias de la tele, un engranaje invisible lo hizo saltar como un resorte y correr hacia su despacho para buscar en su caja de recuerdos. Se encontró con el diario de Martín Zarauz y Gamboa, custodiado por una pequeña carpeta de plástico azul. Aitor y él habían hecho un reparto justo del botín. Su amigo, como descubridor del susodicho, se había quedado con las tres primeras hojas; él, con las dos últimas. Su recuerdo infantil sobre el contenido era confuso, pero había vuelto a leer aquellos papeles decenas de veces en los últimos días. Podía recitarlos de memoria. Al menos, la parte que lograba entender. Mucho más que con once años y lo suficiente como para saber lo que Martín se proponía.

Para él, el diario simbolizaba un tesoro en sí mismo, un recuerdo inaudito de uno de los mejores veranos de su vida. Lo consideraba algo casi sagrado. Por eso había logrado mantenerlo oculto todo este tiempo. Jamás mencionó a sus padres ni una sola palabra y a Leyre no se lo había confesado hasta hacía poco. Recordó por un instante la cara de preocupación de su hermana, que lo miró temiendo que hubiera caído en una especie de locura transitoria. Mario la hizo prometer que nunca diría nada. Ella le siguió el juego, consciente de que su hermano llevaba sumido en una espiral oscura mucho tiempo.

Leyre tenía claro que la obsesión no era tanto por el diario, sino por su amigo. Y eso le producía una rabia tremenda. Estaba harta de ver a su hermano sufrir, de observarlo en su mundo, en una realidad paralela. Como si lo único importante fuera Aitor. Una persona que, bajo su punto de vista, había dado la espalda a su hermano cuando más lo necesitaba.

Por su parte, Mario era consciente de que su hermana seguía sin creerlo. Pero daba lo mismo. Estaba convencido de que las cosas caerían por su propio peso.

Siempre había querido volver a Hondarribia y buscar aquel tesoro con Aitor.

Cerrar el círculo.

Pero él podía ir adelantando ese trabajo.

Subió por la cuesta que atravesaba la puerta de Santa María y se dirigió a la casa consistorial. La calle Mayor estaba rebosante de actividad. Los habitantes aprovechaban aquellas primeras horas de fresco para hacer la compra o los recados. La exposición se había repartido entre diferentes localizaciones, como el ayuntamiento, la oficina de turismo o el auditorio Itsas Etxea. Aunque el programa estaba colgado en internet, prefirió coger un folleto con información de las distintas actividades que tendrían lugar a lo largo del fin de semana. Se fijó en que a última hora de la tarde había una mesa redonda con Peio Monteano, un escritor e historiador navarro que presentaba su libro *La conquista de Hondarribia entre España, Navarra y Francia: 1521-1524*. Pensó que era un buen sitio para conocer algo más del contexto histórico y decidió incluirlo en su agenda del día. Mientras, fue recorriendo el resto de las localizaciones atento a cada imagen e información. Se sorprendió al descubrir que mucha gente, como él, había preferido aparcar la playa por unas horas y acercarse a un plan más cultural.

En el ayuntamiento encontró una exposición con algunos objetos y armas de guerra. Se estremeció al pensar en el horror de haber vivido algo así. Miles de personas abocadas a un destino injusto, a una muerte demasiado temprana, sentenciadas por las ansias de poder y de riquezas de otros. Algo no muy alejado de lo que parecía seguir pasando en el mundo actualmente.

«No hemos aprendido nada», pensó mientras observaba la punta de una lanza utilizada por la infantería francesa.

A la hora de comer decidió bajar a la zona del puerto. Se sentó en una terraza a la sombra y disfrutó de un vino blanco mientras veía correr a los niños de otros. Se preguntó si algún día sería padre. Veía complicado tener familia. Él ya tenía una. Su hermana era parte de su mundo. Sus padres, aunque estaban mayores, todavía podían disfrutar de la compañía de sus hijos y de planes con ellos. Sus lazos familiares se detenían ahí. No había sobrinos ni cuñados que aguantar. De vez en cuando echaba en falta alguna novedad, pero el estatismo le proporcionaba una seguridad tan valiosa como escasa.

Una nube dio tregua al sol que caía a plomo a aquella hora. En la sobremesa se fijó en que aún quedaba un rato para la charla de Peio, por lo que decidió dar un breve paseo para bajar la comida. En aquella zona del puerto, el edificio de las colonias se encontraba a apenas unos cientos de metros. El corazón se le encogió un poco al pensar en volver a pisar el recinto. Llevaba treinta años sin pasar por ahí y temía ensuciar el recuerdo que guardaba. Al final, decidió sobreponerse al impulso de dejar sus memorias en formol y comenzó a caminar en esa dirección.

Al subir por la cuesta que recorría uno de los laterales del edificio dio con la entrada donde otrora se ubicaban tiendas de campaña para los mayores del campamento. Encontró unos bungalós de madera que parecían relativamente recientes. Desde luego, no estaban allí hacía treinta años. La casita del conserje seguía igualita. Por la ropa tendida, parecía que ahora se trataba de algún tipo de alojamiento destinado a los monitores.

Mario fue dando pasos lentos, introduciéndose cada vez más en el recinto, absorto entre sus recuerdos y las imágenes que veía ahora delante de los ojos. Comparaba cada ladrillo, cada color, cada elemento del antiguo edificio en busca de algún cambio sustancial. La mayoría estaba como recordaba. Al llegar al patio donde tantas veces habían jugado, se percató de que habían construido un pequeño ascensor exterior que mejoraba la accesibilidad del edificio.

—¿En qué puedo ayudarlo? —dijo una voz a sus espaldas.

Al girarse, encontró a un hombre de su edad que le resultaba extrañamente familiar. Llevaba una bicicleta de niño en una mano y un destornillador en la otra. Lo miraba con ojos curiosos, pero afables.

—¿Es usted familiar de algún niño? —preguntó aquel hombre.

—Eh…, solo estaba paseando. Estuve hace muchos años de campamento aquí, estaba visitando el pueblo y me he acercado para ver cómo estaba todo… —dijo Mario disculpándose.

—No se preocupe. Nos pasa mucho. Aunque se necesita permiso para entrar —respondió amablemente, sonriendo.

Aquella sonrisa. ¿Podría ser…?

—¿Carlos…? ¿Carlos… de Tudela?

La estupefacción recorrió la cara de aquel hombre.

—Sí… ¿Quién es usted?

Cuando Mario le respondió, ambos se fundieron en un abrazo lleno de alegría. Carlos y su inconfundible gorra de la Caja Rural. Las vicisitudes del destino habían hecho que terminara trabajando como director de las colonias. Solo le quedaban algunas semanas para colgar las botas y descansar un poco de estar al frente del campamento. Se trataba de un trabajo maravilloso pero muy cansado. Desde aquel lado de la trinchera, recibir a más de cien niños semanalmente era muy agotador. Recordaron varias anécdotas ahí mismo, de pie en medio de la pista del patio, y conjeturaron sobre la vida de algunos compañeros del verano que compartieron treinta años atrás.

—¿Te apetece echar un vistazo? —propuso Carlos—. Hay algunas cosas bastante cambiadas, aunque lo esencial sigue estando igual —añadió guiñándole un ojo.

Recorrieron juntos las estancias del edificio. El suelo de baldosas y mosaicos estaba perfectamente conservado. La mayoría de los huéspedes se encontraban fuera de excursión a esa hora. Los más pequeños habían subido andando por el camino del calvario hasta el santuario de Guadalupe.

—Ya sabes que la visita a la Señora es de obligado cumplimiento —bromeó riendo Carlos.

Un relámpago en forma de pensamiento cruzó por los ojos de Mario.

La Señora. La ermita. La Virgen de Guadalupe.

¿Y si...?

Se quedó parado ahí un momento.

—¿Estás bien? —preguntó aquel, preocupado.

—Sí, sí; es solo que acabo de acordarme de algo. ¿Me disculpas un segundo?

Mario sacó su móvil y puso un pin en Google Maps justo encima de la ermita.

—Listo —respondió rápidamente, con una gran sonrisa.

Continuaron recorriendo los pasillos. Una pintada torpe en la pared que rezaba CLARA obligó a Carlos a explicar que aquella leyenda de campamento seguía viva. Los mayores todavía se encargaban de asustar a los más pequeños contando que el espíritu de una niña que falleció en las colonias vagaba por los pasillos durante las noches. Muchos no querían ni levantarse para ir al baño, ni siquiera cuando la necesidad acuciaba. Por eso de vez en cuando aparecía en la pared alguna «firma» del supuesto fantasma.

Cuando llegaron a las habitaciones, Mario se estremeció. Tenía delante el que en su día fue su dormitorio. El tiempo parecía haberse congelado. Las camas y las ventanas las habían renovado, pero el suelo y, sobre todo, el mueble principal que dividía la estancia en dos hacían que entrar allí tuviera un regusto a pasado.

—¿Puedo…? —preguntó, pidiendo permiso para acceder.

—Por supuesto —respondió Carlos, invitándolo a pasar con un gesto.

La habitación estaba completamente vacía de niños y niñas, aunque el espíritu de algarabía todavía se percibía en el ambiente. Ante sus ojos, el desorden justo para estar durmiendo con amigos fuera de casa, pero cumpliendo unas normas de convivencia adecuadas. Para muchos era su primera experiencia así. Mario recorrió despacio el pasillo entre las camas y se acercó a observar el armazón de madera que hacía las veces de armario y de cabecero para los catres. Todavía conservaba las chapas originales con los nombres de animales que tenía cada cama: lechuza, alpaca, codorniz…

Se detuvo en la suya: vicuña.

Sonrió al pensar en que siempre se había considerado un poco rarito. Le podría haber tocado cualquier animal: un gato, un perro, un gorrión…, pero el destino quiso que fuera una rareza, un animal poco visto por estas latitudes. Al volver hacia la puerta, recordó otra cosa. Aquella también había sido la habitación de Berni. Encontró la ubicación exacta de la cama de aquel matón y, al acercarse, se sorprendió con la terrible analogía de aquella cama: araña.

Ese era su animal.

Satisfecho con el reparto de alias del mundo animal, Mario se dirigió hacia la puerta y le agradeció la visita guiada a Carlos. Cuando se dirigían a las escaleras para bajar hacia la recepción, vio una puerta que le resultó familiar.

—¿Qué hay ahí detrás...? —preguntó.

—Ah, ahora mismo nada —dijo—. Es un ala que han renovado recientemente. Antaño era una sala noble que servía para alojar a personalidades que se acercaban a la costa guipuzcoana. Parece que era algo al alcance de muy pocos. Creo que había una especie de salita con una biblioteca, un despacho o similar. Ahora hay habitaciones dobles o individuales que nos sirven para aislar a algún niño si cae enfermo.

Una oleada de nostalgia lo invadió por completo. Todas las noches escapando a hurtadillas hacia aquella sala habían quedado reducidas a polvo y escombro.

Ahora era un lugar que ya solo existía en su memoria.

Carlos lo acompañó al exterior y se despidieron. Intercambiaron los teléfonos con la promesa de volver a verse pronto y, sintiéndose pleno de melancolía pero agradecido por la visita, Mario Sánchez abandonó las colonias por segunda y última vez en su vida.

Todavía faltaba poco más de una hora para que la mesa redonda comenzase. Se compró un helado de avellana y pistacho y caminó sin prisa por el paseo Butrón. El calor había dado un poco de tregua, pero, aun así, la sombra seguía siendo la mejor aliada. A su izquierda, el estuario del Bidasoa se abría paso, majestuoso, hacia la bahía de Txingudi, una frontera natural salpicada de veleros blancos y pequeños botes a motor, acostumbrada al trajín entre ambos países, valiosa por lo que cuenta, pero también por lo que calla.

«El mar siempre lleva consigo grandes historias», pensó.

Se detuvo a la altura del pequeño espigón. Algunas gaviotas picoteaban las rocas más cercanas al agua, cubiertas de pequeños moluscos y una fina capa de musgo verde. Un chico joven de pelo largo y barba espesa tocaba el ukelele a cambio de unas monedas y llenaba la brisa marina de notas tropicales y un regusto a franquicia de *chill out*. En uno de los lados de la escollera, varios niños jugaban en la orilla de una diminuta playa, creando un telón de fondo de ruido blanco que lo envolvía todo.

Mario inspiró profundamente, como si quisiera llenarse los pulmones de aquel aire relajado y contagiarse de esa especie de calma perezosa. Estuvo varios segundos con los ojos cerrados, apoyado en el murete, sin pensar en nada, absorbiendo el calor de la piedra y la paz de aquel momento.

Cuando volvió a emprender la marcha, se encontró con el Itsas Etxea a tan solo unos metros. El auditorio de Hondarribia albergaba una exposición sobre la relación de sus habitantes con el mar. Tiró a la papelera el papelito que protegía el cucurucho del extinto helado y entró.

Algunas fotos de marineros, pescadores y balleneros vascos narraban la historia de los habitantes del pueblo y sus antepasados. Mario se fijó en un retrato ilustrado de Thomas Jefferson, el expresidente estadounidense, que iba acompañado de un enunciado: «Los vascos lo empezaron». Al interesarse por el pie de la imagen, descubrió con sorpresa que esta frase la pronunció el susodicho en 1788 en alusión a que los vascos fueron los primeros en introducir la técnica de la caza de ballenas a nivel industrial en América del Norte.

Un hombre disfrazado de corsario se acercó a Mario.

—¡Ahoy, marinero! —pronunció en una torpe imitación del saludo pirata—. ¿Conoces la leyenda del tesoro de Hondarribia?

El corazón le dio un vuelco.

—No… no —acertó a responder.

El actor le señaló la puerta de entrada al auditorio. Estaban proyectando en bucle un documental de unos quince minutos de duración. Esperó durante un momento a que terminara la sesión anterior y entró.

Unas enormes letras blancas proyectadas en la enorme pantalla rezaban *El tesoro de Hondarribia*. Durante los siguientes quince minutos, Mario contuvo el aliento.

El cortometraje narraba la historia del corsario Jean Fleury. Al parecer, el pirata francés pasó por Hondarribia a principios del siglo XVI para reclutar a algunos marineros con el objetivo de que lo ayudaran en su no tan noble propósito de asaltar otros navíos. En aquella época, la ciudad estaba en guerra, asolada por las tropas castellanas, francesas y navarras, por lo que muchos jóvenes vieron en aquello una oportunidad de salvar la vida y buscar fortuna. La punta de Biosnar, lo suficientemente alejada del tránsito del puerto principal, albergaba un improvisado amarre donde barcos y barcazas atracaban sin ser vistos. Más tarde, este sitio se utilizaría como punto de entrada y salida para contrabandistas. Fleury partió de Hondarribia con varias naves a finales de 1522. Su objetivo principal era asaltar las carabelas de Hernán Cortés, que volvían de las Américas repletas del tesoro del emperador Moctezuma. Tras un asedio en el que Cortés perdió algunas de sus embarcaciones, a muchos de sus hombres y toneladas de oro, los marineros del pueblo que retornaron lo hicieron con riquezas procedentes del tesoro azteca. Sin embargo, en el contexto de aquella guerra en la villa, parte del botín de algunos se perdió o fue escondido y jamás encontrado.

Al terminar la proyección, Mario salió disparado hacia la calle. Marcó el número de Aitor y esperó, con el corazón en un puño.

Nada.

Probó una segunda vez y tampoco obtuvo respuesta.

Hola, Aitor
Hace mucho que no nos vemos,
pero me gustaría invitarte un día a cenar
¿Cómo lo tienes?

Se quedó durante largos segundos mirando la pantalla esperando el doble tic azul que no llegaba. Había sopesado mencionarle algo acerca de sus pesquisas en el mensaje, pero no quería que lo tomara por loco. Finalmente, guardó su móvil en el bolsillo y se sentó en un banco, mirando al mar.

¿Era todo aquello posible...?

La cabeza comenzó a darle vueltas mientras observaba el movimiento rítmico de las olas. Estuvo así durante un rato. Necesitaba más información sobre lo que acababa de ver y estaba dispuesto a agotar todas las vías, fueran oficiales o no. Volvió a sacar su móvil y buscó el grupo de WhatsApp de Hacktivismo Iruña.

> Hola, compañeros
> Necesito ayuda con un tema
> ¿Alguien puede echarme una mano
> para acceder al sistema de gestión
> de los archivos municipales de
> Hondarribia?
> También necesitaría acceso al
> Archivo de Simancas

De repente, se le cruzó por la cabeza que aquello podría no ser buena idea. Ellos nunca utilizaban WhatsApp para este tipo de peticiones. No era seguro. Además, cuanta menos gente estuviera al corriente de esta información, mejor.

Inmediatamente, eliminó el mensaje. Había sido una calentada estúpida. Trataría de recabar datos por su cuenta y, en todo caso, recurrir a ayuda poniendo especial cuidado en no dejar un rastro digital. Quizá Raúl fuera la persona indicada.

Estaba en medio de aquellas elucubraciones cuando se fijó en que casi era la hora de la charla de Peio. Saltó como un resorte del banco y subió a buen paso hacia la oficina de turismo. Al llegar se situó en una de las últimas filas de la improvisada hilera de sillas que miraban hacia el mostrador. Justo ahí se encontraba el historiador, junto a otro hombre de mediana edad y una mujer rubia, de aspecto angelical. Una señora con el pelo corto y unas mechas de color azul intenso se acercó a ellos con un micrófono de mano.

—Buenas tardes a todos y gracias por venir. Como saben, la mesa redonda de hoy versa sobre la conquista de Hondarribia. Tenemos con nosotros a Peio Monteano, filósofo, escritor e historiador, que nos presentará su libro sobre este tema. Nos acompañan también Marcelo Bakaiku, experto en historia medieval, y Blanca Pérez de Obanos, historiadora y restauradora especializada en esta misma época.

Los integrantes de la charla saludaron levemente con la cabeza al público, sonrientes.

Mario no daba crédito. ¿Blanca Pérez de Obanos? ¿La Blanca de las colonias? Desde luego, parecía ella. Aquel día se estaba convirtiendo en una congregación de antiguos campistas. Durante la hora y media que duró la mesa redonda apenas pudo prestar atención a los datos que los expertos aportaban sobre aquellos años convulsos en los que Hondarribia pasó de mano en mano. Mario intentaba concentrarse, pero sus ojos volvían una y otra vez a Blanca.

¿Qué había sido de su vida? ¿Qué la había empujado a estudiar historia y arte? ¿Estaba casada? ¿Tenía familia? ¿Podría ayudarlo?

Al terminar aquel coloquio y tras los aplausos, esperó a que los integrantes de la mesa se despidieran para acercarse.

—Hola, Blanca —se atrevió a decir—. ¿Te acuerdas de mí...?

Ella parpadeó, sorprendida, pero enseguida se le iluminaron los ojos y, dando un pequeño saltito, se abalanzó sobre él y lo abrazó con improvisada pero sincera alegría.

—¡Mario...! Eres tú, ¿verdad? —dijo, apartándose, algo avergonzada ante su atrevimiento—. ¡Pero si estás igualito...!

Él sonrió, asintiendo.

Dos abrazos más tarde, Blanca le propuso tomar algo. El día se había escapado sigilosamente y el sol comenzaba a esconderse poco a poco, tiñendo de naranja la luz que rebotaba en las blancas paredes de las casas del pueblo. Se acercaron hasta la calle San Pedro, en el barrio de La Marina. En un alarde de fortuna, encontraron sitio en un barril que hacía las veces de mesa de terraza en el Gran Sol, uno de los locales de pintxos más laureados de toda la comunidad. Durante todo el trayecto y la primera copa de vino, Blanca lo acribilló a preguntas: quería saber qué había estudiado, dónde trabajaba, si había tenido familia, qué tal estaba Leyre... y, por supuesto, si sabía qué fue de Aitor. Mario respondió animadamente a todas y cada una de las cuestiones, feliz de entablar una charla como no tenía desde hacía tiempo. Luego le llegó el turno a ella. Le habló de sus estudios, de su trabajo, de la tragedia de sus padres y de que se había quedado embarazada demasiado pronto, aunque ahora era muy feliz.

—¿Y tienes contacto con el padre de tu hijo...? —preguntó Mario, inocente.

Blanca sopesó durante un instante revelarle que fue demasiado idiota y terminó con la persona menos adecuada, pero decidió dejarlo estar.

—No —contestó, sonriendo con amargura—. Pero creo que es mucho mejor así. Aritz y yo estamos muy bien —añadió.

Mario se sintió un poco culpable por haber indagado. Su destartalado medidor social lo avisaba demasiado tarde de lo inapropiado de la pregunta. Para contrarrestar el momento, llamó al camarero.

—¿Me dejas que saque una botella de txakoli para celebrarlo? —propuso.

Blanca brindó con lo que le quedaba de copa en señal de agradecimiento.

—Por las meteduras de pata —dijo.

—En eso no hay nadie que me gane —contestó él, riendo de buena gana.

—Te sorprenderías —añadió ella, y se bebió de un trago todo el líquido que quedaba en la copa.

Al cabo de una hora, varios pintxos y muchas más copas, la lengua de Mario parecía trabarse un poco con las eses y con las erres. Se sentía eufórico como nunca. Estaba muy a gusto en aquella conversación, en aquel paseo rodeado de árboles, con aquella comida y en compañía de una vieja amiga del pasado. El día había merecido la pena. Mucho. Muchísimo. Era consciente de que no podía conducir en aquel estado de embriaguez de vuelta a Pamplona, por lo que decidió echar un vistazo rápido para alquilar una habitación de última hora en un hotel.

Miró la pantalla de su móvil. Aitor no había respondido todavía.

Aquello lo decepcionó un poco. Puede que fuera fruto de ese instante de bajón emocional o de los efluvios de demasiado alcohol, pero Mario sintió la necesidad de sacar de dentro todos sus demonios y las inquietudes que había ido acumulando durante todo el día.

—Oye, Blanca… —acertó a decir con su lengua de trapo—. ¿Puedo contarte una cosa…?

—Claro —respondió ella, sorprendida.

—¿Prometes que no te vas a reír?

Ella hizo justo eso.

—¿Ves? A eso me re-refiero —dijo él, con un ligero tono de decepción que rozaba lo infantil. Parecía un niño enorme de siete años, solo que algo achispado.

—¡Vale, vale! Lo prometo —respondió Blanca solemnemente, levantando la mano derecha—. Dispara.

—Tengo un diario antiguo que creo que puede llevarnos a un tes-tesoro.

Pamplona, 5 de agosto de 2022

Mikel Beloki atravesó el peaje de Zuasti cuando el sol comenzaba a ponerse. Pensó que aquel mismo sol era el que Nekane y sus hijas estarían viendo en Salou. Echaba de menos a las tres chicas de su casa. Miró durante un momento a través del espejo retrovisor y vio a Aitor completamente dormido, con los brazos cruzados sobre el pecho, apoyado sobre su ventanilla. Iba dándose golpecitos en la cabeza con el cristal cuando pasaban por un bache. Estaba tan exhausto que ni siquiera ese traqueteo lograba despertarlo.

Blanca parecía estar quemando las teclas de su móvil. Devoraba el contenido de la pantalla sin prestar atención a lo que tenía a su alrededor. Beloki se acordó de que ni uno ni otro tenía pinta de haber dormido mucho aquella noche y pensó que las mujeres parecían tener una resistencia física mucho mayor al sueño. Ellas estaban siempre alerta, preparadas para responder a lo que fuera, sin importar el cansancio ni las horas en vela.

A su lado, Julia miraba a través de la ventanilla. La inspectora tampoco parecía dar tregua a su cerebro. Sabía que su jefa estaría repasando mentalmente cada una de las piezas del caso, tratando de dar con algo que no hubiera visto, que se le hubiera escapado. Parecían una extraña familia agotada volviendo de unas largas vacaciones, de un largo viaje. Solo que aquello no era un monovolumen, sino un coche patrulla, y la verdad es que a ninguno de ellos le sobraba el descanso vacacional.

A la llegada a Pamplona, el agente Beloki preguntó amablemente a Aitor y Blanca dónde podía dejarlos. Julia indicó a su compañero que los acercara a casa, que era lo menos que podían hacer. Blanca fue la primera afortunada en llegar a su destino. Aitor se había despertado cinco minutos antes. Un ronquido corto y espontáneo lo había sacado de su propio sueño y había arrancado una risa entre los integrantes de aquel coche. Tenía cara de dormido y restos de saliva en la comisura del labio.

Blanca se bajó en la rotonda de su casa.

—Gracias por todo —dijo mirando a Julia—. Estoy totalmente disponible para lo que necesitéis. Aitor —añadió con una sonrisa—, te llamo mañana.

Y cerró la puerta.

La inspectora miró al susodicho a través del espejo retrovisor. La cara se le había enrojecido y miraba al suelo, algo avergonzado.

—¿Te dejamos en casa? ¿O prefieres bajarte aquí?

Aquella segunda pregunta sonó completamente fuera de lugar, incluso para ella misma. Se arrepintió en el acto de haber empleado ese tono.

Beloki no dijo nada, pero conocía a su jefa y percibió el ligero sarcasmo que acompañaba aquella frase.

—No, no; en mi casa, por favor —respondió él, azorado.

El resto del camino todos permanecieron en silencio. Cuando Aitor bajó del vehículo en la puerta de su casa, se despidió, tímido, con la mano antes de dirigirse al portal.

Julia bajó la ventanilla.

—Descansa —le dijo—. Intentaremos no molestarte más allá de lo estrictamente necesario —añadió con tono seco.

Aitor asintió y se perdió entre los espejos de la entrada de su edificio.

Ella miró al frente, ignorando los ojos inquisitivos de su compañero. Beloki supo que aquello era signo de que no debía forzar la máquina. Arrancó y se dirigió a comisaría.

Cuando estaban aparcando, el móvil de Julia volvió a sonar.

—Arrondo —dijo a modo de saludo al cogerlo.

—…

— ¿¡Qué!?

Beloki frenó en seco. Aquella interjección no sonaba nada bien.

Julia se llevó la mano a la frente y se restregó la cara con fuerza.

—No me lo puedo creer… Bien, mantenednos informados. Gracias. —Colgó. Se tomó un segundo antes de hablar, intentando procesar la información—. Dos hombres han asaltado el coche de los técnicos de Gordailua. Han herido con arma de fuego a uno y se han llevado la virgen.

El sonido de la respiración nasal, fuerte y entrecortado, era lo único que se oía en la furgoneta.

—Tenías que dispararle, ¿verdad? —le reprochó, agarrando con fuerza el volante, sin apartar la vista de la carretera.

—No parecía dispuesto a colaborar —respondió escuetamente, mirando por la ventanilla.

—Mírame —pidió—. ¡Que me mires, coño! —gritó cogiéndolo por la nuca y estampándole la cabeza contra el salpicadero con un golpe seco y contundente.

Emitió un chillido y se incorporó mientras se llevaba la mano a la frente. Un puntito de sangre asomaba por un incipiente chichón que, unos segundos después, ya se tornaba color morado.

Permaneció con la mirada baja. Una pequeña sonrisa se le escapó por la comisura de los labios y tuvo que girar la cabeza de nuevo para disimularla.

—Ha vuelto a llamar —dijo.

—¿Cuándo?

—Hace apenas unos minutos. Acabo de recibir un mensaje.

—¿Y qué cojones quiere?

—Saber qué pasa con su parte.

Esta vez fue él quien dibujó una amplia sonrisa, solo que no tuvo que esconderla.

—Dile que aún no ha cumplido con todo el trato.

Pamplona, 5 de agosto de 2022

Aunque la casa estaba en penumbra, a lo largo del día había acumulado mucho calor y el aire estaba algo viciado. Aitor lanzó las llaves encima de la mesa y se dejó caer en el sofá boca arriba, exhausto. Su mente estuvo durante un momento en blanco. Acto seguido, se echó a llorar. Con amargura y la respiración sincopada; todo lo que no había logrado soltar desde hacía años, siglos. Lloró de esa manera en la que parece que solo lo hacen los niños, emitiendo gemidos de queja y con las lágrimas rodando a borbotones por las mejillas. Cuando hubo sacado todo lo que tenía dentro, se quedó dormido.

La inspectora Julia Arrondo y el agente Mikel Beloki llegaron a comisaría. Cuando aún no habían terminado de aparcar, el móvil de Julia recibió otro mensaje.

> Me han llamado por lo de Gordailua
> La Ertzaintza está con ello
> Ve a casa a descansar. Es una orden

La comisaria Mendizábal era lista. Sabía que, si hubiera llamado por teléfono, Julia habría protestado y rebatido aquella decisión. Pero aquello era una única interacción unidireccional, una orden. Apostaba a que, si probaba a llamarla al móvil, estaría apagado.

«Es una orden», se repitió Julia. «Ojalá pudiera desconectar mi cabeza así de fácil».

—Dejamos las cosas y a casa a descansar, ¿vale? —dijo—. Mañana tiene pinta de ser otro día bastante largo. Por cierto, ¿tú no te ibas de vacaciones ahora…?

—Todavía no —respondió escuetamente Beloki.

—Vale. Mañana nos vemos, entonces.

Julia se subió a su coche sin pasar por comisaría. Condujo durante apenas un par de kilómetros hasta su casa. Al llegar recordó que no había avisado a Aguirre. Le escribió un mensaje rápido para que se fuera a descansar junto con su familia. Necesitaba a todo el equipo lo más fresco posible al día siguiente. En su móvil tenía varias notificaciones del grupo de *crossfit*. Al parecer había una carrera de obstáculos ese fin de semana y varios compañeros se habían apuntado para ir. Lamentó no poder socializar más. Los avisos de mensajes nuevos en el grupo de sus amigas no hacían más que subir. Parecía que había más actividad de lo habitual. Varias de ellas habían acordado salir a cenar esa noche y bailar un poco.

De pronto, su casa le pareció extrañamente grande y silenciosa. Podría acercarse a tomar algo con su cuadrilla y volver pronto para descansar. Su cabeza valoró ir, pero su cuerpo pareció amarrarse con grilletes al sofá. Se levantó, sacó una cerveza de la nevera y volvió al salón. Se la bebió en tres tragos. Se levantó a por otra. En el segundo trago de la segunda cerveza, abrió WhatsApp y comenzó a escribir un mensaje.

Antes de llegar a terminar la primera frase, se quedó dormida.

Pamplona, 6 de agosto de 2022

Aguirre terminó de engullir un trozo de ensaimada de chocolate con un gran sorbo de café. Su cuñada había estado de vacaciones en Mallorca y había traído una de Ca'n Joan de s'Aigo, uno de los sitios con más fama de toda la isla. Elisa se acercó a la cocina andando de puntillas, con cara de dormida.

—¿Ya te vas…? —preguntó con voz de pena.

—Sí, de hecho, voy a llegar un poco tarde —dijo él llevando el vaso al fregadero y dándole un beso en la frente que le dejó una sombra de chocolate negro.

Ella se restregó los restos de cacao con el dorso de la mano y se quedó observando. Ahora tenía parte de chocolate, babas de los gemelos y algo que parecían ser mocos secos cubriéndole la piel. Ninguno de esos tres elementos provenía de ella.

Suspiró.

—Se despertarán en un rato. Pensaba pasar la mañana juntos e ir a comer a casa de mis padres —comentó, decepcionada.

—Cariño, lo siento —dijo Aguirre agarrándola por los hombros mientras buscaba su mirada—. Soy el primero al que no le gusta trabajar el fin de semana, pero estamos en medio de una investigación importante.

Ella no dijo nada. Se limitó a mirar al suelo.

—Lo entiendo —murmuró unos segundos después.

Aguirre se asió con fuerza a ese comentario, la abrazó y cogió las llaves de casa. Se sintió como una mierda al cerrar la puerta. Estaba saliendo casi cuarenta y cinco minutos antes de lo necesario. Era consciente de que estaba evitando comerse el momento del despertar de sus propios hijos, pero es que durante el desayuno se ponían insoportables.

«Me necesitan cuanto antes en comisaría», pensó para sí mismo, como si quisiera engañar a su propia conciencia.

Antes de subir al coche, miró los mensajes. Había llamado a Julia varias veces el día anterior para contarle su conversación con Leyre, pero la inspectora no le había devuelto la llamada. Decidió no darle importancia; en un rato se verían en comisaría.

Pamplona, 6 de agosto de 2022

Un rayo de luz comenzó a calentarle el párpado. No es que tuviera fotofobia, él podía dormir perfectamente a plena luz del día. Pero su subconsciente lo avisó de que no estaba en su cama. Se había vuelto a quedar dormido en el sofá. De hecho, tenía toda la cara marcada con las pequeñas rayitas del cojín, que, por cierto, compró Eva y jamás le había gustado. Era bonito, sí, pero tremendamente duro. Quizá esa fuera la mejor analogía de su exnovia.

Aitor se desperezó y recuperó el móvil perdido de la estructura del sofá. Tenía varias notificaciones de WhatsApp. Su jefe quería confirmar si volvía por fin el lunes al trabajo y al parecer sus amigos estaban quedando para ir a ver el próximo partido del Osasuna el domingo. Para su sorpresa, Blanca también le había escrito. Lo invitaba a cenar esa noche a su casa.

Dios, ¿en qué momento las cosas habían empezado a avanzar tan rápido?

Dejó el mensaje en leído y se incorporó del sofá sin contestar. De camino a la ducha, se miró en el espejo del pasillo. Aún conservaba un aspecto bastante atlético para la edad que tenía. Él sabía que en gran parte era pura genética, mera suerte. Como el pelo. La mayoría de sus amigos habían perdido grandes cantidades o estaban completamente calvos. Él conservaba una mata envidiable, bastante oscura y que se le enroscaba en la nuca formando unos divertidos caracoles que le daban un aspecto más juvenil. No se consideraba guapo en especial, pero lo cierto es que siempre había llamado la atención de las chicas. En ocasiones, alguna le había comentado que tenía un aire misterioso y torpe. Él se sentía aliviado al oír aquello, ya que, en su opinión, todo era torpeza disfrazada de distintas formas, aunque le resultaba agradable que a ojos de los demás tuviera ese efecto.

Aun así, nunca habría concebido poder jugar en la misma liga que Blanca. Ella se había fijado en él. Joder, si incluso se habían acostado. Y aquello era algo que no se habría imaginado ni en siete vidas. Por eso le resultaba terriblemente incómodo no saber la razón de sentirse así de vacío ahora. ¿Por qué no estaba dando botes de alegría? ¿Por qué no podía centrarse en lo único bueno que había ocurrido en los últimos días?

Sabía que habían sido demasiadas cosas, demasiadas emociones. Y eso lo hacía incapaz de separar y aislar las buenas de las malas. Todo era una amalgama de formas de sentir, como una maraña de cables enredados.

Echó un último vistazo al espejo antes de dirigirse al baño y se centró en sus brazos. Definitivamente, tenía que hacer más ejercicio. De repente, pensó en Julia. Ella tenía unos brazos envidiables. Se había fijado durante la cena en Hondarribia. Se notaba que la inspectora hacía mucho deporte. Agradeció el acompañamiento que le había brindado durante los últimos días. Lo cierto es que ella le transmitía mucha seguridad, no solo por su profesión, sino por su manera de hacer. Era de aquellas personas que encuentran la palabra adecuada para cualquier situación: tanto dar órdenes como consuelo.

Julia lo hacía sentirse bien.

Una sensación de culpabilidad y de confusión lo inundó de inmediato. ¿Qué narices hacía pensando en la inspectora de aquella manera?

Aitor se rascó la cabeza con demasiada fuerza, como si quisiera borrar aquel pensamiento de la superficie del cráneo. Se apartó del espejo que quizá le estaba mostrando demasiado y cogió su móvil antes de entrar a la ducha.

OK. Nos vemos a las ocho en tu casa

Julia se había despertado pronto, demasiado incluso. El sol aún estaba desperezándose cuando se sintió lo suficientemente descansada como para salir de la cama. Hizo café, tostadas y partió algo de fruta. Mientras masticaba, pensó en que el día se presentaba largo de nuevo. Tenían muchas preguntas y muy pocas respuestas. Parecía que detrás de todo podía estar el robo de las piedras y aquellos dos hombres extranjeros, pero seguía sin entender algunas cosas. Estaban continuamente pisándoles los talones, aunque ellos parecían ir siempre varios metros por delante. Además, tenía la extraña sensación de haberse topado con un muro, sin saber muy bien por dónde seguir.

Sabía que su equipo estaba al pie del cañón y que aún no habían jugado todas sus cartas. Tendrían que esforzarse. Ella, por supuesto, también. Sin embargo, se sentía en la necesidad de agradecerles todo aquel trabajo. Las horas de sueño y las oportunidades de descanso con la familia que sus compañeros habían perdido de repente le pesaron como si fueran suyas. Mientras daba el último sorbo al café, se le ocurrió una idea. Al salir de casa tomó un desvío para aparcar un momento cerca del Casco Viejo. Llegó a la curva de Mercaderes y se dirigió hacia la calle Curia. Pastas Beatriz acababa de abrir y, sin embargo, ya tenía cola. No era de extrañar. Tenían los mejores garroticos de la ciudad, unas pequeñas napolitanas de chocolate que hacían las delicias de lugareños y visitantes y que los pamploneses llevaban allá donde fueran con el mismo orgullo que el mismísimo pañuelico.

Al llegar a comisaría, la característica caja amarilla de Pastas Beatriz acaparó todas las miradas del pasillo. Era muy típico llevarlas en cumpleaños, celebraciones o días especiales, aunque aquel día no hubiera mucho que celebrar.

Cuando Julia abrió la puerta de la sala de reuniones, sus compañeros ya estaban allí. La inspectora no solía llegar tarde, pero todos entendieron perfectamente y disculparon el retraso cuando vieron aquella caja repleta de felicidad en forma de calorías.

—Joder, que he desayunado ensaimada esta mañana —protestó Aguirre—. Esto se avisa, jefa.

—Si no quieres, no comas —respondió Julia con malicia, llevándose un garrotico a la boca.

Aguirre entornó los ojos mientras acercaba la mano a la caja. Un día es un día, qué coño. Ya saldría mañana a correr.

Víctor también estaba allí. Como si de un educado niño se tratara, esperó a que sus compañeros cogieran sus respectivos dulces para hacerse con un garrotico.

Todo el mundo tenía las manos pringadas de chocolate cuando Julia comenzó la reunión.

—Reconozco que trabajar en fin de semana es algo que nos toca demasiado a menudo —confesó la inspectora—. Sin embargo, es lo que tiene nuestra profesión. En momentos como este, toca estar al pie del cañón. Y vosotros cumplís con creces. Siempre. Así que vayan las gracias por delante por estar hoy aquí.

Beloki daba vueltas al café con leche de máquina mientras observaba su vaso. Lo pasaba realmente mal con los momentos de elogio o hablando de sus propios sentimientos. Deseaba que la inspectora arrancase de verdad para meterse en harina. Era su hábitat natural.

—Como sabéis, las últimas cuarenta y ocho horas han dado para mucho —continuó explicando Julia—. El agente Beloki y yo fuimos el jueves a Hondarribia junto con dos testigos,

Blanca Pérez de Obanos y Aitor Luqui. Nuestra idea era explorar el santuario de Guadalupe, el lugar que aparecía reflejado en las coordenadas del pósit que encontramos en casa de Mario Sánchez. —Hizo una pausa—. Al parecer, la víctima había encontrado alguna pista que apuntaba directamente a la ermita. Al llegar allí nos encontramos con que dos hombres armados acababan de asaltar al párroco y habían disparado contra el coche de unos jóvenes antes de huir.

El relato de Julia solo lo interrumpía el ruido de masticación de Aguirre. Beloki miró a su compañero para reprenderlo, pero él parecía estar absorto en el chocolate y en el relato.

—Los dos sospechosos huyeron en una furgoneta negra. La descripción del sacerdote y la de los jóvenes coincide: se trata de dos hombres, uno de entre cincuenta y sesenta años, moreno, de aproximadamente metro setenta, y otro de unos treinta, más alto, rubio, pelo largo y de aspecto atlético. Presumimos que son extranjeros. Uno de los chicos vio la matrícula y la Ertzaintza ha confirmado que se trata de un vehículo que fue sustraído la semana pasada en Pamplona, lo que nos hace pensar que podrían estar tras la misma pista que nosotros y que quizá se muevan incluso más cerca de lo que creemos.

Los bolígrafos volaban sobre los papeles de nuevo. Víctor atendía y tomaba apuntes como si se tratara de una clase magistral. Parecía un chiquillo. Un mechón rubio le caía sobre la frente, donde se adivinaba una pequeña protuberancia.

Julia hizo un gesto a Beloki para que continuara él mientras ella se servía un vaso de agua.

—Ese día realizamos una primera exploración en la ermita, pero no encontramos nada. Al continuar la mañana siguiente encontramos dos esmeraldas ocultas en la talla de la Virgen —explicó el agente.

Aguirre dejó de masticar.

—O sea que… sí que había un tesoro —comentó, fascinado—. Joder, esto es gordo, ¿no? Da como para una peli.

—No sé si para una peli, pero os aseguro que los periodistas llegaron allí casi a la vez que la Ertzaintza. No entiendo cómo lo hacen. La cuestión es que en el pueblo se ha levantado un revuelo tremendo, como es lógico —añadió Julia—. Nuestros compañeros avisaron a los técnicos de Gordailua, el organismo encargado de la gestión del patrimonio cultural en Guipúzcoa, y ahora viene la última vuelta de tuerca, que tampoco es precisamente buena —dijo endureciendo el tono de voz—. Mientras volvíamos ayer a Pamplona, asaltaron el coche que transportaba la virgen y las esmeraldas e hirieron en una pierna a uno de los técnicos. La descripción de los asaltantes vuelve a coincidir. Huelga decir que se han llevado todo.

—Esto se está poniendo cada vez más feo —comentó Aguirre silbando.

Julia asintió.

—Así es. Por eso necesitamos ser rápidos. He pedido a la Ertzaintza que trabajemos mano a mano en esto. Me jugaría un brazo a que esos hombres son los que entraron en casa de Mario Sánchez. Las huellas de calzado que encontramos en casa de la víctima coinciden con las de dos personas de distintas alturas, *a priori*.

Todos en la sala callaron y reflexionaron, pensativos.

—Por lo demás, seguimos bloqueados. ¿Alguna idea...? —preguntó Julia.

Otro silencio se adueñó de la estancia.

—Puede que, si volvemos a revisar el historial de navegación de la víctima, encontremos alguna pista o algún contacto que hayamos pasado por alto relacionado con Hondarribia, la ermita o algo parecido —sugirió el agente Ozcoidi mientras soplaba el mechón de pelo que le caía por la cara.

—Qué, ¿una noche complicada con la parienta? —preguntó Aguirre dándole un codazo y señalando el chichón que se adivinaba en la frente.

—Una mala entrada echando una pachanga ayer con unos amigos. Jamás te pelees por un balón alto con alguien que te saca una cabeza —bromeó Víctor.

—Entonces ¿te encargas tú? —pidió Julia mirando a Ozcoidi.

Él asintió.

Beloki intervino:

—Recordemos que Mario Sánchez era desarrollador de software y miembro de Hacktivismo Iruña, lo que quiere decir que sus conocimientos en cuanto a navegación, búsqueda y gestión de datos seguramente no estén al alcance de cualquier usuario medio.

Julia reflexionó acerca de eso durante un instante.

—Creo que una segunda charla con nuestro amigo Raúl Alzórriz podría venirnos bien. ¿Qué te parece? —preguntó la inspectora.

—Yo me ocupo —respondió él.

Ella dirigió la mirada entonces hacia Aguirre, el cual asumió que era su turno para proponer algo, pero tenía un as guardado en la manga.

—Yo me he adelantado un poco —comentó con orgullo—. Ayer cité a Leyre Sánchez, la hermana de la víctima, para cotejar la información del pósit y las coordenadas. Ella afirma que no estaba al corriente de las investigaciones de su hermano. Yo, particularmente, la creo.

Beloki entornó los ojos con discreción. A su compañero se le veía el plumero a leguas. Esa mujer le hacía perder el norte. Aguirre no se dio cuenta y prosiguió su relato.

—Lo único que le pareció llamativo es que su hermano volvió como loco de Hondarribia…

—Eso ya nos lo contó en el anterior interrogatorio —soltó Julia, que comenzaba a pensar también que su compañero tenía especial predilección por hablar con Leyre, como el que se toma un café con un amigo.

—Sí, pero me dijo que lo que realmente lo hizo estar eufórico no fue lo que vio en la exposición, sino haberse encontrado con Blanca.

La inspectora frunció el ceño.

—¿Blanca Pérez de Obanos? —preguntó—. Ella también nos confirmó que había estado con él. No veo dónde quieres ir a parar.

—Así es. Estuvieron juntos y dijo que Blanca le comentó que aquel diario podía tener mucho valor y que…

—Espera —cortó la inspectora— ¿Qué?

—Que Blanca le dijo que…

Julia miró a Beloki.

—Ella desconocía la existencia del diario. O al menos eso fue lo que nos dijo en el primer interrogatorio.

Sus pantalones favoritos estaban en el cesto de la lavadora. Podría parecer un detalle menor, pero, cuando te enfrentas a tu primera cita en años, cualquier elemento que te saque de tu zona de confort corre el riesgo de mermar tu seguridad en un alto porcentaje. Se decidió por otros que hacía mucho que no se ponía. Recordó por qué. Tenían una pequeña manchita de lejía. Desestimó esta prenda también y, finalmente, optó por unos pantalones cortos azul marino con una camiseta blanca informal. Las noches de aquel verano seguían sin dar tregua y el clima tropical se había adueñado de la ciudad en las últimas semanas. Salir sin chaqueta en Pamplona era algo tan fuera de lo común que había que aprovechar.

Aitor se calzó unas alpargatas, se puso un par de gotitas de colonia y se miró un momento en el espejo antes de salir.

«Allá vamos», pensó.

Su casa no quedaba muy lejos de la de Blanca. Eran algo más de veinte minutos de paseo que aprovechó para intentar despejar la mente. Mientras caminaba, llamó a sus padres para confirmar que estaban bien y que no había de qué preocuparse; pero, aun así, lo hacía. Cómo no.

Al colgar, de manera casi automática, volvió a sacar el móvil del bolsillo para escribir a la inspectora y contarle aquello, compartir las buenas noticias que llegaban desde Caparroso. Su verdadera intención tardó pocos segundos en hacerse patente. Entonces frenó en seco su paseo y miró el fondo de pantalla.

«Menuda tontería», pensó. Si sus padres no estuvieran bien, puede que Julia se hubiese enterado incluso antes que él. Aún tenían una patrulla vigilando los alrededores.

Continuó mirando aquel objeto inerte sin meterlo al bolsillo. Tenía ganas de hablar con Julia. ¿Acaso todo aquello era un movimiento inconsciente en busca de una excusa para llamarla?

Suspiró y una nueva oleada de culpabilidad volvió a invadirlo.

Estaba de camino a la cita con la que su yo de hacía treinta años no se habría atrevido ni a soñar y, sin embargo, andaba pensando en otras personas. Se restregó los ojos, se forzó a devolver el móvil a su sitio y, simplemente, siguió caminando.

El sol comenzaba a bajar un poco su intensidad, aunque aún faltaban más de dos horas para el ocaso. Atravesó una enorme explanada de césped de un parque cercano a la casa de Blanca. Con un movimiento casi reflejo, se quitó las alpargatas y comenzó a caminar descalzo. La hierba le hacía cosquillas en los pies.

Le recordó a los larguísimos veranos en la piscina del pueblo. A los partidos de fútbol. A la humedad de Hondarribia. La nostalgia lo perseguía y, aunque él intentaba ser más rápido, siempre terminaba por alcanzarlo.

No tenía escapatoria. No podía poner bajo llave recuerdos ni sentimientos.

Decidió concederse unos minutos para rebajar la intensidad emocional tumbándose en la hierba.

Un excremento de perro todavía caliente recibió su camiseta con los brazos abiertos.

—¿Diga...?
—Soy yo.
—¡Ah...! Hola... Os he enviado un mensaje antes...
—Sí, lo hemos visto. El trato aún no está cerrado.
—¿Cómo que aún no...?
—Lo que acordamos era el diario.
—Claro. Y ya lo tenéis, ¿no?
—No está completo. Faltan varias páginas.
—No... no entiendo... El diario está bien, pero lo realmente importante es el contenido, las pistas que llevaban al tesoro.

Un silencio equivalente a una eternidad brotó desde el otro lado de la línea.

—He visto las noticias. ¿Vosotros habéis... asaltado a los técnicos de Gordailua...?

Silencio.

—¡Por Dios santo...! ¿Cuándo va a parar todo esto?
—No has cumplido con tu parte del trato.
—Vosotros tampoco. Me dijisteis que nadie sufriría ningún daño. Ahora Mario está muerto y hay otro hombre herido.

Silencio de nuevo.

—¿Qué más queréis? —preguntó con hartazgo.
—El resto de las páginas.
—La otra parte no la tengo yo, la están estudiando en el Archivo. ¿Cómo queréis que...?
—Apáñatelas.

Suspiró.

—¿Cuándo...?
—Hoy mismo, antes de medianoche. Si no, ya sabes lo que te espera.

Pamplona, 6 de agosto de 2022

Una mancha de color marrón y verde cubría parte de la manga izquierda. ¿Quién cojones le habría mandado tumbarse en el césped?

Aitor había sentido la llamada de la naturaleza, pero ella lo había traicionado vilmente. Apenas había permanecido tumbado un par de segundos, tiempo suficiente para absorber el característico e inconfundible olor a mierda.

Ahora parecía un chaval que venía de jugar del parque con sus amigos, solo que él contaba cuarenta y un años y lo de su manga no era barro, precisamente.

En un alarde de dignidad, comenzó a sacudirse con poco éxito aquella suciedad, que ahora le cubría parte de las manos.

Era evidente que estaba yendo a peor.

Localizó un bar próximo y entró con la cabeza gacha, directo al baño, sin enfrentarse a la mirada reprobatoria del dueño desde la barra. Se limpió la suciedad como pudo y salió del servicio disparado hacia la calle de nuevo.

La camiseta seguía delatándolo de manera inequívoca.

Miró a su alrededor.

Esta vez se fijó en un bazar oriental con hinchables de flamencos rosas y cocodrilos gigantes en la puerta. Decidió probar suerte.

Al cabo de diez minutos, estaba otra vez fuera. Lo más decente que había encontrado era una camiseta de imitación que rezaba DOLCE & BANANA y llevaba un plátano dibujado. Lamentable. Mucho.

Pero era mejor que oler a mierda.

Tiró la camiseta sucia a un contenedor cercano y volvió a ponerse en marcha a buen ritmo.

Cuando llegó al portal de Blanca, decidió llamar al timbre con el codo.

—¿Sí…? —se oyó a través del interfono.

El portero disponía de cámara de seguridad, pero Aitor siempre procuraba situarse fuera del campo de visión de aquellos cachivaches. No lo hacía por nada en concreto, pero no le gustaba sentirse observado mientras esperaba a que abriesen la puerta, como en un pequeño *Gran Hermano* de apenas dos segundos de duración. Lo suficiente como para querer salir de allí corriendo.

—Aitor —respondió escuetamente.

Al llegar al ascensor, los nervios se transformaron en un extraño sentimiento de melancolía. El vacío de horas atrás tampoco había terminado de disiparse y ahora se estaba convirtiendo en una mancha de apatía, oscura y espesa. La combinación de ambos factores le mermaba los sentidos. Aunque, qué curioso, su mente no le daba tregua y se encargaba de señalar que no era el día ni el momento para estar así.

Subió hasta el sexto piso. Blanca lo estaba esperando en la puerta. Lo miró de arriba abajo durante un instante.

—Bonita camiseta —le dijo, sonriente—. Pasa.

Aitor hizo un esfuerzo por evitar sonrojarse, pero no lo consiguió.

Al entrar en aquella casa, lo primero que le llamó la atención fue la temperatura. Se trataba de un ático sorprendentemente fresco para aquella época del año y aquella hora del día. El piso, al igual que la dueña, irradiaba una luz especial. El color dorado parecía inundar la estancia por todos lados. Era como si el verano viviese en aquel salón cuando le tocaba echar la persiana a los días y marcharse a dormir. Flotaba en el aire un olor a colada limpia, a sábanas blancas.

Aitor dio unos pasos más hacia el interior, mirando a su alrededor, maravillado por aquella mezcla de luz y colores que transmitía una intensa sensación de hogar.

La casa en sí no tenía recibidor. Al entrar por la puerta se accedía directamente a un espacio diáfano compuesto por una parte de salón y otra de comedor. El sofá, una *chaise longue* que tenía pinta de proporcionar buenas siestas, tenía delante una tele de más de cincuenta pulgadas y un equipo de audio integrado de forma discreta gracias a dos elegantes torres de sonido. Cerca del enorme ventanal había una mecedora de corte moderno con una manta encima y una lámpara de pie preciosa. En el otro extremo, una mesa con seis sillas acolchadas hacían las veces de espacio para comer y cenar, aunque cualquiera diría que se trataba de un catálogo de exposición de la revista *El Mueble*.

De las paredes colgaban algunos marcos con láminas *vintage* que aportaban color y un toque desenfadado. Cerca de la mesa del comedor había una estantería con libros de todos los tamaños y varias fotografías enmarcadas. En algunas se veía a un adolescente rubio con dientes grandes y pecas cubriéndole parte de la nariz y las mejillas. Sin duda tenía que ser Aritz, el hijo de Blanca. No había ninguna otra persona presente en aquellos recuerdos. Solo su hijo y ella.

—¿Te apetece ver la terraza? —preguntó esta.

Aitor asintió, aún embriagado por la atmósfera de aquel apartamento.

Se dirigieron al otro extremo de la casa, donde había tres habitaciones. Una era un despachito con una cama para las visitas; la otra, la habitación de Aritz, y al fondo, el dormitorio de Blanca. Aunque no llegaron a entrar, al pasar por delante de la puerta él sintió que se le aceleraba el pulso. A lo largo de todo el recorrido los acompañaron diversos cuadros, que observaban, vigilantes, desde la atalaya de la pared. Algunos eran réplicas de obras de arte reconocibles; otros, referencias totalmente alejadas del *mainstream*.

—Como hace buen tiempo, he preparado un pequeño aperitivo aquí —dijo Blanca señalando la puerta que daba acceso a la terraza.

Una mesita de madera con un par de sillas a juego sostenía una botella de txakoli y unas aceitunas.

—Como la última vez vi que no nos sentó nada mal… —comentó ella, haciendo un coqueto gesto mientras agarraba la botella.

Aitor sonrió tímidamente y sirvió dos copas. Brindaron y bebieron un traguito, paladeando el sabor de aquel vino.

Se produjo un breve silencio, una pausa incómoda similar a la que precede a las conversaciones importantes.

—¿Has descansado? —preguntó ella intentando romper el hielo.

—Sí, la verdad es que ayer caí rendido —respondió Aitor metiéndose una aceituna en la boca.

—¿Qué tal están tus padres?

—Bien, bien…, gracias. Se empeñan en que no me preocupe, pero lo cierto es que no puedo evitarlo. Todavía no me creo que hayan podido estar en peligro.

—Seguro que estarán bien —lo animó.

—Sí… —Aitor dio otro trago al txakoli.

Otro silencio.

—¿Te apetece ver las fotos? —sugirió Blanca con tono animado.

Cogieron las copas y el platito de aceitunas y se dirigieron al salón. Se sentaron en el enorme sofá y ella encendió la televisión. Accedió al navegador de internet y, de ahí, a Google Drive.

—He digitalizado un montón de fotos antiguas —explicó—. Al final las cajas de zapatos llenas de imágenes tienen su encanto, pero yo prefiero tenerlas a mano para verlas siempre que me apetezca.

Aitor observó que tenía infinidad de carpetas organizadas temáticamente por años: proyectos de trabajo, obras de arte, estudios, restauraciones... Blanca navegó hasta una carpeta que rezaba sin más «Fotos antiguas». Al hacer clic encontraron otra subcarpeta bautizada como «Hondarribia 1992». Y a partir de ahí comenzó un festín de nostalgia.

Una de las primeras imágenes que encontró fue del día de la llegada. Blanca aparecía sonriente junto a sus padres. Se veían el edificio con la torre de fondo y el revuelo de niños y autobuses en la explanada del aparcamiento. Al parecer, ella fue una de las pocas afortunadas que disfrutaron de tener una cámara de fotos durante las semanas de campamento. Poco a poco se iban sucediendo distintas imágenes de las habitaciones, del recinto, de su grupo de amigas...

Aitor observaba la pantalla, casi conteniendo la respiración, intentando poner toda su atención en cada detalle. La ropa y el pelo de sus antiguos compañeros los obligaba a lanzar comentarios jocosos, echarse las manos a la cara entre risas y vergüenza ajena y señalar mil veces la imagen.

—¡Esa es Leyre! —exclamó él, con gran alegría.

Una niña con cara de estar tramando algo y el pelo de color rojo fuego sonreía a la cámara con suficiencia y picardía. Estaba escoltada por un auténtico tropel de chicas que se situaban a ambos lados. Parecía un pequeño ejército dispuesto a atacar a la orden de la pelirroja.

—Parece que se le daba bien hacer amigas —comentó Blanca riendo.

—No te haces a la idea —respondió Aitor, sonriente.

Continuaron repasando otras fotografías, hasta que toparon con algo reconocible.

—Es el día que hicimos vela. ¿Te acuerdas? —preguntó ella.

—Vaya que si me acuerdo. Todavía tengo el chichón —dijo palpándose la frente con fingido dolor.

Blanca rio.

—Yo me acuerdo porque fue el primer día que hablé contigo —confesó esta.

Aitor la miró, boquiabierto.

—¿Lo dices en serio?

—¡Claro que sí! Me resultabas tan... tierno... Y gracioso —añadió riéndose.

—¿Cómo que «gracioso»?

—A ver, tenías tu encanto. Eras algo torpe, pero eso te daba una gracia especial. Y te la sigue dando —dijo aproximándose.

Aitor puso todos los músculos en tensión.

—¿Hay más? —preguntó, casi sin pensar, cortando en seco aquel movimiento.

—Claro que sí. —Ella retrocedió, algo azorada.

Él sintió las mejillas arder. ¿Qué había sido eso? ¿Por qué la había apartado así? Había sido del todo inconsciente, pero ella también lo había notado. Eso seguro.

—Dios mío... —dijo Aitor en voz alta mirando la pantalla. —En la imagen, Mario y él sonreían a cámara, abrazados por el hombro, el día de la excursión a Biosnar—. No me acordaba de esta foto —murmuró.

—Claro que no... Le pedí a una amiga que os la sacara porque a mí me daba vergüenza —confesó.

Una nueva oleada de calor lo sacudió. Si todo aquello era cierto, llevaba media vida interpretando mal las señales. Al menos, las de las chicas. Eso o simplemente no era buen observador.

Se limitó a dar otro sorbo a su copa de txakoli.

En las imágenes que vinieron después Aitor aparecía de manera recurrente. A veces en el fondo de la foto, otras más en primer plano. La mayoría estaban captadas sin que él se diera cuenta, pero le daba la sensación de que esto era así aposta. Blanca había puesto un ojo sobre él todo el tiempo.

Ver a Mario en aquellas instantáneas le producía una sensación agridulce. Sintió de nuevo la congoja, una visita tan inesperada como frecuente en estos últimos días. No pudo evitar retorcerse las manos con inquietud. Notó que los ojos se le humedecían y dejaban escapar una lágrima.

Blanca permanecía atenta a la pantalla, aunque mirando de reojo cada movimiento de Aitor. Percibía su tristeza, pero estaba dispuesta a hacer lo que fuera para sacarlo de ese pozo. Se acercó un poco para pasarle la mano por la espalda cariñosamente. Al sentir el contacto, él recostó la cabeza en su pecho y comenzó a llorar de forma más evidente, aunque en silencio. Parecía un niño de mediana edad.

Ella le acarició el pelo mientras él se desahogaba. Era obvio que aquello no estaba marchando bien. La cita estaba siendo un desastre. Sintió sus propios ojos húmedos y miró hacia el techo, intentando invocar al dios de la lluvia para que abandonara aquella habitación.

Después de un par de minutos así, ella le tomó la barbilla entre las manos con suavidad para dirigir la mirada de él directamente a sus ojos.

—Aitor, siento mucho lo de Mario. Lo siento de veras. Él no se merecía todo esto. Pero tenemos que intentar ser fuertes y honrarlo de la mejor manera posible: siendo felices, avanzando.

Él asintió.

Blanca hizo una pausa, mirándolo sin decir nada. Acto seguido, se acercó con cautela hasta rozarle los labios y lo besó. Primero suavemente. Poco a poco, la intensidad fue creciendo hasta que las lenguas terminaron bailando al unísono. El aire afrutado del txakoli pasaba de boca a boca y danzaba al ritmo de una respiración que cada vez se iba agitando más. Ella se recostó en el sofá mientras él se colocaba con delicadeza encima. Sin despegar los labios, continuaron así durante un par de minutos, enredados con el aroma a ropa limpia y el sonido del amor nuevo, recorriéndose con calma, con deleite.

De pronto, una sombra comenzó a cubrirle la conciencia a Aitor. La excitación inicial estaba dejando paso a una angustia indescriptible. Sentía que no podía escapar de aquel sentimiento, que se estaba hundiendo en algo oscuro que no le dejaba estar presente en aquel momento.

Después de años sintiéndose como un trapo ante los desplantes de Eva, por fin se había encontrado con una mujer increíble y cariñosa. Pero ¿era él quien estaba haciendo aquella elección de manera consciente o simplemente estaba dejándose llevar? Tenía ganas de enamorarse, sí, pero de alguien real. Y no estaba seguro de que Blanca lo fuera. Claro que ella representaba todo lo que le habría gustado conseguir cuando solo era un crío. El problema era que no sabía qué quería ahora. No podía seguir persiguiendo el recuerdo de un sueño de verano.

Necesitaba claridad. No sentirse como una mierda por todo y tomar las riendas de una vez por todas.

Se apartó de nuevo de Blanca, esta vez, con un movimiento aún más rápido y torpe.

—No sé si puedo —confesó él, cabizbajo.

Ella se incorporó del sofá, suspiró, mirándolo con tristeza, y le acarició la mejilla.

—No tenemos por qué hacer nada —contestó cariñosamente.

Aitor volvió a sentarse en una posición erguida, mirando la pantalla, aunque ya no estaba ahí. Se encontraba en un sitio muy lejano. Necesitaba desenredar sus sentimientos, bajar de la montaña rusa de dopamina.

Lo mejor era dejarlo estar. Al menos durante unos días. Recuperarse, descansar.

—Blanca, yo…

El teléfono de la susodicha sonó en aquel momento. Ella miró la pantalla. Un número desconocido parpadeaba al son de una música histriónica y apremiante. Luego lo miró a él.

—Tengo que contestar. Lo siento —se excusó mientras se levantaba rápidamente.

Se alejó del sofá de puntillas, moviéndose con suavidad entre los muebles de aquella estancia como si de un pañuelo de seda se tratase.

Aitor la oyó responder justo cuando se cerraba la puerta del dormitorio.

La conversación apenas duró un minuto. Durante ese breve lapso, él tuvo tiempo suficiente para recorrer con la mirada la casa en la que se encontraba. Aquel lugar le transmitía mucha paz. Sabía que Blanca estaba teniendo mucha paciencia con él y se sentía agradecido, pero tampoco podía dar la espalda a la realidad. Volvió a fijarse en la tele. Una foto de todo el grupo el día de la fiesta de despedida de las colonias le arrancó una mueca triste.

Aquel sin duda fue uno de los veranos de su vida.

Ella volvió a aparecer en el salón. Estaba algo lívida. Era como si le hubieran arrebatado el color de la cara durante aquella llamada. Miró la tele y luego a él.

—Este fue el último día —dijo.

—Blanca…

—Me han llamado por un asunto urgente y tengo que salir. Creo que es mejor que lo dejemos aquí —respondió con un tono neutro.

A Aitor le sorprendió el cambio de tercio. Si se tratase de cualquier otra situación, habría dicho que aquello le transmitía algo parecido al miedo. Blanca, de pie, agarraba el móvil firmemente con ambas manos.

Quizá solo quería escapar de aquella incómoda situación.

—Vale… ¿Hablamos en otro momento, entonces…?

—Claro, yo te llamo —respondió ella con nerviosismo.

O le estaba resultando de lo más molesto o la llamada era más grave de lo que Aitor creía.

Se dirigieron a la puerta en silencio, y allí Blanca lo abrazó y le dio un beso en la mejilla.

—Cuídate —le dijo a modo de despedida.

Él entró al ascensor y, justo después de que se cerraran las puertas, el móvil de ella volvió a sonar.

Recibió una foto que confirmaba el peor de sus temores.

La inspectora Julia Arrondo no creía en las corazonadas. Tampoco creía estar loca. Aunque aquella conversación no se había grabado, estaba cien por cien segura de que Blanca había afirmado que desconocía la existencia del diario. Y aquello no dejaba en buena posición a la restauradora.

La mente de Julia elucubraba sobre aquella premisa a toda velocidad. ¿Y si la chica no acudió al funeral por casualidad? Puede que simplemente la hubieran traicionado los nervios al testificar y ahora afirmase que sí sabía del diario, que Mario le había hablado de aquello en su encuentro en Hondarribia. Sea como fuere, tenían que asegurarse. Pero tampoco podían arriesgarse demasiado. Si se lo preguntaban a bocajarro, le estarían dando una posible ventaja que ahora mismo no podían permitirse.

Por eso la inspectora intentaba repartir la mano de cartas en aquella jugada, adelantarse por todas las vías posibles a su alcance. Había solicitado al juez el registro de llamadas del móvil de Blanca con carácter urgente. Normalmente, cuando necesitaban acceder al dispositivo de una persona fallecida, no había ningún problema, pero en un caso así, dependiendo del juez, podría haber más o menos trabas por considerar que se podía vulnerar el derecho a la intimidad sin tener indicios claros.

Julia pensaba en todo aquello mientras observaba desde el coche el portal de Blanca.

Había decidido desplazarse allí por si veía cualquier movimiento extraño. Las vigilancias suelen ser un trabajo aburrido y poco gratificante, así que se lo había autoasignado. En parte por repartir el trabajo de forma equitativa con sus compañeros, aunque lo que más la motivaba era tener las respuestas de primera mano. Mientras, Beloki estaba intentando contactar con Raúl Alzórriz; el becario se centraba en revisar la navegación de los dispositivos de Mario, y Aguirre estaba recabando información *in situ* sobre un vehículo ardiendo cerca de la N-121 con dirección Pamplona, a la altura de la venta de Ultzama. Al parecer, un pastor había dado el aviso. Se trataba de una furgoneta negra que se encontraba estacionada en medio de un camino rural.

Una furgoneta negra.

Aquello no podía ser casualidad y Julia lo sabía.

Todo se estaba acelerando y a la inspectora no le gustaba ir a rebufo. Tenía la sensación de estar pasando por alto algo importante, algo que conectaba todos los puntos.

Sus elucubraciones pararon de golpe cuando vio a Aitor entrando al portal de Blanca. El corazón le dio un vuelco.

El día anterior había presenciado su despedida en el coche. Estaba claro que habían quedado. Sin embargo, mientras lo observaba, se le pasó por la cabeza la posibilidad de que él tampoco estuviese diciendo la verdad, de que ocultara algo. Lo veía del todo imposible, pero las dudas habían crecido en su interior de manera desmedida y salvaje, como las enredaderas que se introducen en los recovecos de los muros de piedra: con peligro de hacer estallar las paredes desde dentro.

Vio que llamaba al timbre y se apartaba de la cámara para no ser visto.

Inconscientemente, sonrió. Le pareció un gesto tierno e infantil. No veía a Aitor capaz ni de matar una mosca, aunque, en el caso de intentarlo, apostaba a que terminaría rompiendo algo.

Cuando la figura se perdió dentro del edificio, la inspectora sintió una especie de desasosiego. Era consciente de que se veía atraída por aquel hombre y todavía luchaba por apartarlo de la cabeza. Ahora, ese sentimiento se mezclaba con las dudas hacia Blanca y un incipiente estado de alarma. ¿Aitor estaba en peligro? ¿O era ella la que se empeñaba en pensar eso?

Cerró los ojos e inspiró profundamente. Se dio cuenta de que no había parado ni un minuto en los últimos días. Necesitaba centrarse.

Accionó la palanca de debajo del asiento del conductor para ponerse cómoda y darles holgura a las piernas. Buscó en su bolso una libreta y un boli. Trasladar a tinta sus pensamientos o garabatear sin sentido el papel siempre la ayudaba a concentrarse y a mirar las cosas con perspectiva.

Escribió rápidamente un par de nombres sobre el papel: «Blanca» y «Aitor».

Dibujó un interrogante al lado del de ella y tres junto al de él. Se negaba a pensar que este tuviera algo que ver en todo esto, pero no podía ni quería descartar ninguna posibilidad. Es cierto que ambos estaban con Beloki y ella en la ermita. Eso los situaba, al menos, en una hipotética escala de implicación distinta.

«Beloki», pensó.

Le sorprendió aquel chispazo que le había atravesado la cabeza. ¿Qué coño hacía dudando de su compañero?

El asalto a los técnicos de Gordailua se produjo cuando la noticia ya había saltado a los medios. Aun así, Julia tenía la sensación de que habían interceptado el vehículo demasiado pronto, como si alguien estuviera esperando en el momento y en el lugar adecuados. Tenía la corazonada de que la información sobre el caso estaba fluyendo extramuros y puede que la explicación estuviera más cerca de lo que ella creía.

No.

Beloki era su mano derecha, su principal apoyo. Simplemente, no podía ser.

Escribió el nombre de su compañero y acto seguido lo tachó con fuerza, casi rasgando el papel.

Pensó en su equipo. La verdad es que no se imaginaba al pobre Aguirre participando en algo así. A veces era un poco bocachancla, sí, pero no era mal tío. Julia también se había percatado de que tenía cierta predilección por Leyre, la hermana de Mario, pero quién era ella para señalar a un compañero que parecía sentir algo por un testigo.

Resopló.

Se frotó la cara, con fuerza esta vez, como si quisiera borrar todo aquello.

Escribió el nombre de Aguirre en el papel y lo tachó, dando por zanjada la batalla contra sí misma y contra su equipo.

Aun así, el repaso no había finalizado. Víctor Ozcoidi retumbaba en sus pensamientos. Seguía pareciéndole alguien demasiado ajeno, a quien todavía no consideraba de plena confianza. Sin duda, era un chaval bastante aplicado y servicial, aunque también una de las primeras personas en tener acceso a las coordenadas del santuario de Guadalupe.

¿Y si…?

Julia escribió en el papel el nombre de Ozcoidi y lo rodeó con un círculo, como si quisiera cercar su presencia. Se prometió tirar de ese hilo cuando hubiera recorrido mentalmente todas las posibilidades.

Lo que la llevaba a los otros dos testigos: Leyre y Raúl.

Desde luego, parecía difícil que ella tuviera algo que ver. A pesar de ello, Julia trató de ser objetiva. Por norma general, cuando se produce un asesinato, la policía suele encontrar a los culpables en el entorno de la víctima. Trató de recordar la conversación que habían tenido con ella. Parecía una mujer de gran fuerza y carisma, pero también una persona rota por el dolor y algo… rabiosa. Por momentos daba la sensación de estar enfadada con su hermano e incluso con Aitor. No sabía muy bien por qué, pero ahí parecía haber una vía por explorar.

La inspectora dibujó otro interrogante al lado de «Leyre» y se centró en Raúl. Aquel hombre era una verdadera incógnita. Julia sabía que callaba muchas cosas y que, además, era alguien muy cercano a Mario. Necesitaban apretarlo o incluso forzar algún tipo de seguimiento. Confiaba en que Beloki hablara con él cuanto antes y comprobara si ofrecía algún hilo más del que tirar.

Mentalmente exhausta, Julia lanzó la libreta encima del salpicadero y apoyó la frente sobre el volante.

Permaneció en el coche lo que le pareció una eternidad. En el portal de Blanca no se veía mucho movimiento. Es cierto que, si era una cita, puede que Aitor no saliera de aquella casa hasta el día siguiente o incluso el lunes. Valoró si podrían hacer turnos cuando sus compañeros volvieran de sus respectivas tareas. O solicitar refuerzos. De cualquier forma, la espera la estaba matando.

Mientras decidía cómo actuar, se sorprendió al ver bajar a Aitor de nuevo a la calle. Apenas había pasado algo más de una hora. Parecía cabizbajo. Julia lo vio perderse con los últimos rayos de sol en dirección al parque. Al cabo de pocos minutos, Blanca hizo su aparición. Llevaba una mochila y caminaba a buen ritmo.

Julia la siguió con la mirada hasta que se detuvo en una marquesina próxima a su casa. Tomó la primera «villavesa» que apareció, un autobús urbano que la llevaba al Casco Viejo de la ciudad. La inspectora valoró por un momento qué hacer. Si Blanca iba al centro, la perdería rápidamente de vista. Ella no podía permitirse seguirla en coche. Las calles de lo Viejo eran demasiado estrechas como para no darte cuenta de que tienes un vehículo pisándote los talones. Además, a aquellas horas y siendo un sábado, estaría todo repleto de gente. Ir a pie tampoco era una opción, se exponía a ser vista.

Mientras Julia analizaba a toda prisa cómo proceder, su móvil comenzó a sonar. Era Aitor. Sorprendida, descolgó el teléfono.

—Hola, Aitor. ¿Cómo estás…?

—Julia —dijo sollozando—. Es Blanca. Estoy muy preocupado…

—¿Qué ha pasado? —respondió la inspectora tensando la mandíbula.

—Acabo de recibir un mensaje. Yo… He estado en su casa hasta hace nada. Dice que lo siente mucho, que ella tiene la culpa de todo, pero que lo va a arreglar.

—¿Qué…?

—No lo sé —respondió Aitor rompiendo a llorar—. Me ha dicho que no la llame y que no intente localizarla.

—¿Dónde estás?

—Estaba de camino a mi casa, pero he dado la vuelta.

—Voy para allí. Llego en un minuto.

Raúl Alzórriz estaba de mal humor. No le hacía ni puñetera gracia volver a charlar con la policía por segunda vez aquella semana. El agente Mikel Beloki se había puesto en contacto con él un par de horas antes.

«Joder, esta gente no descansa nunca», pensó mientras entraba de nuevo por la puerta de la comisaría.

Había intentado disuadir al tipo diciéndole que estaba en casa de un amigo y que no le venía especialmente bien. El agente le había respondido que se desplazaba hasta donde estuviera sin problema. En vista de que no iba a cejar en su empeño, Raúl accedió a acudir a comisaría él mismo. Bastante tenía con aguantar todo aquello como para formar un escándalo en el rellano. Un festín para las cotillas de sus vecinas.

El propio Beloki lo recibió y lo acompañó a una sala.

—Gracias por acudir a la llamada con tanta urgencia —dijo.

Alzórriz le respondió encogiéndose de hombros, con una ligera mueca de disgusto.

—Como sabe, estamos en medio de una investigación para esclarecer las causas de la muerte de Mario Sánchez —dijo—. Necesitamos saber si pidió ayuda a vuestra organización para recabar información sobre Hondarribia, el santuario de la Virgen de Guadalupe, Hernán Cortés o algo relacionado con el corsario Jean Fleury.

Raúl parpadeó un par de veces.

—¿Perdón…?

Beloki suspiró por la nariz como un toro, armándose de paciencia. Sabía cómo sonaba todo aquello.

—¿Mario Sánchez recurrió a Hacktivismo Iruña para acceder a algún tipo de información recientemente?

Raúl lo pensó un momento.

—En alguna de las últimas reuniones recuerdo que tenía especial interés en la cartografía y los mapas. Pero no sé si eso tiene que ver con algo de lo que usted está diciendo.

—Puede que… —Beloki no pudo terminar aquella frase. El teléfono comenzó a sonar. Era la inspectora. Salió de la sala durante un momento, haciendo un ademán para disculparse.

—Julia.

—Beloki, tengo novedades. Cada vez tengo más claro que Blanca puede estar detrás de todo esto.

—Vaya con la restauradora —masculló desde el otro lado de la línea.

—Sí. Es largo de explicar y no tenemos mucho tiempo. ¿Estás con Alzórriz?

—Sí.

—Necesito que me hagas un favor —le pidió.

Aitor se movía, incómodo, en el asiento del coche policial, intentando retorcerse la camiseta en una postura imposible que disimulara el cutre logotipo. Se lamentaba de su bizarra suerte. Sin importar cómo, siempre terminaba en ese tipo de situaciones absurdas donde se encontraba más preocupado por no hacer el ridículo que por permanecer atento a lo que ocurría a su alrededor.

En apenas un par de días había viajado más veces en un coche de policía de las que lo haría durante el resto de su vida. La atmósfera de aquellos vehículos era extraña. Por un lado, infundían respeto, tensión. Por otro, era como si aquellos habitáculos tuvieran mil historias que contar, mil secretos sin confesar. También le recordaba a cuando iba con el cole a visitar el parque de bomberos. Le encantaba subirse a los camiones y toquetear todos los botones. Se sentía al mando de una nave espacial. El salpicadero también contaba con una infinidad de botones y una pantalla que resultaban extrañamente atractivos. Aitor tenía la tentación de presionar alguno para ver lo que ocurría; aunque, como es obvio, resistió el impulso. El coche estaba parado y con el motor en marcha en una calle poco transitada de la urbanización. Julia estaba fuera, hablando por teléfono, inquieta.

Aprovechó para observarla. Las ondas del pelo formaban un patrón geométrico que desembocaba en una coleta alta. Eran como pequeños afluentes que iban a morir al torrente principal. Vestía unos pantalones claros y una blusa sin mangas con un par de botones abiertos. Era una ropa sencilla, informal, no en exceso elegante.

La veía moverse con el teléfono en la oreja, dando instrucciones. La seguridad que transmitía era apabullante. Había pasado literalmente un minuto desde que Aitor colgó con la inspectora hasta que ella hizo su aparición allí. El mensaje de Blanca lo había dejado paralizado en mitad de la calle. Después supo que Julia había estado vigilando el portal. Aquello lo hacía sentirse mal, entre estúpido y observado. Ella lo había visto entrar y salir de aquella casa, y eso le provocaba cierta incomodidad.

Blanca.

¿Qué narices quería decir aquello?

Aitor, todo esto es culpa mía
Nunca quise que las cosas se retorcieran
hasta este punto ni que nadie sufriera ningún daño
Pero pienso arreglarlo. Por ti. Por Mario. Por Aritz
Os merecéis algo mejor
Por favor, no me llames
Y ni se os ocurra seguirme

Obviamente, él se había saltado esta petición a la torera y había intentado llamarla, pero ella colgaba al primer tono. Al principio pensó que el mensaje era una respuesta a su acercamiento sentimental de los últimos días, que le pedía disculpas por ir demasiado rápido. Sin embargo, se olvidó rápido de esta conjetura.

«Por ti. Por Mario. Por Aritz. […]. Y ni se os ocurra seguirme».

¿Qué significaba todo aquello? ¿Por qué se estaba disculpando entonces? El hecho de que dijera que ni se les ocurriera seguirla era un dato de lo más perturbador. Volvió a mirar la pantalla y sintió un escalofrío. Una especie de certeza que él intentaba cortar a machetazos comenzó a treparle por la cabeza. Sin quererlo, Aitor se estaba imaginando una posibilidad. *Esa* posibilidad.

Al llamar a la inspectora en busca de ayuda, la voz de Julia le había sonado apremiante y preocupada. Le había ordenado que no contactara con Blanca bajo ninguna circunstancia mientras ella se acercaba.

No.

Aquello no podía ser.

Era del todo imposible.

—Perdona, tenía que hacer esta llamada —saludó la inspectora, de vuelta en el coche, sin saber muy bien cómo arrancar aquella conversación—. No tenemos mucho tiempo. Necesito que me cuentes toda la información que tengas de Blanca, especialmente la que hayas acumulado en los últimos días.

Pamplona, 6 de agosto de 2022

Beloki creía que los piratas informáticos tenían alma de bucaneros, pero con Raúl Alzórriz se le estaba cayendo un mito y se le estaba agotando la paciencia.

—Te he dicho que si quieres vuelvas con una orden judicial, pero no pienso meterme en un lío así —replicó Raúl a la tercera petición del agente.

Este apoyó la cabeza en las manos, lleno de hastío y agotamiento.

—Y yo te he dicho que no tenemos tiempo para esto. ¡Necesitamos localizar a Blanca ahora mismo, joder! ¿Tanto te cuesta colaborar?

Raúl lo miró, sorprendido.

—Me estás pidiendo que haga algo ilegal. Eres policía. Luego nuestro colectivo es el que carga con una fama totalmente injusta —replicó Alzórriz, sin moverse ni un ápice de su posición.

Julia le había pedido a Beloki que le preguntase si podía localizar un número de teléfono y triangular su posición. Por lo visto, el agente había dado con el hacker con mayor dignidad y sentido de la ética sobre la faz de la tierra. Pero ahora mismo no podía permitirse el lujo de tener delante a alguien con tantos escrúpulos. Había que moverse rápido y localizar a Blanca.

—Bueno, no es necesario que lo hagas tú —sugirió Beloki—. Puedes contarme cómo hacerlo y lo hago yo mismo —ofreció.

Raúl estalló en una sonora carcajada.

—¡Por favor, no me hagas reír! —dijo desternillándose—. ¿Crees que esto es como programar el lavavajillas? No podría enseñarte aunque quisiera. No hay tiempo.

Beloki se frotó la cara con fuerza para intentar alejar las ganas que tenía de darle una hostia con la mano abierta. Lo salvó el sonido de su teléfono.

—Julia —respondió—. No, no quiere colaborar... Sí, eso mismo le he ofrecido, pero me dice que no es posible.

Alzórriz escuchaba atentamente, con una malévola sonrisa en la cara. Parecía estar experimentando un auténtico deleite ante los estragos que estaba pasando el agente. Se sentía poderoso ante la necesidad de la policía de recurrir a figuras como la suya para salir adelante con la investigación.

Beloki arqueó una ceja cuando oyó algo al otro lado de la línea.

—Sí, ahora mismo te lo paso. Es para ti —dijo tendiéndole el teléfono a Alzórriz, cuya sonrisa se borró de un plumazo.

Aitor no lo había dudado ni un momento. Estuvo hablando con Julia, contándole todo lo que sabía sobre Blanca, lo que conocía de su trabajo, de su historia familiar, de su pasado con Berni, de su hijo... Se había abierto en canal. Por su boca había salido todo lo que habían hablado o vivido en los últimos días, incluida la romántica noche que pasaron en Hondarribia.

—Lo sé —respondió la inspectora, sin inmutarse lo más mínimo—. Os oí al llegar al hotel.

La cara de Aitor se tornó de un color rojo intenso al escuchar aquello.

Julia lo había puesto al corriente de sus pesquisas. En primer lugar, para que fuera consciente del peligro; pero, además, por si Aitor sabía algo que pudiera ser revelador, que hiciera encajar las piezas de aquella hipótesis.

La de que Blanca estaba detrás de todo esto.

Para empezar, ella había negado conocer la existencia del diario. Y eso es lo que había hecho saltar todas las alarmas. Julia recordaba habérselo preguntado explícitamente, de la misma manera que recordaba la rotundidad de su respuesta. Puede que el encuentro con Mario en Hondarribia hubiera sido fortuito, pero desde luego no lo fue lo que vino después:

El tino de los atracadores entrando en las viviendas adecuadas. Sabían sin lugar a duda dónde se estaban metiendo y qué era lo que estaban buscando.

El asalto a los técnicos de Gordailua en el momento propicio, justo cuando trasladaban las piedras preciosas, que hasta entonces habían permanecido siglos ocultas para todo el mundo. Eran muy pocas las personas de la ermita que podían haberse ido de la lengua.

Además, el mensaje de Blanca había terminado de aportar la certeza de que ella también sabía que era cuestión de tiempo, que estaba en un callejón sin salida, que tarde o temprano darían con los indicios.

«Y ni se os ocurra seguirme».

Blanca sabía de sobra que Aitor pediría ayuda a Julia. Y esta interpretaba aquella frase como un intento de proteger algo inesperado que había encontrado de manera fortuita por el camino: el afecto de Aitor.

La inspectora era consciente de que el registro de llamadas del móvil de Blanca podía darles algunas pistas más para afianzar su acusación, pero para obtener los datos tendrían que esperar a que llegara la autorización judicial, y eso tardaría varias horas, en el mejor de los casos. Además, había que localizarla cuanto antes. Por eso, cuando la inspectora planteó la posibilidad de que Alzórriz les echara una mano, no contaba con toparse con un muro de piedra.

Y justo por eso Aitor había pedido a Julia que le pasase el teléfono antes de darse por vencida.

—Pásame con él.

Julia lo miró entre la confusión y la sorpresa. No sabía muy bien qué pretendía.

—Por favor —solicitó educada aunque firmemente Aitor, con la mano extendida.

Sin tener claro todavía si aquello era adecuado, Julia le tendió el teléfono.

—Hola, Raúl.

El susodicho respondió igual de desorientado que la inspectora.

—¿Hola…?

—Raúl, soy Aitor. Aitor Luqui. Mira, sé que hemos tenido nuestros más y nuestros menos en el pasado. Hace treinta años de eso. Necesito que aparques… que aparquemos las diferencias por un momento. Tenemos que encontrar a Blanca. Creemos que puede estar en peligro.

El otro dudó un momento.

—Lo que me pedís puede hacer que me caiga un puro. No es justo.

—No, no lo es. Pero tampoco es justo que Mario ya no esté aquí. Esa es la injusticia más grande que conozco por ahora —respondió secamente—. Y no queremos que le pase nada similar a Blanca. ¿Entiendes?

Un silencio se apoderó del teléfono.

—¿Raúl?

—Sigo aquí —contestó, intentando poner en orden los pensamientos.

—Escucha, ojalá pudiera hacerlo yo mismo.

—Eso ya lo ha sugerido el agente aquí presente —dijo mirando con cierta ironía a Beloki.

Este se contuvo las ganas de darle un sopapo por segunda vez. Dios, qué torta tenía el tío.

—Lo digo en serio. ¿No hay ninguna forma de localizarla? Mis amigos tienen algunas aplicaciones en el móvil de sus hijos que…

—Eso solo funciona como control parental, si tuviera ciertas aplicaciones instaladas —respondió Raúl—. Si no, en otros casos se utiliza la función nativa de rastreo que traen los móviles, pero para eso se necesita saber la contraseña de Google o la de…

—¡Yo la sé! —contestó inmediatamente Aitor, dando un respingo y golpeándose la cabeza con el techo del coche. Una bola de adrenalina acababa de estallar en su interior.

Julia lo miraba con desconcierto. Se estaba perdiendo parte de la conversación, pero aquel arrebato sonaba bien. Muy bien.

—¿Cómo que…?

—La sé porque la ha utilizado delante de mí hace un rato. «Aritz2004» —contestó, orgulloso.

—Bien, bien… —repuso Raúl—. Entonces, apunta lo que voy a decirte. Puedes encontrarlo en cualquier tutorial de internet, así que esto no cuenta como delito, ¿verdad, agente?

Mikel Beloki estrujó un poquito más el vaso de café de plástico y lo tiró a la papelera.

Aguirre miraba con los brazos en jarras los restos humeantes del vehículo. No había duda: se trataba de una furgoneta de similares características a la que estaban buscando. Además, aún conservaba ambas matrículas bastante legibles, por lo que la identificación fue casi instantánea. Estaba claro que quien había hecho aquello no se había tomado demasiadas molestias. Parecía un apaño torpe de alguien que quería deshacerse de pruebas cuanto antes. Todavía se veían restos de tapicería quemada y se percibía el calor que había impregnado aquel suelo de tierra. Estaban en una pista forestal que se perdía detrás de una posada de carretera en la N-121, varias decenas de kilómetros al norte de Pamplona.

—Hemos recibido el aviso justo a tiempo. Si llegamos a tardar un poco más, el fuego habría alcanzado aquella zona de matorral y se habría extendido hacia el bosque —dijo uno de los bomberos encargados de la extinción—. La desgracia podría haber sido muy grave. Lleva sin llover muchas semanas y este verano está siendo el peor que recordamos —añadió, visiblemente disgustado.

—Gracias —contestó Aguirre—. ¿Han encontrado algo en el interior del vehículo?

—A simple vista no hay nada. La furgoneta estaba bastante limpia.

Aquel asintió y se dirigió a los compañeros de la Guardia Civil.

—Tenemos aviso de que el vehículo fue sustraído hace unos días en Pamplona.

—Sí, acabamos de saberlo —respondió un agente de la Benemérita—. Por lo visto, había otro coche aparcado en este mismo sitio desde hacía unos días. El pastor que ha dado el aviso ha dicho que en su lugar encontró esta furgoneta ardiendo.

—Un cambiazo —dijo Aguirre pensando en voz alta.

—Eso creemos.

—¿Tenemos datos del vehículo que estaba aquí aparcado anteriormente?

—Un Toyota Prius híbrido blanco.

—Vaya. Si se trata de delincuentes, por lo menos miran por el planeta —bromeó.

El agente de la Guardia Civil no respondió a aquello. Se limitó a lanzarle la mejor mirada de condescendencia que tenía en su repertorio.

—¿Han hablado con los dueños de la posada? —retomó Aguirre, algo incómodo.

—Sí. Tienen algunas habitaciones para pernoctar y una pequeña recepción. La buena noticia es que cuentan con un circuito de cámaras que apunta directamente al aparcamiento. Si el Toyota ha salido en dirección Pamplona, ha tenido que pasar por delante del establecimiento sí o sí.

—Bien, voy a pedir las grabaciones. Gracias —dijo Aguirre a modo de despedida.

José Luis Albacete, cabo de la Guardia Civil, dio un codazo a un compañero mientras aquel se alejaba.

—Me juego diez euros a que han mandado a este aquí para que no moleste.

Pamplona, 6 de agosto de 2022

A Blanca le latía el corazón con fuerza. El autobús que se dirigía al centro iba lleno. Se notaba que era hora de cenar y mucha gente se acercaba al Casco Viejo para comenzar una noche larga.

La suya, sin duda, iba a serlo.

Había recibido una foto con un mensaje claro y conciso:

El diario. Hoy, antes de medianoche

La imagen era lo que cambiaba todo. En ella se veía a Aritz tomando algo en una cafetería, sonriente, junto a unos amigos. De alguna manera lo habían localizado en Estados Unidos. Ya no había tiempo para pensar, solo para actuar.

En apenas tres paradas se apeó. Recorrió con paso firme la calle Olite, en dirección a la plaza de toros. No podía razonar con claridad. Su único objetivo era terminar con todo aquello cuanto antes.

Ella nunca quiso que las cosas acabaran así. Lo que comenzó como una lucha por mantenerse a flote iba a acabar hundiéndola. Sabía que podría haber tenido otras opciones; no pretendía caer en la autocomplacencia. Pero, cuando ocurrió lo de Aritz, todo se aceleró y no hay nada en el mundo que no haría por intentar salvarle la vida a su hijo. Sin importar el coste. Ella aún no sabía que el precio a pagar iba a ser otra vida humana, pero, aun así, evitó pensar en si habría seguido adelante de haber sabido lo que ocurriría.

Su hijo o Mario.

Ahora daba igual, el camino no podía deshacerse.

Había recibido el mensaje mientras Aitor estaba en casa. En el momento en el que el teléfono sonó, supo que eran ellos. Y también que las noticias no iban a ser buenas.

Cuando acordó el trato del diario, prometieron que nadie saldría mal parado. De hecho, en otras ocasiones así había sido. Ella se dedicaba a dar el chivatazo sobre una obra, un documento o cualquier pieza de valor que pudiera estar a su alcance y ellos lo contrastaban con su jefe. Un ente cuya identidad era totalmente desconocida para Blanca y que se encargaba de dar luz verde a las operaciones.

Por el tipo de «encargos» que les interesaban, sabía que estaban centrados en piezas de valor relacionadas con historia marítima, cartografía y rarezas exclusivas. Cuando les habló del diario, sabía que era algo que iba a despertar su interés. Ella no solía poner el precio, pero tenía la certeza de que con esto podría atreverse a apostar fuerte. Y así fue.

Marvin llevaba la voz cantante. Saltaba a la vista. Ella casi siempre hablaba con Christian, pero era obvio que no era precisamente el cerebro de aquella pareja.

Daba fe de ello.

Los había conocido en un viaje como correo de obras de arte durante su época en el Archivo General de Navarra. Una de las labores de las personas que se dedican a la restauración y conservación del patrimonio es precisamente velar por el buen estado de las piezas durante su traslado, por lo normal a una exposición temporal, dentro o fuera de nuestras fronteras. Durante el tiempo que estuvo trabajando para el Gobierno de Navarra viajó con frecuencia. Aritz ya era más mayor y podía quedarse algunos días solo, o le pedía el favor a alguna amiga.

Así conoció el norte y el centro de Europa, visitó China y estuvo en varias ciudades de Estados Unidos. Fue precisamente en Los Ángeles donde, durante la fiesta de inauguración de una exposición sobre la época colonial en el Museo de Arte del Condado, conoció a Marvin y a Christian.

Eran tío y sobrino. El primero, de más edad, charlaba de forma animada con el comisario de la exposición. Blanca se fijó en que su acreditación rezaba «Marvin Palmer - Freelance». Le llamó la atención comprobar que conocía a casi todas las personalidades del evento. Aquel hombre de carrillos generosos y labios gruesos mantenía conversaciones con el jefe de policía local, los restauradores, el propio alcalde... Blanca sintió curiosidad por saber quién era aquel personaje dicharachero que parecía ser el centro de atención de todos los corrillos.

En realidad no tuvo que acercarse a comprobarlo. Su sobrino, Christian, se acercó enseguida a saludarla.

Christian Palmer era un chico alto y atlético. Tenía la mirada algo triste, incluso podría decirse que, por momentos, ida. Se había acercado para presentarse al ver que ella estaba sola en una esquina. Ella en un principio creyó que él estaba tratando de ligar. No se equivocó, aunque a día de hoy dudaba si sus intenciones fueron cien por cien románticas.

Se sorprendió de lo bien que hablaba castellano. Él le dijo que vivía en Florida con su tío, que únicamente estaban en California por trabajo. Al parecer su negocio era una subcontrata de una gran empresa que se dedicaba a recuperar patrimonio marítimo. Los datos que aportaba eran vagos, pero en el momento le sirvieron para hacerse una idea.

Christian la invitó a un par de copas y charlaron durante mucho rato. Le habló sobre su pasado como jugador de fútbol americano. En aquel tiempo, contaba con una beca deportiva que le permitió cursar los dos primeros años de sus estudios en una prestigiosa escuela de negocios. Una lesión lo apartó del deporte repentinamente. Lo que parecían unos ojos tristes narrando la historia de una carrera truncada se convirtió más tarde en un relato de adicción a los opioides que le prescribieron para el dolor. Al poco tiempo le retiraron la beca, abandonó la escuela y se mudó a Florida junto con su tío. Sus padres estaban separados y tanto él como ella estaban más preocupados por rehacer su vida que por prestar atención a la de su hijo. Marvin fue el único que acudió al rescate: estaba determinado a sacar a Christian del pozo del OxyContin y redirigirlo hacia una prometedora carrera en su particular «negocio».

Por decir algo.

Blanca escuchaba aquella narración con lástima, sintiendo compasión al ver cómo la mala suerte podía generar semejante debacle en la vida de una persona. Claro que en esa primera conversación no conoció todos los detalles que vendrían más tarde.

No podía determinar con certeza si coqueteó con él. Seguramente sí.

Era bien parecido y tenía el pelo rubio y espeso, recogido en una coleta. La mirada era lo único que levantaba suspicacias. Estaba todo el rato como en otro planeta, muy lejos de allí. Sin embargo, el alcohol los ayudó a acercar posiciones.

Aquel día no ocurrió nada más. Cuando al siguiente se despertó, Blanca se encontró con una tarjeta con su número y la certeza de una proposición indecente, aunque no en los términos que ella se imaginaba.

De alguna manera, Christian se las había arreglado para proponerle colaborar con ellos. De vez en cuando tenían algunos «encargos», pero necesitaban ampliar su mercado a Europa y dar con ciertas obras que, «por lo que sea», terminaban sin llegar a su destino.

Pensó que ella jamás caería en aquella desfachatez. Su sueldo como técnica no daba para mucho, pero vivía decentemente. En el momento en el que diagnosticaron a Aritz, su vida cayó por un desagüe y la dignidad fue detrás.

No sabe muy bien cómo, pero parecía que Christian estuviera esperando aquella llamada.

En esta ocasión no habló con él. Marvin le explicó las reglas. Era directo y escueto. Ella daría las indicaciones y ellos procederían. Nunca había sangre. En la mayoría de las ocasiones entraban en almacenes o en sitios donde se custodiaban las obras. Alguna vez habían cometido el asalto durante un traslado. Pero todo quedaba siempre en la sección de sucesos de los periódicos, en una discreta esquina, sin apenas armar ruido. Después, siempre se veían para hacer la transacción económica. Pagaban en persona y en metálico. Blanca nunca llegó a pensar en que el verdadero problema que iba a tener sería blanquear aquellas cantidades y usarlas para su vida cotidiana.

Con el tiempo y un gestor al que pagó adecuadamente, montó un entramado que le permitió pasar de una vida digna a una vida cómoda. Aritz tenía el mejor tratamiento de Estados Unidos y parecía estar respondiendo y saliendo adelante. Se mudaron a una casa mejor, en un barrio mejor, y miraron hacia delante sin miedo. No se sentía orgullosa, pero el orgullo no pagaba la medicación.

Y así le llegó el turno a Mario.

Después de conocer la existencia del diario en Hondarribia, Blanca supo que aquello podía ser una pieza realmente interesante para sus socios. Intentó que le cediera los papeles con la excusa de investigarlos, pero él declinó la oferta. Estaba convencido de que había encontrado algo, de que estaba cerca de una pista de la que tirar. Dios... Todo habría sido tan distinto...

Entonces se vio obligada a forzar la máquina.

Es cierto que llegó a temer por la seguridad de Mario, pero ellos prometieron entrar mientras él no estuviera en casa. A la vista está que no se tomaron esa molestia. Por un fallo de cálculo se encontraron con él en su propio domicilio. A partir de ahí tuvieron que improvisar, aunque de la manera más torpe. No entraba en sus planes matarlo, pero él les advirtió que su hermana llegaría pronto para cenar. Lo que comenzó como una súplica terminó por ponerlos nerviosos. La mecha de Christian era demasiado corta y no tardó en hacer gala de ello. Su tío sabía que estaba invirtiendo en una bomba de relojería cuando involucró a su sobrino en los negocios, pero siempre tuvo la esperanza de que aprendiera a contenerse.

Lo cierto es que no pudo.

Cuando Blanca supo lo que habían hecho, lloró por la pérdida como si se tratase de su propio hermano y, posteriormente, temió que le ocurriera lo mismo a Aitor. Rogó a Christian que no le hicieran daño, pero ellos ya habían entrado en su apartamento, sin mucho éxito y con mucho cabreo por no encontrar la otra parte del diario, pero también por el desliz con Mario.

La policía los tenía ahora en el punto de mira.

Blanca los veía y los sentía alterados. Cuando se vio involucrada en la investigación policial, ellos lo vieron como una oportunidad y recibió instrucciones precisas sobre cómo proceder. Pero también las primeras amenazas.

Si se le ocurría decir algo, su hijo sería el primero en pagarlo. Su nuevo rol consistía en ser su confidente, en hacer que ellos pudieran ir veinte minutos por delante de la investigación. Y así había terminado en aquel callejón sin salida.

Hasta hoy.

Blanca estaba convencida de que podía hablar a aquellos hombres de tú a tú, plantarles cara. Amenazarlos si fuera preciso. Ellos tenían apalabrada la otra parte del diario con su comprador y ella era la única que podía tener acceso a él ahora mismo. Los papeles los estaban analizando en el Archivo General de Navarra y ella sabía cómo entrar, incluso a aquellas horas del sábado. Cogería el diario y, a cambio, les exigiría terminar con todo esto. Sabía que exponía su propia vida, pero prefería ser ella la que abandonara este mundo antes que poner en peligro a su propio hijo o a cualquier otra persona.

Como Aitor.

Lo cierto es que ni siquiera tenía un plan.

Estaba improvisando y dejándose llevar, justo como había hecho hasta ahora.

Así había terminado en esa situación.

Pero sí que tenía un as guardado en la manga, por si fuera necesario.

Después de rodear la plaza de toros, Blanca bajó por la cuesta de Labrit y dobló la esquina por la calle San Agustín. Recorrió Calderería y atravesó Navarrería. La plaza estaba llena de jóvenes sentados en el suelo, disfrutando de la temperatura estival y el sabor de una cerveza fría. Charlaban con despreocupación, con la ligereza de aquel que vive sin piedras en la mochila de la conciencia. Sonrió con tristeza. Algunos de ellos tendrían la edad de su hijo. Intentó recordar la última vez que se sintió así. No lo consiguió. Entre otras cosas, porque estaba dejando atrás la calle Aldapa y tenía delante el Archivo Real y General de Navarra por fin.

El edificio del actual archivo había acogido anteriormente el palacio de los reyes navarros. Apenas dos décadas atrás se había sometido a una fuerte remodelación que le devolvió parte de su esplendor y convirtió el espacio en unas modernas instalaciones, donde se mezclaban elementos como la piedra, el cristal y la madera. Siglos de historia del reino de Navarra reposaban entre aquellas paredes. Acogía piezas únicas, obras en estudio y nuevas investigaciones sobre el patrimonio histórico-artístico de la Comunidad Foral. Blanca había tenido la fortuna de trabajar allí años atrás, mucho antes de montar GARNASA por su cuenta. Conocía a la perfección cada rincón y cada procedimiento.

Y aquello incluía al personal de seguridad.

Cuando alcanzó la puerta de acceso a través del patio interior del palacio, saludó amablemente a Berta, de seguridad.

—¡Blanca! ¿Qué tal, guapa? ¡Hacía mucho que no te veía! ¿Qué haces por aquí? Que no son horas de currar un sábado, hija.

—Pues ya ves —respondió, intentando transmitir una fingida despreocupación—. El lunes montamos una exposición y vamos a la carrera. Tengo que recoger unos papeles para llevármelos al gabinete y a ver si por fin consigo hacer algo decente de cena hoy —dijo lanzando una de sus mejores sonrisas.

Funcionó.

—Procura no quedarte mucho —dijo la otra frunciendo el ceño y entregándole una tarjeta que hacía de llave magnética—, que estás en los huesos y ya veo que vas a acabar cenando cualquier cosa.

«O, más bien, nada», pensó ella amargamente.

—Gracias, Berta.

Recorrió lo que en su día fue el antiguo claustro de piedra y entró por la puerta de acceso restringido, exclusiva para el personal y las visitas autorizadas. La cámara de seguridad donde se guardaban cientos de documentos pertenecientes a distintas épocas quedaba a mano derecha. Ella, sin embargo, se dirigió al taller de conservación y restauración. Se trataba de un documento sobre el que estaban trabajando actualmente y, con la urgencia que requería la investigación policial, tenía que estar allí sí o sí.

La sala de consulta, contigua al taller, estaba vacía a excepción de una mujer de mediana edad que revisaba un enorme libro con tapas de cuero y hojas semejantes al pergamino. Blanca le hizo un leve gesto con la cabeza para saludarla. Ella la miró por encima de los anteojos y volvió a su lectura. Era como si los suaves pasitos sobre el suelo del pasillo la hubieran sacado de una especie de trance.

Al cruzar la puerta del taller, Blanca se percató de la presencia de un carrito de la limpieza. Un hombre estaba pasando un paño por una enorme máquina que hacía las veces de horno para secar el papel.

No contaba con tener compañía.

Sin embargo, pensó que aquello podría venirle bien. Cualquier persona con acceso al taller podría llevarse algo que estuviera a su alcance. Cuanta más gente en la misma quiniela, menos papeletas.

—Hola —saludó ella—. No voy a molestarlo, solo estaré un par de minutos. He venido a recoger unos papeles.

El hombre sonrió afablemente, asintiendo, y volvió a su tarea de pulir aquella enorme máquina de acero inoxidable.

Blanca escudriñó las enormes mesas que tenía a su alrededor. Se fijó en el abundante material de la última de la izquierda.

«Bingo», pensó.

Cuando se acercó, vio las hojas del diario de Aitor extendidas sobre el negatoscopio. La última persona en trabajar en ellas a lo largo del viernes había dejado todo el material preparado para retomar su tarea a primera hora del lunes. Volvió a mirar al hombre de la limpieza, que parecía inmerso en su tarea. Apoyó la mochila en la mesa, sacó un portadocumentos y, con mucho cuidado, introdujo los papeles en su interior.

El sonido de la cremallera de la mochila se mezcló con un escueto «Hasta luego» y Blanca salió con paso seguro y apresurado del taller.

Cuando deshizo el camino andado y pasó por la puerta de nuevo, volvió a saludar a Berta.

—¿Ya te vas? Pues sí que has sido rápida.

—Sí, es que ya empieza a apretar un poquito el hambre —sonrió de nuevo.

—Di que sí. Oye, tenemos que tomar algún día un café, ¿eh? Así me pones al día.

—Claro.

«Algún día», pensó.

Y salió por la puerta del antiguo palacio, dejando toda su suerte atrás y su destino sellado para siempre.

Pamplona, 6 de agosto de 2022

Julia y Aitor observaban el puntito verde que permanecía inmóvil en la pantalla del móvil.

—Refresca la página, por favor —pidió ella.

El puntito se desplazó hasta la calle Aldapa.

—Está saliendo del Archivo —dijo Julia apuntando a la pantalla—. Supongo que habrá pasado a recoger la otra parte del diario. Normalmente las personas que trafican con arte pagan más por las obras completas.

Aitor asentía mirando la pantalla, todavía incrédulo.

—¿Y qué hacemos? —preguntó.

—¿Cómo que qué hacemos? —repuso Julia—. Yo voy a llamar a Beloki; tú te vas a casa.

—Ni hablar.

Ella frunció el ceño.

—Aitor, no te lo estoy pidiendo.

—No puedes arrestarme. No he cometido ningún delito. Además, puedo ser de ayuda mientras Beloki no está.

—No.

Él se revolvió en el asiento del coche.

—Estoy tan metido en esto como tú o como ella. Por favor, Julia, déjame ayudar. Sé que le importo y eso puede sernos útil.

Aquello era cierto.

La inspectora meditó un momento.

—Está bien —aceptó—. Eso sí, si te digo que te quedes en el coche, te quedas en el coche. Si vienes conmigo, sigues mis órdenes. ¿Entendido?

La tía sabía poner a la gente en su sitio.

Aquello le gustaba.

—Por supuesto —contestó él ruborizándose un poco.

—Bien, pues en marcha —dijo Julia sacando el móvil y marcando a toda prisa el número de Beloki.

Aitor asintió. Se sentía extrañamente feliz por poder ayudar.

La inspectora arrancó el coche. Él se abrochó el cinturón de seguridad y experimentó un repentino chute de adrenalina.

Julia aceleró por la calle principal de la urbanización, mirando la pantalla del móvil, poniendo rumbo hacia aquel puntito verde que se movía despacio.

Aitor no sabía muy bien qué decir y optó por mirarse los pies. Inconscientemente, comenzó a emitir un suave silbidito.

Ella lo miró de reojo y dejó escapar una leve sonrisa.

Aquel sería el último momento de paz del día.

Pamplona, 6 de agosto de 2022

Blanca envió un mensaje a Christian mientras avanzaba a toda prisa por la calle del Carmen. Se dirigía a la salida del Casco Viejo por el portal de Francia.

> Tengo el diario
> Os espero en las huertas de Aranzadi,
> justo enfrente de Casa Gurbindo
> Estaré allí en 15 minutos

El hecho de que no hubiera recibido ningún otro mensaje por parte de los Palmer era buena señal. Por lo menos podía seguir contando con su plan B.

Las huertas de Aranzadi eran una zona verde anexa al Casco Viejo repleta de invernaderos y pequeños huertos. Se trataba de un sitio muy popular para pasear o hacer deporte. Un sábado a aquellas horas proporcionaba la cantidad justa de intimidad y seguridad. Ni demasiado concurrido ni demasiado solitario como para arriesgarse a una operación como aquella por su cuenta. Cualquier escándalo llamaría la atención rápidamente.

En aquel momento, se dio cuenta de que ni siquiera tenía un discurso preparado. Comenzó a sentir un ligero mareo y le sudaban las manos. Se apoyó en un árbol centenario, un cedro del Líbano de tronco firme y rugoso. Se trataba de un ejemplar descomunal, de más de veinticinco metros de altura. Una empresa maderera se interesó en él hace años. Quería convertirlo en palillos para dientes, pero la empresa quebró y el enorme cedro se libró de la tala. Recorrió los recovecos de la corteza despacio, intentando calmarse.

Por primera vez fue realmente consciente de que se estaba dirigiendo a la boca del lobo sola.

El coche de la inspectora atravesaba Pamplona a toda velocidad. Ella conducía y Aitor refrescaba la pantalla de rastreo del móvil cada tres segundos. Veían moverse aquel puntito verde casi en tiempo real.

—Está bajando hacia las huertas de Aranzadi —indicó él.

—No es el lugar más iluminado del mundo que digamos. Esto no me gusta —murmuró Julia.

Aitor apretó los dientes. Tenía un nudo en el estómago.

«¿Qué narices pretendes, Blanca?», pensó.

—Voy a aparcar donde las piscinas municipales —añadió aquella—. Si se mete por los caminos de las huertas, es mejor seguirla a pie.

—Vale —dijo Aitor con un hilo de voz.

Se preguntó si quizá debería haberse quedado en casa e instantáneamente se sintió fatal por ser así de cobarde. Julia pareció leerle los pensamientos.

—Tú me esperas en el coche. Beloki está de camino y no tardará en llegar.

—Ni lo sueñes —protestó, casi sin pensarlo.

Ella suspiró. Sabía que cualquier ayuda podría ser útil, pero no tenía ni idea de qué se iban a encontrar. Y, desde luego, Aitor no estaba preparado. No podía exponerlo así.

—Lo vamos viendo —contestó, dejando en suspenso aquello para no entrar en una discusión.

Él sonrió, satisfecho, y volvió a mirar la pantalla del móvil.

—Se ha detenido cerca de Casa Gurbindo.

—¿Está dentro? —preguntó, extrañada, Julia.

—No lo sé… El puntito está flotando justo enfrente. No sé si esto es tan preciso como para saber si se encuentra en el interior del edificio o no.

—Lo sabremos pronto —dijo ella, girando el coche a unos doscientos metros del aparcamiento de las piscinas.

«Beloki, ¿dónde cojones estás?», pensó esta.

Mikel Beloki se disponía a salir de comisaría cuando Aguirre entró por la puerta apresuradamente.

—He visto a los tipos de la furgoneta —dijo casi jadeando.

—¿Cómo?

—¡Que los he visto! Joder, los acabo de ver.

—Pero ¿cómo…?

—Van en un Prius blanco. He estado revisando la cámara de seguridad de un área de servicio, dieron el cambiazo esta tarde. Es largo de contar. Pero los he visto un momento en el semáforo de la cuesta de Beloso, justo antes de torcer hacia aquí. Cuando he querido darme cuenta, el semáforo se ha puesto en verde y los he perdido.

Beloki se apretó el puente de la nariz con dos dedos y cerró los ojos, intentando concentrarse.

—Vamos a ver. Julia me acaba de llamar: que necesita refuerzos. Están siguiendo a Blanca y…

—¿Cómo que «están»?

—Aitor Luqui está con ella.

—¿Y qué hace Aitor Lu…?

—No tengo ni puta idea, pero es decisión de ella —lo cortó—. Tenemos que ir donde esté cagando leches. Vamos —dijo.

Los dos agentes esprintaron en dirección al coche.

—¿Qué cojones hacen dos sospechosos con un Prius…? —preguntó Beloki mientras abría la puerta.

—Eso mismo me he preguntado yo —respondió, molesto, Aguirre.

El murmullo lejano proveniente del griterío de la piscina municipal llenaba la zona de paseo de las huertas de Aranzadi. Los más pequeños aprovechaban para darse el último baño del día mientras los mayores encendían brasas para preparar una barbacoa. La mezcla de dicha y olor a sarmientos quemados saltaba los muros y viajaba en suspensión por la fresca brisa que soplaba a aquellas horas, anegando los caminos de tierra y gravilla cercanos.

Blanca caminaba con nerviosismo, en círculos, envuelta por el olor a costillas, que resultaba totalmente fuera de lugar dado su estado de ánimo. Se encontraba en una zona de invernaderos contigua al camino principal donde se cultivaban varias especies de flores y algunas hortalizas. Estaba rodeada por tres viveros cubiertos con gruesos plásticos que hacían las veces de difusores de luz y reflejaban en su piel el atardecer, sus tonos anaranjados, similares a los de un melocotón maduro. Eran más de las nueve y los destellos que acompañaban el sol en su última danza del día fundían el naranja con toques azules, rosas y morados.

Blanca sostenía la mochila con los brazos, estrujándola contra el pecho. Pese a estar tan cerca del camino, justo al lado de una intersección, hacía bastante rato que no veía pasar a nadie.

«Tienes que tranquilizarte —se dijo a sí misma—. Solo vas a hablar con ellos. Ya está».

Pero no era verdad.

No quería hablar.

Quería darles un ultimátum.

Y aquello era un poco distinto.

Además, era consciente de que últimamente estaban actuando de otra manera. Habían dejado las formas de lado. La última semana no había tenido nada que ver con los años anteriores. Ella había completado decenas de «encargos», aunque a la vista estaba que en todo este tiempo la relación de poder había venido determinada por la necesidad. Cuando las cosas iban bien, todos contentos. Pero era la primera vez que eso no era así y la tensión se palpaba en el ambiente, en los mensajes, en el tono de exigencia de aquellos dos hombres, que cada vez se tornaba cada vez más oscuro, más amenazante.

Vio dos sombras aproximarse.

—Hola, Blanca —saludó Marvin, en cuya voz había un tono entre siniestro y divertido. Él nunca solía dirigirse a ella, mucho menos interpelarla.

—Hola —respondió ella lo más firmemente que pudo. Temblaba como una hoja y lo sabía, pero no podía evitarlo. Tenía las manos empapadas en sudor y agarraba con fuerza la mochila, como si se tratase de un escudo antibalas.

Christian dio un paso al frente.

—¿Lo tienes ahí? —preguntó señalando el objeto.

—Sí. Pero…

—¿Pero qué? —respondió con tono desafiante, dando otro paso hacia ella.

Marvin se había quedado en su posición, un par de metros atrás.

—Nada… Es solo que quería deciros que… que con esto termina todo —dijo con la voz más vehemente que pudo sacar.

—¿Qué es lo que termina? —preguntó con tono sarcástico Marvin.

—No quiero volver a colaborar con vosotros. Esto ha sido lo último. Mario no se merecía…

—Tú no decides cuándo termina —cortó Christian acercándose un poco más y posando la mano sobre la mejilla de Blanca—. Tú no decides una mierda.

Ella se quedó petrificada, como las liebres que miran hipnotizadas los faros del coche.

—Quiero que acabe ya —dijo ella con firmeza mientras una lágrima le rodaba por la mejilla—. Por favor. No hagáis daño a Aritz. No quiero que nadie más sufra por mi culpa.

Christian le limpió la lágrima con el pulgar y se lo llevó a la boca, paladeando el sabor a sal y a miedo.

—Podría haber sido todo tan distinto… —dijo sujetándola por la barbilla con fuerza. Blanca no podía mover la cabeza ni girar el cuello, apenas podía respirar. La presión de la mano le impedía abrir la boca—. Podrías haber elegido mejor. Podrías haberme elegido a mí —añadió, contrariado, sacudiendo la cabeza.

—Igual deberías haberlo pensado mejor antes. Si te sientas en la mesa de los mayores, tienes que seguir sus normas —dijo Marvin avanzando hacia ella.

Blanca comenzó a llorar en silencio. Un río de lágrimas fluía esta vez por toda la cara. Christian la apretaba con fuerza. Los sollozos se hacían cada vez más intensos y la respiración, más agitada.

¿Cómo había podido ser tan estúpida?

—¿Y ahora qué hacemos contigo, corderito? —preguntó Marvin.

—Suéltala ahora mismo —oyó a sus espaldas.

Pamplona, 6 de agosto de 2022

Un estrépito repentino y atronador cruzó el aire.

Uno de los gruesos plásticos que cubrían el invernadero cercano se había soltado y se retorcía a merced del viento, que estaba cobrando cada vez más fuerza.

Ninguno de los allí presentes se inmutó lo más mínimo.

Las copas de los árboles se movían ostensiblemente, jaleando lo que parecía un incipiente enfrentamiento, y ellos, sus hinchas más entregados. Los tonos naranjas del cielo estaban dejando paso a un azul cada vez más oscuro. La zona de los viveros se había convertido en un lugar sombrío y ya no quedaba ni rastro de los paseantes vespertinos.

Estaban solos.

La inspectora Julia Arrondo sostenía su Glock 26 apuntando directamente en dirección a aquellos dos hombres. Apenas un par de metros la separaban de la cara de Christian. A su lado, un asustadísimo Aitor permanecía de pie, algo oculto tras su cuerpo. Julia le había pedido que se quedara en el coche, pero la cabezonería de él lo había llevado hasta allí sin ni siquiera ser consciente del peligro que aquello suponía. Y ella no podía permitirse el lujo de perder un solo segundo más.

Aitor hacía un esfuerzo por pensar con claridad e intentar sostenerse de pie. La adrenalina le corría por las venas y aquella situación se le antojaba totalmente inverosímil. Se sentía como si fuera el espectador de una película que no iba con él, una experiencia inmersiva de cine que terminaría cuando salieran los créditos. Solo que aquello no era Hollywood, sino la Rochapea. Y el arma de Julia era de verdad. La cara de pánico de Blanca también.

Lo que sucedió entonces apenas transcurrió en un momento.

Con un movimiento rápido, Christian la agarró por los hombros y la puso frente a él, como si de un escudo humano se tratara. Blanca estaba totalmente petrificada. Los músculos querían moverse, pero la cabeza era incapaz de enviar aquella señal. Menos aún cuando aquel hombre de mirada perdida sacó una pistola y le apretó el cañón contra la sien.

—Un paso más y me la cargo —dijo.

Marvin, por su parte, había sacado otra arma con la que ahora apuntaba a Aitor.

«Mierda —pensó Julia—. ¿Cómo cojones salgo yo ahora de esta?».

«Beloki».

Tenía que ganar tiempo.

—Vamos a tranquilizarnos todos —pidió, sin dejar de apuntar el arma hacia Christian.

—Estamos muy tranquilos, inspectora. Es a usted a quien se la ve realmente en apuros —contestó Marvin con sorna.

Aitor observaba la escena con las manos un poco levantadas, mostrando las palmas. Tenía una pistola apuntándole justo al pecho. Nunca había sentido nada similar. Estaba a un paso de vivir o morir y le temblaba hasta el último pelo de la coronilla; sin embargo, estaba centrado en Blanca.

Blanca.

¿Cómo podía haber hecho todo aquello? ¿Es que acaso era la responsable de la muerte de Mario? Aquel pensamiento le revolvía el estómago. Se había acostado con aquella mujer. Habían compartido cama, confidencias y secretos. Aitor creía haber cumplido un sueño, aunque ahora temía más bien estar despertándose de una pesadilla.

La observó. Las lágrimas le recorrían las mejillas. Durante los primeros segundos fue incapaz de levantar la mirada del suelo. Pero luego sí lo hizo. Y vio culpa. Culpa, arrepentimiento y dolor. Mucho dolor.

Aquellos ojos aguamarina concentraban un mar de pena que se iba drenando poco a poco a través de la cara.

Y lo miraban.

Lo miraban pidiéndole perdón, sintiéndose responsables de haber arrebatado una vida y haber puesto en peligro otras tantas.

Recordó la conversación de la comida. Su hijo.

Ella le había dicho que habría sido capaz de hacer cualquier cosa por él.

Ahora era Aitor el que no podía sostenerle la mirada. Se sentía traicionado. Blanca había jugado con él, le había arrebatado el corazón, lo había masticado y lo había escupido.

Pero la oía sollozar. Y oía a aquellos dos hombres, que lo trajeron de vuelta a la realidad de aquella escena de película sin dobles de acción ni un final en apariencia feliz. Así que volvió a levantar la cabeza para enfrentar todo aquello como buenamente pudiera.

Si aquello iba a ser el fin, habría que estar a la altura.

—Podemos terminar todo esto sin que nadie salga herido —propuso la inspectora con firmeza, aunque sin dejar de apuntar con su arma.

—¿Ah, sí? ¿Y cómo va a ser eso, inspectora? —replicó Marvin, que parecía ser el único que tenía la potestad de confrontar aquellas palabras.

—Vosotros soltáis a Blanca y entregáis las armas. Por nuestra parte...

—Por favor, no me haga reír —cortó con ironía—. Le propongo otra cosa. Nosotros nos vamos de aquí con la chica y con la mochila. Les prometemos que ella aparecerá pronto en un camino cercano.

Julia frunció el ceño.

—Viva, claro —rio con ganas Marvin—. ¿No le gusta mi oferta, inspectora? Es la mejor que va a oír hoy. A partir de ahora comienza la subasta a la baja.

Aitor se fijó en que Blanca llevaba unos segundos ensimismada mirando al suelo. No sabía si había entrado en estado de shock. Había dejado de llorar y observaba fijamente al pavimento, sin apenas parpadear. Levantó un segundo la mirada y se la clavó en los ojos. Allí ya no había pena.

Había otra cosa.

Era un mensaje.

Blanca había visto algo. Pero ¿qué?

Aitor puso todos sus sentidos a trabajar.

¿Por qué se comportaba ella ahora de ese modo tan extraño?

¿Qué es lo que había visto?

Blanca comenzó a mirar al suelo y a Aitor, a Aitor y al suelo… Él se fijó en que entre su posición y la de ella había un círculo.

Un enorme círculo.

Blanca posó la mirada en él, miró la mochila y, finalmente, miró a Aitor y le guiñó un ojo.

No.

No podía ser.

Aquello era una locura.

Pero podía ser una opción.

La única, de hecho.

—Va a lanzar la mochila al aire —masculló Aitor, intentando hacer que su voz fuera lo suficientemente inteligible para la inspectora.

—¿Qué…? —preguntó Julia entre dientes, sin dejar de apuntar.

—Que Blanca va a lanzar la mochila…

—¿Cómo lo sabes…?

—Tú ocúpate del que está agarrando a Blanca y yo…

—¿Que yo qué…?

—Que tú…

Y entonces se oyó un grito que cortó el cielo e, inmediatamente después, tres disparos.

Pamplona, 6 de agosto de 2022

—¡Aitor!

Aquel nombre resonó en el aire con la misma fuerza con la que retumbaron los disparos.

Tal y como él había predicho, Blanca lanzó la mochila al aire.

Durante escasos segundos, todas las miradas se desviaron por instinto hacia aquel objeto volante, dejándolos totalmente perplejos ante el inesperado movimiento.

Tiempo suficiente para poner la vida en peligro.

O para intentar salvarla, según se mire.

En un alarde de osadía, Aitor se lanzó contra las piernas de Marvin, que había bajado su arma de forma inconsciente para contemplar con asombro la flotación transitoria de la mochila. Había hecho ese placaje cientos de veces a sus amigos del equipo de fútbol cuando querían hacer alguna broma para tumbar a alguien, o con su propia cuadrilla en la piscina del pueblo. Nunca, desde luego, con nadie que portara un arma.

Pero la determinación puede pesar más que cualquier gigante y las rodillas pueden ser un elemento blandengue si te pillan con la guardia baja.

Blanca, con aquel rápido e inesperado lanzamiento de mochila, había logrado zafarse de Christian y apartarse apenas unos centímetros.

Distancia suficiente para que la inspectora no tuviera que pensarlo dos veces.

La bala impactó en la pierna de aquel, cuyo terrible aullido llenó las huertas y contagió de dolor a los tomates que observaban, impertérritos, aquella escena desde el otro lado de los plásticos.

Con Christian en el suelo, llegó el segundo disparo.

Pese al estado de shock por el inesperado asalto a sus extremidades inferiores, Marvin se dio cuenta de que todavía tenía agarrada firmemente su arma.

Furioso, se incorporó lo más rápido que su ingente masa le permitió y apretó el gatillo.

Esta vez la bala también se encontró con carne.

Solo que el desafortunado receptor fue Aitor, quien, tras un relámpago de dolor, cayó fulminado al suelo.

Antes de que Julia llegara corriendo a su lado, mucho antes de que se agachara para tocar la sangre caliente que brotaba del cuerpo, se oyó el tercer disparo.

Y Marvin, que aún permanecía parcialmente incorporado, cayó como un saco de patatas después de recibir el tiro certero del agente Mikel Beloki.

Pamplona, 9 de agosto de 2022

Ya eran cerca de las seis. El calor de aquella tarde parecía impregnar los minutos volviéndolos pegajosos y lentos, dejando tras de sí un surco similar al de los caracoles. Julia se arrastraba tras aquella estela de baba temporal mirando su móvil por tercera vez en el último minuto.

—Por mucho que mires la hora no va a pasar más rápido. Lo sabes, ¿verdad? —preguntó Beloki.

La inspectora levantó la nariz de la pantalla.

Claro que lo sabía.

—Dale recuerdos de nuestra parte —pidió Aguirre.

Julia asintió.

—Ojalá pueda.

El camino hacia el hospital la quemaba más que aquel sol plomizo de agosto. Apenas había tráfico a esas horas por el centro de Pamplona. Todo el mundo se encontraba bañándose en alguna piscina o en el río más cercano, disfrutando de un verano que lo estaba poniendo más difícil que nunca. En apenas quince minutos había aparcado en el complejo hospitalario y tuvo que esperar a que dieran las seis y media en punto para poner un pie dentro de la sala de la uci. La unidad tenía las visitas muy restringidas, una hora por la mañana y otra por la tarde, normalmente reservadas a los familiares más estrechos.

Ella no podía considerarse familia suya, pero lo que acababan de vivir los había unido con un vínculo tan potente como indescriptible.

Aitor había recibido un disparo en el hombro que le había hecho perder cerca de un litro de sangre. Aquello le provocó un shock hipovolémico que lo llevó a quirófano, a caballo entre dos mundos. La pericia y la rapidez de los sanitarios y varias transfusiones lograron convencerlo para que se quedara entre los mortales. También contribuyó la propia inspectora, que condujo a un Aitor semiinconsciente hasta la puerta del hospital, sin reparar en señales, peatones ni semáforos.

Sus compañeros se habían quedado con todo el pastel de la escena del crimen, gestionando las correspondientes llamadas al juez de turno, los servicios médicos y los refuerzos.

Un cadáver en medio de unas huertas a dos pasos del centro de Pamplona no era algo que pasase desapercibido, y mucho menos para los medios de comunicación locales, ávidos de portadas que cubrir en las tediosas jornadas de verano.

La noticia no tardó en saltar a radios, periódicos y televisión y, de ahí, a numerosos medios nacionales. Gracias a ello, se había abierto una nueva línea de investigación con los compañeros de la Policía Nacional que apuntaba a una extensa red con una cabeza visible.

Pero ahora no podía pensar en eso.

Tenía otras veintidós horas al día para centrarse en el trabajo.

Julia entró en el habitáculo número tres y saludó con un abrazo a la madre de Aitor.

—¿Cómo estás? —preguntó a modo de saludo.

—Ay, hija, pues feliz y triste a la vez. Pero contenta porque podemos contarlo —respondió la señora, visiblemente emocionada, estrujándole con sus regordetes dedos los bíceps a la inspectora.

Julia le devolvió la sonrisa, asintiendo.

—¿Y cómo está él? —preguntó en voz baja, señalando con la cabeza la cama donde descansaba Aitor.

—Bien, lleva durmiendo un rato. A la hora del aseo ha tirado sin querer la palangana de la enfermera, así que interpreto que poco a poco vamos recuperándolo del todo —contestó sonriendo.

Julia le correspondió con un tierno apretón y miró al enfermo. Parecía dormir plácidamente. La barba le había crecido un poco y se lo veía un pelín más delgado, pero incluso en aquellas circunstancias le resultaba harto atractivo. Aunque, más allá del físico, se sentía atraída por su forma de ver el mundo, por su bondad y su sensibilidad. Se había prometido no abrir aquella puerta, pero lo cierto es que Aitor seguía golpeando desde el otro lado. Con mucha fuerza, de hecho.

—¿Te importa si aprovecho un momento…? —preguntó la madre de Aitor señalando una cesta repleta de melocotones—. A ver si veo al médico y le doy las gracias.

Antes de que Julia respondiera, cogió la fruta y abandonó el habitáculo con sigilo. Supo que había llegado a buen puerto cuando oyó las risitas de las enfermeras y alguna exclamación de sorpresa y agradecimiento.

—¿Mamá…?

Aitor acababa de abrir levemente los ojos. Parecía aturdido. Su voz sonaba algo cavernosa, repleta de telarañas. Parpadeó un par de veces e intentó enfocar la mirada. Reconoció aquella silueta al instante.

—¿Julia…? ¿Qué haces tú…? —preguntó, tratando de incorporarse de la cama.

—¡Shhh! No hagas esfuerzos —respondió, acercándose enseguida para ayudarlo a reclinarse de nuevo.

Aitor emitió un breve quejido y exhaló profundamente mientras se dejaba ayudar.

—Me parece que vas a tener que pasar algunos días más aquí —añadió ella.

—Bueno, tampoco está tan mal —bromeó—. Hace más fresquito que en la calle.

—Sí, ese pijama que llevas parece muy cómodo —comentó Julia riendo.

Él se sonrojó. Llevaba una de esas batas de hospital que te dejan con el trasero al aire.

—¿Cómo está...? —comenzó a preguntar Aitor.

Ella sabía perfectamente a quién se refería.

—Está bien —respondió con tono seco—. Tuvieron que atenderla por una crisis de ansiedad, pero después de eso le tomamos declaración y hoy mismo ha pasado a disposición judicial. Creo que la lista de cosas por las que va a tener que rendir cuentas es larga.

Aitor se quedó un momento callado, digiriendo aquella información. Dudó si debía seguir preguntando, si le iba a hacer bien saber más.

La inspectora pareció leerle el pensamiento y lo dejó en su tejado.

—¿Por qué...? ¿Por qué lo hizo? —acertó a preguntar él finalmente.

—El porqué lo entiendo —respondió Julia sonriendo con tristeza—. No justifico las decisiones que ha tomado, pero creo que se vio en un callejón sin salida sin habérselo propuesto —añadió mientras se sentaba en la butaca contigua a la cama.

Aitor giró la cabeza para mirar por la ventana. Parecía estar meditando sobre esas palabras, buscando en el exterior las respuestas que no encontraba en aquella habitación. Se había esperado otro tipo de contestación por parte de la inspectora. Puede que solo quisiera escucharla vomitar una rabia que él mismo compartiera para sentirse algo mejor. Pero eso no fue así. En parte no le sorprendió la actitud de Julia. Era empática y lo estaba demostrando incluso en las circunstancias más difíciles.

—Supongo que, cuando se trata de la vida de alguien que te importa, haces lo que sea, sin pensar en las consecuencias.

Esta vez ambos se miraron y mantuvieron la vista así, durante un par de segundos.

Las palabras encierran mucho significado, pero el silencio se encarga de gritar otras cosas.

Aitor volvió la mirada hacia su bata de hospital, cabizbajo.

Julia prosiguió con los detalles.

—Blanca ha estado cerca de dos años dando información sobre traslados de obras de arte y patrimonio. Lo que sí podemos agradecerle ahora mismo es que su pista nos haya llevado a la organización que está detrás de todo esto. Se trata de una empresa cazatesoros estadounidense.

Aitor abrió de repente los ojos, mirándola, incrédulo.

—Se dedican a localizar piezas exclusivas y a venderlas en el mercado negro —aclaró Julia—. El Gobierno español ha tenido varios litigios con ellos a raíz de ciertos expolios de barcos hundidos en aguas nacionales sin su consentimiento. Los hombres que estaban con ella en la huerta responden al nombre de Marvin y Christian Palmer. Son tío y sobrino. Ambos llevaban un tiempo operando por la zona norte de España, especialmente en el País Vasco y Navarra.

—No sé si van a encontrar muchos barcos hundidos por aquí —contestó Aitor con sorna.

—No —respondió Julia—. Pero es cierto que la zona tiene una tradición marinera que se remonta a siglos atrás, y eso también les interesa. Hemos sabido que se movían entre varios pisos francos repartidos por algunos puntos de la costa. Todos estaban alquilados bajo la misma razón social: Beyond Marine Exploration. Dependiendo de la operación, se trasladaban a uno u otro. Se encontraban en Pamplona desde hacía un par de semanas tras la pista del diario.

Aitor se llevó la mano al hombro vendado y suspiró. Su rictus era más serio que triste.

—Entonces ¿Mario…?

—Lo de Mario fue una casualidad con un resultado fatal —señaló Julia, con una mueca de tristeza—. Blanca se lo encontró en Hondarribia y él le contó lo del diario. Ella dio el chivatazo y, a partir de ahí, el resto escapó a su control.

Aitor apretó los labios con fuerza.

—Ella afirma que nunca quiso esto, que ellos le habían prometido que nadie saldría mal parado —prosiguió la inspectora, haciendo un increíble esfuerzo por intentar ser justa—. Pero el principal error de Blanca fue fiarse de personas así.

—¿Qué va a pasar ahora con ella? —preguntó Aitor con la voz quebrada.

—No lo sé —respondió la inspectora con sinceridad—. Pero lo que es seguro es que pasará varios años en prisión. Seguramente se le imputen varios delitos contra el patrimonio, encubrimiento de asesinato… Su hijo ya es mayor de edad y no tienen familia directa, así que el Gobierno tampoco puede intervenir.

Aitor pensó en Aritz y en la foto que vio en la casa de Blanca. Aquella casa irradiaba tanta luz, tanta sensación de hogar… El corazón se le hizo añicos al imaginar el destino que se le presentaba a aquel chaval. Media vida luchando por su salud y el resto de su existencia cargando con esta losa. No era justo.

La inspectora sacó un sobre del bolso y se lo tendió.

—Me ha pedido que te dé esto —dijo.

Aitor volvió a girarse, sorprendido. Lo cogió. En el anverso se leía un escueto «Aitor».

Sostuvo la carta entre las manos y volvió a entregársela a Julia.

—¿Te importa dejarla en la mesilla? La leeré más tarde.

Ella obedeció. Tras eso, ambos permanecieron unos segundos más en silencio.

—¿Puedo preguntarte algo…? —tanteó la inspectora.

—Claro.

—¿Cómo supiste que iba a lanzar la mochila...?

Aitor cabeceó levemente, como si se diera cuenta de la temeridad que cometió en aquel momento.

—Por un juego del campamento. Se llamaba «mira cómo vuela». Teníamos que ponernos sobre un círculo y lanzar una pelota al aire gritando un nombre para que esa persona la cogiese al vuelo. Cuando vi que Blanca se fijó en el círculo sobre el que estábamos, me guiñó un ojo y pillé la referencia. Hablamos justamente sobre ese juego la noche que pasamos en Hondarribia...

Julia asintió, boquiabierta.

—Podrías... podrías haber muerto —dijo estremeciéndose mientras recordaba la escena. Intentó dejar atrás el tono de reproche. Bastante tenía Aitor con lo que lidiar ya—. Aguirre y Beloki te envían recuerdos —acertó a decir.

—Devuélveles el saludo —dijo, sonriendo—. Nunca podré agradecerles lo suficiente lo que han hecho por mí. Si no llega a ser por ellos...

—Han dicho que dentro de poco sacan oposiciones a Policía Foral, que lo mismo te interesa —bromeó.

—En cuanto salga de aquí me pongo con la preparación de las pruebas físicas.

—Bueno, hemos visto que los placajes se te dan bastante bien, así que por mí te daría el aprobado directo.

Aitor sonrió.

Ella le devolvió la sonrisa, solo que algo ruborizada.

Se produjo otro silencio, aunque esta vez más incómodo que el anterior.

—Bueno, creo que ya va siendo hora de irme —dijo la inspectora intentando sonar despreocupada.

—Julia...

Ella se paró en seco.

—Dime.

—¿Tendré que simular otro asalto a casa para volver a verte? —Sonrió, solo que esta vez la sonrisa parecía más blanca que nunca.

—Puede —respondió ella—. Pero que sea algo limpio, no me hagas enviar a los de la científica cada dos por tres.

—No prometo nada.

Julia sacó un papel y un bolígrafo del bolso, escribió algo y se lo tendió.

—Grilletes —dijo Aitor leyendo en voz alta.

—¿Qué? —preguntó ella, algo confusa.

Él giró el papelito y señaló el número.

—Seis, cinco, uno, siete, siete, tres, siete, tres, cinco. Grilletes —dijo sonriendo nuevamente.

Julia dejó escapar una carcajada.

—Es mi número personal, idiota. Llámame, anda. —Entonces se aproximó, lo besó en la frente y se marchó.

Y Aitor se quedó mirando la mesilla junto a su cama, con la carta de Blanca y el teléfono de Julia, pensando en la cantidad de significados distintos que se le puede dar a un trozo de papel.

Hondarribia, 7 de agosto de 1992

El día se despertó mucho antes de lo esperado. Sus compañeros dormían, despreocupados, en aquella enorme habitación repleta de hileras de camas. Los sonidos de los ronquidos que se escapaban de cada catre se fundían en distintos tonos, ritmos y variaciones, formando una melodía gutural extrañamente relajante. Parecían haberse puesto de acuerdo durante la noche para componer una canción interpretada por su subconsciente y ejecutada a través de las fosas nasales.

Aitor llevaba un rato despierto analizando cada ruido, haciendo tiempo para que llegara la hora de levantarse. Les habían contado que los monitores siempre preparaban alguna sorpresa para despertarlos el último día de campamento. Lo cierto es que se marchaban a la mañana siguiente, pero aquel era el último día con su correspondiente noche que pasaban allí.

Puede que fuera por los nervios de la sorpresa o que se hubiera desvelado sin más, pero ya llevaba un rato mirando el techo y repasando mentalmente cómo se habían sucedido los últimos días en el campamento.

Después del intento de asalto a Mario por parte de Raúl, Berni y sus cómplices, llamaron a unos cuantos al despacho de la directora. Carmen, a la que no habían vuelto a ver desde el discurso del primer día, estaba acostumbrada a gestionar desde la sombra y a lidiar con todo tipo de gallitos y mequetrefes puberales. Sabía perfectamente cuáles eran las líneas rojas que no debían traspasar y, después de lo ocurrido en la punta de Biosnar, tenía un ojo puesto en Berni. Sus padres habían logrado salvarle el pescuezo una vez tirando de contactos, pero esto suponía una reincidencia grave y ya no tenían más comodines que gastar.

Así que, al día siguiente del follón nocturno, Berni se fue derechito a casa. Lo siguieron otros dos secuaces. El bochorno que debieron de pasar fue mayúsculo. Uno de ellos no se libró de un capón de su padre con su correspondiente llantina en la explanada del aparcamiento, perfectamente visible para el resto de los jóvenes que observaban con deleite desde las ventanas del comedor.

El tiempo parecía estar poniendo las cosas en su sitio poco a poco.

Raúl se había quedado en una especie de limbo. La directora quiso enviarlo a su casa, pero Mario intercedió y aseveró que él lo único que había hecho era avisarlo del peligro. Con Berni y los demás fuera, intentó que el susodicho no pasara los últimos días solo, pero este rechazaba cualquier compañía, como si se hubiera autoimpuesto un castigo por todo aquello.

«Todos nos equivocamos alguna vez —decía Mario sonriendo—. Pero no todos saben perdonar esas equivocaciones».

Aitor no entendía cómo podía existir alguien tan benevolente a tan corta edad. Le parecía una actitud reservada para los sabios o los viejos, pero su amigo parecía haber vivido diez vidas.

El sonido de unos timbres de bicicleta lo sacó de golpe de sus pensamientos. Se oían demasiado cerca. De repente, un ejército de monitores entró pedaleando en la habitación, haciendo sonar sus campanillas y dando vueltas por los pasillos entre las camas.

—¡En pie todo el mundo! ¡Vamos, arriba! —se oía, entre risas.

Varios chavales refunfuñaron del susto. Otros aplaudieron con entusiasmo. Después de aquel aterrizaje forzoso desde los mismísimos brazos de Morfeo, comenzó la habitual algarabía de las mañanas. Las colonias volvían a ponerse en marcha cada día, como si se tratara de un enorme barco a vapor y la alegría de los jóvenes fuera su combustible.

El día que tenían por delante estaba especialmente pensado para que todo aquel que quisiera llevara algún recuerdo a sus familiares o amigos. Por la mañana había un taller de tinte de camisetas y manualidades para hacer collares, pulseras y anillos. Después de la comida, los monitores dejarían un rato de tiempo libre para que los chavales explorasen el pueblo o fueran de tiendas. Pero todos debían estar pronto de vuelta, ya que la fiesta de despedida comenzaba a las ocho en punto de la tarde en la explanada principal, donde se celebraban la mayoría de los juegos.

Aitor y Mario se unieron al grupo por las calles de aquel pequeño pueblecito costero. Compraron unos llaveros para los padres, unos abanicos para las madres y un par de helados para ellos. También se cruzaron con el séquito de Leyre. Las chicas iban charlando animadamente, con varias bolsas de regalos. Blanca caminaba en la última fila hablando con otras dos. Una de ellas se parecía a Velma, uno de los personajes de *Scooby-Doo*. Tenía unas enormes gafas de pasta que le cubrían la mitad de la cara y la melena cortada a la altura de las orejas. Cuando se cruzaron, la susodicha se giró y los miró con cierto descaro. Podría tratarse de simple miopía, pero los cuchicheos y las risitas que siguieron confirmaron que Aitor y Mario eran el tema central de su conversación.

De vuelta en las colonias, la chavalería pasó por las habitaciones para adecentarse con sus mejores galas. Aitor oyó a algunos de sus vecinos de catre arengando a un chico. El susodicho se había fijado en una chica y los demás lo animaban a pedirle la dirección para cartearse.

—Tío, es el último día, ¡lánzate! Total, si sale mal, no la vas a volver a ver —oyó.

Él sonreía mientras escuchaba la conversación y se ponía unos calcetines limpios.

—Además, Javier Ochoa ya no está. Así que no hay peligro de que te lleves una hostia —añadió un chaval riendo.

«¿Berni…? —pensó Aitor—. ¿De quién estabas coladito…?».

El chaval pareció recibir la motivación de buen grado y sintió que su valentía se acrecentaba por momentos.

—Venga, va. ¡Luego se la pido! —exclamó y arrancó varios vítores de sus compañeros de habitación.

El grupo comenzó a dirigirse hacia el pasillo. Cuando estaban a punto de abandonar la estancia, Aitor oyó a uno de ellos comentar la jugada con otro.

—En cuanto se acerque a menos de dos metros de Blanca, va a salir pitando —dijo mofándose.

Aquello no le gustó nada. Él no tenía pensado atreverse a nada, pero desde luego tampoco se lo había planteado. El nivel de competencia era alto, pero él no sabía si estaba preparado para dar un paso al frente tan fácilmente.

Suspiró. A veces deseaba ser más valiente.

Decidió centrarse en pasar un buen rato con sus nuevos amigos y bajó a la explanada.

La directora y los monitores estaban vestidos con alegres colores. Varios farolillos atravesaban las pistas y decoraban la fachada del edificio. Junto a la pared habían dispuesto mesas con tortillas, sándwiches, fritos y refrescos. Unos enormes altavoces prometían música y diversión, aunque, por lo pronto, solo se oía el murmullo de fondo de un montón de adolescentes ansiosos por comenzar la fiesta. Aitor se colocó junto a Mario. Se sonrieron cómplicemente. Mientras la directora daba su discurso de despedida, el primero localizó de nuevo a Leyre. Era genial tenerla como punto de referencia. Su pelo servía de boya en medio de aquel mar de jóvenes nerviosos. Junto a ella, Blanca, aunque también distinguió a Velma.

Tras las palabras de Carmen, la fiesta comenzó. Aitor no quitaba ojo al chaval de su habitación que había prometido «inmolarse». Parecía dar pequeños saltitos, nervioso, como los futbolistas que calientan antes de saltar al campo. Mario captó aquello al vuelo.

—¿Te pasa algo…?

—No… no es nada. He oído que ese chico va a pedirle la dirección a Blanca.

Aquel se quedó callado, pensativo.

—Y, claro, eso a ti no te hace mucha gracia —respondió, burlón.

—No… no lo sé, la verdad —contestó tímidamente.

Mario se giró para mirar al grupo de Blanca y, luego, al de aquel chico.

—Bah, no creo que se atreva —dijo.

—Ya… Bueno. Voy al baño, ¿vale? Ahora vuelvo.

El otro se quedó allí, divagando.

Unos segundos después, apareció Velma.

—¡Hola! —saludó con voz chillona—. Eres amigo de Aitor, ¿verdad?

—Sí.

—Blanca dice que lo espera en la tumba de Clara en cinco minutos. ¿Se lo dirás?

—Claro —respondió, resuelto.

Y Velma se alejó con la satisfacción del deber cumplido.

Al cabo de un par de minutos, cuando Aitor apareció, lo recibió con un refresco.

—Te he guardado uno.

—Gracias —dijo aquel dándole un sorbo.

Mario dirigió la mirada al grupo de Blanca. Ella ya no estaba allí. Velma lo miraba con expectación. Él le sonrió desde la distancia y se acercó al oído de Aitor para susurrarle algo.

—¿Te has fijado en que la chica de enfrente se parece a la de *Scooby-Doo*?

Aitor la miró y sonrió.

—¡Qué malo eres! Aunque tienes toda la razón.

Mario volvió a mirarla y sonrió. No sabía muy bien por qué estaba haciendo eso. Solo sabía que se lo pedía a gritos cada poro de su cuerpo.

—Oye, hace rato que no veo a Blanca. ¿Sabes dónde está? —preguntó Aitor.

—Ni idea —respondió el amigo.

Aquel miró a su alrededor con disimulo. No lograba localizarla. Decidió que no podía estar pendiente de una chica su último día, su última noche.

De repente se dio cuenta de que había algo que aún tenían que dejar apañado.

—Tenemos que subir a la biblioteca —dijo.

Mario lo miró, confuso.

—¡Pero si está todo el mundo aquí!

—Precisamente por eso. He oído que cuando nos manden para la cama los monitores continúan con su propia fiesta, así que lo vamos a tener complicado si queremos recuperar el diario esta noche.

—Tienes razón —respondió aquel, tras meditarlo un momento—. ¿Vamos?

Los dos dejaron el patio, las luces y la música para adentrarse en la oscuridad del edificio. Mario se giró en el último momento antes de entrar por la puerta y se encontró con la mirada de Velma, que observaba aquel movimiento, confusa. Él le hizo un gesto como para saludarla con la cabeza y, al instante, se perdió tras Aitor.

Subieron las escaleras de dos en dos corriendo, riendo ante su pequeño secreto. Cuando llegaron a la biblioteca, observaron por última vez la sala que les había servido como máquina del tiempo. Habían sido muchas noches acompañando a Martín Zarauz y Gamboa en su travesía por el mar, conjeturando sobre su vida, sobre su suerte, sobre las posibles riquezas.

Aitor sacó de la estantería *Moby Dick*. Aquella novela había sido el refugio para esconder las hojas del diario durante todos esos días de campamento.

«El mar debe permanecer en el mar», había dicho solemnemente tras elegir aquel libro para ocultar su propio tesoro.

Extendió las hojas en orden cronológico encima de la mesa.

—Esto se acaba y quería que nos repartiéramos las páginas —dijo—. Pero bajo una condición —añadió sonriendo con malicia.

Mario lo escuchaba, impaciente, con un brillo en los ojos.

—Claro, lo que sea.

—Lo que dije el otro día iba en serio. Prométeme que volveremos juntos a buscar el tesoro. Es un pacto y no se puede romper.

La sonrisa del otro se ensanchó tanto que reflejó la poca luz que había en aquella habitación.

—¡Eso está hecho! —exclamó con entusiasmo.

—¿Prometido, entonces? —dijo Aitor tendiéndole la mano.

Mario la estrechó con fuerza.

—Prometido.

Escondieron con cuidado las hojas del diario bajo la camiseta y se apresuraron a pasar por sus respectivas habitaciones para ocultarlas entre su equipaje a medio hacer. Al día siguiente a mediodía estarían emprendiendo el camino de vuelta y la mayoría de los chavales tenía todo listo para partir.

Al llegar a la explanada de nuevo rezumaban una complicidad única. Se acercaron a la mesa de refrescos y, mientras Aitor se servía uno, se dio cuenta de que el grupo de amigas de Blanca se había situado justo delante. Ella estaba ahí. No sabía dónde se había metido todo este tiempo.

Se notaba tan lleno de energía por aquella especie de magia ancestral que se sintió con la valentía suficiente para buscarle la mirada.

Ella parecía observarlo con cierto aire de disgusto.

Él la saludó con un pequeño gesto amable.

Blanca cruzó los brazos, frunció el ceño, se dio media vuelta y se marchó al otro extremo de la pista.

Velma la siguió, no sin antes devolver una mirada llena de odio a Aitor.

Él se preguntó qué era lo que se le pasaba por la cabeza.

La respuesta no llegaría nunca, ni siquiera en aquel mismo patio treinta años después.

Pamplona, 7 de octubre de 2022

Fue la tarde en la que comenzó a notarse el frío. Al verano le costaba marcharse, como si fuera un viejo amigo al que le toca volver al hogar y despedirse hasta el año siguiente. Aunque el sol aún calentaba durante el día, a esas horas de la tarde y con el cierzo colándose entre las copas de los árboles, las chaquetas pasaban a tomar su posición dominante en los armarios y en la calle.

Las personas que caminaban por la carretera que lleva al cementerio eran de lo más variopintas. Grupos de amigos corriendo, con sus equipaciones chillonas, contrastaban con los colores tierra y el olor a humedad que reinaba en el paseo. Se veían también parejas andando a buen ritmo y señores y señoras de la tercera edad que, mientras recorrían el camino al camposanto, parecían estar poniendo en marcha una ruta iniciática hacia una estación más corta en lo meteorológico y en la vida.

Aitor seguía a rajatabla las indicaciones de la rehabilitación. Todavía no podía hacer muchos esfuerzos, pero tenía especialmente recomendado caminar todo lo que pudiera y hacer ejercicios de movilidad con el brazo para recuperar la masa muscular que había perdido con el disparo.

Una detonación que lo había cambiado todo.

Para empezar, había solicitado una excedencia que le permitiera poner en orden su vida. No tanto en lo logístico ni en la gestión diaria, sino en su propia compartimentación mental. El destino le había regalado una segunda oportunidad, y eso no sucede todos los días. Tocaba calibrar qué era lo urgente y qué lo importante. Después de salir del hospital había pasado algunas semanas en el pueblo, cuidándose y dejándose cuidar, siguiendo el ritmo pausado de los que viven al compás de la naturaleza y reconciliándose con los recuerdos de aquella casa y de su juventud. A su madre le costó dejarlo marchar de nuevo. Era como si tuviera dieciocho años otra vez, con sus progenitores apenados por lo que consideraban una siempre temprana salida del nido y él, con la cabeza llena de sueños y de planes sin aterrizar.

Ya no sabía qué quería.

Pero podía permitirse el lujo de pensarlo con calma.

Lo primero que había que hacer era ordenar las cosas, empezando por su cabeza. Tenía que encontrar su propio camino. Hacer las paces consigo mismo.

Y con alguien más.

Cruzó la puerta de hierro forjado del cementerio. Para ser un sábado, no estaba muy concurrido. La gente todavía aprovechaba los días de luz y algo de sol para escaparse fuera los fines de semana.

Aitor caminó hacia la tumba donde comenzó todo.

Donde terminó todo.

Al llegar se detuvo unos segundos, miró aquella losa de mármol fría y, al final, decidió sentarse encima.

—Perdona por haber tardado tanto en venir a verte —comenzó a decir mirando al suelo—. La verdad es que la vida se me ha complicado un poco últimamente. Aunque no sé si estoy en disposición de quejarme —añadió, sonriendo con tristeza—. Lo que sí que sé es que debería haber hecho esto hace mucho tiempo.

Aitor dejó escapar una gota que tomó impulso en la mejilla y terminó aterrizando en el polvoriento suelo.

—Ya sabes que siempre fui de lágrima fácil —continuó, bromeando—, no me avergüenza llorar. Me avergüenzan otras cosas, en especial las que ya no tienen remedio.

Reflexionó durante un instante, mirando los árboles, las cruces y los nichos que se apelotonaban en el caos silencioso del cementerio.

—Estoy quedando con Julia —comentó, ruborizado, como si estuviera confesando un secreto—. Creo que me gusta de verdad. No sé cómo explicarlo… Me hace sentir bien.

Hizo una pausa.

—Tendrías que haberme visto el primer día. Estaba como un flan. —Rio de buena gana—. Iba hecho un cuadro. Entonces aún llevaba cabestrillo y creo que no controlaba bien las distancias. Total, que yo estaba intentando acomodarme en la banqueta y le tiré media cerveza por encima —resumió, riendo y llevándose las manos a la cabeza—. Dios… Si de esta no la condecoran, yo ya no sé.

Aitor sonrió mientras insuflaba fuertemente aire en los pulmones. Aquel recuerdo le reconfortaba.

—Ojalá la hubieras conocido. Estoy convencido de que seríais grandes amigos. Le he hablado mucho de ti y de aquel verano. Dice que le habría encantado vivirlo con nosotros.

Volvió a callar durante un par de segundos, mientras imaginaba cómo habría sido aquella relación. Poco a poco, su semblante se fue tornando más serio. Era consciente de que necesitaba soltar lo que lo había llevado allí en primera instancia.

—Quería decirte que lo siento —dijo con la voz quebrada—. Lo siento muchísimo. Siento que ya no estés, siento no haberte puesto en el lugar que merecías durante todo este tiempo y siento que todo esto es por mi culpa… Me subí a una vida que me llevaba a trompicones, que me arrastraba sin darme tiempo para pensar, sin darme cuenta de las cosas importantes que dejaba en el camino. Y no me refiero solo a Eva, ¿sabes? Eso tarde o temprano iba a caerse por su propio peso.

Se detuvo de nuevo un momento.

—Me gustaría haber sabido encajar de otra manera lo que me dijiste. Creo que fue muy valiente y sincero por tu parte, pero yo fui un egoísta. No estuve a la altura. Me asusté… y te dejé de lado. Lo cierto es que parece fácil verlo ahora, cuando ya no tiene remedio. Pero es así.

Aitor se frotó de nuevo los ojos para secarse. Acarició la superficie de la lápida en la que se encontraba sentado.

—Tú me enseñaste tanto… Me enseñaste a mirar el mundo con otros ojos, a no tener miedo. He sido un idiota por no haber sabido apreciarlo realmente hasta ahora. Así que también quería darte las gracias y decirte que lo voy a intentar. Voy a intentar ser mejor, más valiente, más auténtico, como tú.

Sonrió de nuevo. Aquel horizonte lo motivaba.

—He pedido una excedencia en el trabajo. Necesito averiguar qué es lo que quiero hacer en realidad. Tendrías que haber visto la cara de mi jefe. Julia me dice que debería abrir un campamento para niños por aquí o en la costa… ¿Te imaginas? —añadió riendo—. La verdad es que no me parece una idea tan loca. Pero creo que me traería demasiados recuerdos… Eso sí, pondría sobaos todos los días para desayunar. Y nada de juegos antes de las diez de la mañana, que al final por las noches nos alargamos y claro…

Otro breve silencio se adueñó de su particular soliloquio.

—He vuelto a ver a Raúl. Sé que desde hace algún tiempo estabais quedando bastante y creo que tenías razón: todo el mundo se merece una segunda oportunidad. Resulta que no va a ser tan mal tío. Solo necesita un corte de pelo y un par de duchas —comentó bromeando.

Volvió a detenerse para meterse la mano al bolsillo y sacar algo.

—¿Sabes en qué más tenías razón? El tesoro existe —anunció, riendo y visiblemente emocionado—. ¡Existe! ¿Puedes creerlo? Estaba escondido dentro de la Virgen de Guadalupe.

Tendrías que haberlo visto. ¡Un tesoro pirata! Quién nos lo iba a decir, ¿verdad? Tuvimos las pistas en casa todo este tiempo. Pero, como siempre, tú te adelantaste. Me habría encantado cerrar esta historia juntos, amigo.

Aitor volvió a bajar la cabeza.

—Blanca me ha pedido perdón. Sé que nunca quiso que nada de esto sucediera, pero creo que jamás podría perdonar algo así.

Se incorporó y se sacudió el polvo que le había caído sobre los pantalones. Una energía nueva y poderosa parecía haberlo invadido.

—Prometo venir a verte y contarte todo lo que suceda. Por lo pronto, necesito tomarme un tiempo para saber cuál es el rumbo que quiero seguir.

Aitor dejó una esmeralda sobre la tumba.

—Te echo de menos, Mario. Te voy a recordar siempre.

Terminó de secarse las lágrimas, se besó las yemas de los dedos y las apoyó sobre la piedra fría, como si pudiera transmitirle algo del calor de sus labios. Después, comenzó a caminar hacia la salida.

Aitor:

Supongo que si estás leyendo esto es porque Julia ha cumplido con su palabra, así que dale las gracias de mi parte. Es una mujer increíble.

Llevo un rato intentando poner palabras a lo que siento, a lo que me gustaría decirte, pero no creo que haya ninguna frase que pueda estar a la altura del dolor. He tomado muy malas decisiones a lo largo de mi vida, pero jamás pensé que mis acciones tendrían consecuencias así.

Quiero pedirte perdón una vez más por Mario, por ti, por tus padres. He puesto en peligro a personas que quiero, empezando por mi propio hijo. Y eso es algo que ni yo misma voy a poder perdonarme.

Gracias por los momentos que me has dejado vivir a tu lado. Espero que sepas que lo que pasó entre nosotros fue real. De hecho, fue lo más bonito y lo más auténtico que he tenido nunca. Estoy segura de que encontrarás a alguien que sepa cuidarte como tú lo haces.

Debes saber una última cosa: al lado de Casa Gurbindo hay un árbol enorme, un cedro del Líbano. Tiene la corteza gruesa, pero con algunos huecos. En su interior hay una bolsita con las dos esmeraldas de Guadalupe. Son tuyas.

Vuestras. Quiero que seas tú quien decida qué hacer con ellas.

Las escondí a modo de salvoconducto cuando trasladamos la figura de la Virgen al coche de los técnicos de Gordailua. Temía que Christian y Marvin se dieran cuenta en algún momento, pero afortunadamente no volvieron a revisar el interior de la talla.

Estoy segura de que tomarás la decisión adecuada.

BLANCA

Agradecimientos

Si estás leyendo estas líneas, mis primeras palabras de agradecimiento son para ti. Gracias por elegir esta historia y por permitirme compartir estos ratos contigo. De corazón.

Puede sonar a tópico, pero créeme cuando digo que escribir esta novela ha sido toda una aventura. El camino ha estado repleto de anécdotas (algunas más confesables que otras), aunque te aseguro que he disfrutado mucho del recorrido. Si nos encontramos por ahí, puede que te cuente algún chascarrillo.

La chispa surgió cuando me topé con el corsario Jean Fleury y su paso por Hondarribia. He de decir que a día de hoy sigo sin haber averiguado dónde termina la historia y dónde comienza la leyenda. Pero eso es justo lo que me ha ayudado a trazar unas líneas que navegan entre la realidad y la ficción. Es posible que en el relato hayas encontrado algún paisaje ligeramente modificado a efectos prácticos o algún dato que he preferido estrujar para que las piezas encajasen. Todo forma parte de un plan para tratar de construir una historia tan creíble como increíble.

Durante todo este viaje he tenido la inmensa suerte de apoyarme en grandes personas que han hecho todo mucho más fácil. Espero no olvidarme de nadie; mis disculpas por adelantado si esto sucediera.

Gracias a Kote Guevara por toda la información relacionada con Hondarribia y el santuario de Guadalupe. Fue increíble la disposición desde el minuto uno. Gracias por esas llamadas, los correos y los kilos y kilos de información extraídos de las entrañas de la biblioteca.

A Peio Monteano, historiador, por acercarme al contexto sociopolítico y bélico de la zona en los tiempos de Martín Zarauz y Gamboa. Aprendí muchísimo.

A Irantzu y Maite, de la Fundación Caja Navarra, por abrirme las puertas de las colonias y dejarme perderme en su interior. También a Unai, por aquel tour guiado personalizado y por todas las anécdotas relacionadas con Clara.

A Alicia Ancho, por supuesto. Siempre recordaré aquella larga llamada desde Roma, cuando conocí los secretos del lapislázuli y el color que debería tener el vidrio de hace quinientos años. Fue un auténtico gustazo. Estoy deseando encontrar otra excusa para conversar de nuevo. Gracias, gracias, gracias.

No me olvido de Fermín Laspeñas, que me puso sobre la pista de Alicia. Sin ti no habría prendido la mecha arqueológica. Gracias mil.

A Berta Balduz, por la visita al taller de arqueología. No solo me permitió construir mejor el personaje de Blanca, sino que aprendí que en nuestra tierra guardamos grandes secretos, muchos de ellos en cajas sin abrir.

Ella también me puso en contacto con Yéssica Lobato y juntas visitamos el Archivo General de Navarra. Si esto no es un regalazo, yo ya no sé. Gracias, Yéssica, por tu tiempo, por enseñarme todo sobre el papel de trapos, el análisis documental y sus herramientas.

Gracias a Asier Catalán por la disposición y por la ayuda para resolver dudas documentales entre pesas y mancuernas.

A Mikel Santamaría, por acercarme al mundo de la Policía Foral y ponerme en contacto con Iñaki Armendáriz. Gracias a ambos por la amabilidad y por ofrecerme el enfoque adecuado para las dudas relacionadas con la investigación policial.

Quiero agradecer también a Maite, Raquel, Mariluz, Miren y Karlos que me prestaran su tiempo para esa primera lectura del manuscrito con ojos ajenos. Me habéis ayudado muchísimo. Gracias por vuestros comentarios.

A mi querido David Durán, por enseñarme dónde estaba el gatillo de la escopeta de Chéjov. Gracias, amigo.

A Carlos Bassas, por las indicaciones precisas y los comentarios certeros sobre una trama que todavía no llegaba a ser ni un embrión. Y a Susana Rodríguez Lezaún, por el cariño y el apoyo desde el primer momento con todas las dudas del mundo. También a Elena Echarri, por la predisposición a echar una mano en todo lo relacionado con la parte judicial. Y a mi queridísimo primo Hovik, por ayudarme con la parte más burocrática.

Me gustaría agradecer de corazón a Gonzalo Albert y a Alberto Marcos la confianza en este libro y que me abrieran las puertas de Penguin Random House al primer toque. Cuando estás empezando las oportunidades no se dan tan fácilmente, y eso es algo que no voy a olvidar nunca. Tengo muchísima suerte de contar con Alberto como editor en Plaza & Janés. Gracias mil.

A Maite y Tasio, porque, aunque no lo sepáis, me habéis ayudado mucho a ver el mundo a través de vuestros ojos. Hay un poquito de vosotros en esta novela también.

A mi familia, la de siempre y la de ahora, por apoyarme y por tratar de entender todas y cada una de mis pedradas. Mención especial para mis padres y hermanas en este aspecto.

Y a Aritz. Este libro es para ti. Gracias por tu tiempo, por tu apoyo, por seguirme en cada paso, por ayudarme, por entenderme. Multiplicas por dos toda la alegría que me da este viaje. Ojalá sea el primero de muchos y quieras seguir acompañándome.

«Para viajar lejos no hay mejor nave que un libro».

EMILY DICKINSON

Gracias por tu lectura de este libro.

En **penguinlibros.club** encontrarás las mejores
recomendaciones de lectura.

Únete a nuestra comunidad y viaja con nosotros.

penguinlibros.club

 penguinlibros